STÉPHANE POIRIER

ROUQUINE

Préface de Mohammed Aïssaoui

Les Presses de la Cité

MIXTE
Papier issu de sources responsables
FSC® C003309
FSC www.fsc.org

L'éditeur de cet ouvrage s'engage dans une démarche de certification FSC® qui contribue à la préservation des forêts pour les générations futures.

Pour en savoir plus :
www.editis.com/engagement-rse/

ISBN 978-2-266-32334-5
Dépôt légal : octobre 2022

ROUQUINE

STÉPHANE POIRIER

Stéphane Poirier est photographe, auteur de poèmes et de nouvelles primées. Il vit en région parisienne. Son premier roman, *Rouquine* (Presses de la Cité, 2021), est récompensé par le prix Jean-Anglade.

Préface

C'est quoi un écrivain ? Une voix, une musique, un style qui n'existent nulle part ailleurs. En lisant *Rouquine* de Stéphane Poirier, c'est tout cela que j'ai découvert. Dès les premières phrases, j'ai été transporté par son univers, l'étrange atmosphère qu'il réussit à distiller. Je voulais rester près de Monty et de Lilou, le taiseux et l'errante. Deux êtres égarés, chacun à leur façon. Il fallait bien que ces âmes brisées se croisent. Stéphane Poirier orchestre cette rencontre avec une tendresse infinie, c'est simple et sublime.

Au départ, c'est Monty qui tend la main à Lilou. Après, on ne sait plus qui aide qui. Il y a tout un monde à apprivoiser, et une nature que Stéphane Poirier décrit avec amour. Il y a des fantômes, des absences, des secrets. Des comptes à régler avec la vie. Et une lumière qui scintille tout au fond du cœur de ces personnages qui tentent de tenir debout, malgré tout.

J'aime profondément *Rouquine*. J'essaie de mettre des mots pour l'expliquer, mais je crois que les grands romans n'ont pas besoin d'explications, il émane d'eux une grâce et une magie, quelque chose d'invisible qui se lit entre les lignes.

Mohammed Aïssaoui

1

Les chemins du hasard

J'avais rencontré Lilou quelques mois auparavant. Je l'avais aperçue sur la grande route coupant la forêt alors que j'allais au bourg pour envoyer un recommandé à la poste. Elle marchait sous la pluie, cernée de part et d'autre par les grands arbres qui grinçaient sous les frappes du vent. Un orage a éclaté, du gros plomb tombait du ciel, transperçant les feuilles des arbres ballottés. Frênes, érables, chênes et bouleaux fouettés jusqu'au sang.

En quelques semaines, l'automne avait transformé le paysage arboré. Rapidement, les feuilles étaient passées du vert à des teintes plus chaudes. Du jaune, de l'orangé et du rouge étaient venus repeindre la forêt. Des tons que certains trouvaient romantiques, une impermanence avant que les branches ne se fassent plumer par l'hiver qui allait vite débarquer et s'annonçait rigoureux.

Je n'aime pas particulièrement cette saison, la procession des chasseurs sur les terres et la ruée des cueilleurs de champignons habillés de couleurs vives pour ne pas se faire flinguer. Ce prélude qui chante l'avènement des froids mordants et de l'obscurité charbonneuse dans laquelle on est enfermé pendant longtemps. Quand il faut se lever avec la nuit et que le soleil ne réchauffe que trop peu d'heures le ciel.

Je me rappelais bien ce fameux jour. On n'y voyait rien à cause de la pluie. Je roulais lentement, phares allumés, chauffage à fond pour éponger la buée des vitres. Je l'ai aperçue au dernier moment et j'ai dû faire une embardée. Elle marchait du mauvais côté, dos aux voitures qui arrivaient, et j'ai eu peur de l'avoir frôlée. J'ai ralenti et regardé dans le rétroviseur pour constater qu'elle n'avait pas dévié de sa route. J'ai juste eu le temps de distinguer une silhouette drapée dans une cape de pluie qui avançait tête basse, dos bossu, certainement déformé par un sac sanglé sur les épaules, un barda entièrement recouvert par son ciré qui lui donnait l'allure d'une tortue.

J'ai hésité à m'arrêter pour lui proposer de monter, mais, le temps de réagir, elle n'était plus qu'un point minuscule dans la grisaille. J'ai pensé faire demi-tour, mais j'ai eu peur de l'effrayer et j'ai continué ma route.

Il s'agissait d'une femme. En fait, je l'ai deviné plus qu'autre chose. Son visage n'avait fait que glisser sur mes yeux, que s'imprimer quelques secondes dans le rétroviseur. Des cheveux roux à mi-épaules qui s'échappaient d'une capuche. Une petite taille et une silhouette menue.

Je m'en étais voulu de ne pas m'être arrêté tandis que je roulais au chaud dans la bagnole. Mais elle ne tendait pas le pouce, n'esquissait aucun geste pour que je freine. Par chez nous, il n'était pas rare de voir des pénitents marcher le long des routes et des chemins. Le coin était le passage obligé des pèlerinages, avec plusieurs couvents et monastères pour accueillir les âmes en rédemption. Et même si on les voyait plutôt à la belle saison, il arrivait malgré tout que quelques retardataires arpentent la région, chaussés de brodequins, chassant les tourments de leur âme en foulant la terre.

J'ai tout de suite su que c'était elle, le lendemain, quand je l'ai vue qui sirotait un café au comptoir du bistrot. Un gros sac à dos posé à ses pieds, et cette même détresse qui semblait l'envelopper même si elle était au sec à présent.

Je n'ai fait que longer le café, je n'y suis pas entré, mais son regard s'est tourné vers moi comme si elle me connaissait.

Je n'ai pas souri, elle non plus.

Comme la veille, je ne me suis pas arrêté. Je suis entré dans la supérette avec un papier froissé à la main sur lequel j'avais noté quelques courses. J'ai salué le vigile d'un geste de la tête et pris un Caddie. Je viens souvent dans ce petit supermarché, et suis allé directement attraper mes articles dans les rayons concernés. Pâtes, riz, six œufs, steaks hachés, deux pizzas surgelées, ketchup, sel, un paquet de beurre, fromage, lait, pain de seigle, gâteaux pour le petit déjeuner, oranges et bananes, un pack de bière et du jus d'orange, lames de rasoir et gel à raser, papier-cul, piles pour la radio de la salle de bains et mouchoirs en papier.

Il ne m'a pas fallu plus de quinze minutes pour rayer un à un les articles de ma liste. Puis je me suis pointé à la caisse, où j'ai attendu un moment que les deux clientes avant moi fichent le camp avec leur Caddie plein. J'ai sorti mes courses du mien pour les déposer sur le tapis roulant, salué la caissière, qui s'est aussitôt mise à scanner mes articles. Une femme solidement charpentée d'une soixantaine d'années, pas loin de la retraite, que j'ai toujours connue là.

Les gens qui sont toujours là où on les attend nous rappellent qu'on vieillit. Il suffit de les regarder pour s'en apercevoir, de garder un souvenir plus ou moins net de ce qu'ils ont été pour se rendre à l'évidence : le temps ne nous épargne pas non plus. J'étais passé de l'autre côté de la caisse, à remplir mon Caddie et elle s'est mise à me parler de son petit-fils de dix ans arrivé deuxième à une compétition de judo le week-end précédent.

J'ai tendu ma carte de fidélité et introduit ma Visa dans la machine pour taper mon code. Un long ticket a commencé à sortir de la caisse en gémissant, comme si le rouleau était mal positionné. Elle l'a arraché, me l'a donné, et alors que je lui souhaitais une bonne journée elle était déjà en discussion avec le type d'après, à lui parler de la compétition de judo de son petit-fils.

Je suis reparti jusqu'à la voiture pour mettre mes courses dans le coffre. Malgré le soleil, après les orages de la veille, il soufflait un vent frais et les températures étaient basses. Je n'ai pas pu m'empêcher de jeter un coup d'œil alentour en sortant du supermarché. Cherchant la fille du café. Mais je ne l'ai pas vue et j'ai été déçu.

J'allais rentrer chez moi quand j'ai réalisé que la bibliothèque devait être encore ouverte. C'était une bibliothèque associative tenue par deux bénévoles. Un vieux type chauve et décharné aux yeux chassieux et une femme laide d'une cinquantaine d'années.

Il faisait assez froid pour laisser les courses dans le coffre un moment. Je ne risquais pas de retrouver ma plaquette de beurre fondue. La bibliothèque était à quelques pas, dans une rue étroite et sombre où se dressaient de part et d'autre des maisons à étages empêchant la lumière de se faufiler. J'ai remonté le col de mon pardessus.

J'ai poussé la porte vitrée et salué le vieux type qui se trouvait à l'accueil. La mocheté était en discussion un peu plus loin avec deux dames. Elle sortait en même temps des livres d'un chariot à roulettes pour les ranger par ordre alphabétique sur les étagères.

Le vieux bonhomme m'a fait un signe pour me demander d'approcher. Je me suis retourné pour être sûr qu'il s'adressait à moi. Personne derrière. Je me suis donc avancé. Il a plongé la main sous son pupitre pour prendre un bouquin qu'il m'a tendu.

— Le Jean Hegland que vous aviez réservé est revenu. Je vous l'avais mis de côté. J'allais justement vous appeler dans la journée.

J'ai attrapé le bouquin en le remerciant. J'avais lu pas mal d'articles élogieux sur *Dans la forêt* et j'étais content de l'avoir.

Je lui ai demandé s'il l'avait lu.

— Je n'ai pas eu le temps, malheureusement. Avec tous ces livres… il a ajouté en balayant la salle d'un geste de la main.

— Je comprends. Je vous dirai ce que j'en pense.

— Ouais, avec plaisir.

Je n'avais pas trop la tête à fouiner dans les étagères, et je suis allé directement emprunter deux autres livres que j'avais repérés la fois d'avant. *Le Cœur sauvage* de Robin MacArthur et *La Boutique de la seconde chance* de Michael Zadoorian.

Il n'y avait pas grand monde. Une quinzaine de personnes, toutes âgées. On était en semaine et les gens bossaient.

Après avoir tiré quelques livres des étagères au hasard pour les replacer aussitôt après avoir parcouru les quatrièmes de couverture, je suis retourné voir le vieux pour qu'il enregistre mes emprunts. Je lui ai tendu ma carte de bibliothèque avec les trois livres. Il les a notés avant de me rendre ma carte d'adhérent.

— Vous avez un mois, il m'a dit, mais vous pouvez les faire prolonger si nécessaire.

Je ne sais pas pourquoi, mais je lui ai serré la main avant de prendre la sortie avec mes bouquins sous le bras. Il n'était pas encore dix-sept heures, mais l'obscurité commençait à s'étendre sur le bourg. Les ombres étaient dures, presque coupantes sur les baraques et les bouts de trottoir. Je n'avais rien d'autre à faire que de rentrer chez moi, où j'allais pouvoir me plonger dans le Hegland après avoir allumé le poêle à bois.

J'ai été surpris de la revoir. Elle était devant le capot de ma voiture, son sac à dos sur les épaules, en train de souffler dans ses mains ramenées en coupe devant sa bouche. Elle semblait m'attendre.

J'ai sursauté et ma démarche s'est faite hésitante tandis que je m'approchais d'elle. Elle ne me regardait pas. Ses yeux flottaient. Elle me paraissait encore plus fragile. Ses cheveux roux nageaient dans l'air froid et gris alors qu'une femme est passée à côté d'elle avec son chariot de courses. Des feuilles mortes se déplaçaient en meute sur l'asphalte et les courants d'air sifflaient un air mélancolique.

Je me sentais tremblant. Elle a relevé la tête au moment où j'arrivais sur elle et a planté ses yeux dans les miens.

2

Une impression de déjà-vu

Lilou ne put s'empêcher de tourner la tête quand elle vit le break se garer sur la place du village. Ni de détailler le type qui en était sorti dans son pardessus gris élimé. Un homme d'une quarantaine d'années, pas rasé depuis des jours. Du genre qui passe inaperçu, et elle s'était elle-même surprise à le fixer ainsi. Un air de déjà-vu, même si elle était sûre de ne pas le connaître. Il y avait quelque chose pourtant chez lui qui l'attirait. Cette absence de protection des gens seuls face au monde. Une gentillesse sur le visage, une fatigue camouflée derrière un demi-sourire de circonstance.

Il est descendu de sa bagnole et, après avoir claqué la portière et fermé à clef, a sorti un papier de sa poche de jean, l'a déplié et parcouru rapidement avant de passer devant le café où elle tentait de se réchauffer.

Elle n'a pu détacher son regard et, quand leurs yeux se sont rencontrés, ils se sont fixés sans un sourire, sans le moindre hochement de tête. Ils se sont regardés comme on regarde la mer, les yeux au loin, avec cette envie d'un ailleurs.

Il n'avait pas ralenti le pas. N'avait pas baissé les yeux. Il s'était dirigé vers le supermarché et avait disparu derrière les portes coulissantes.

Lilou a regardé son café, dans sa tasse à moitié pleine, et l'a porté à sa bouche en découvrant son visage dans le miroir du bar où étaient alignées des bouteilles autour du percolateur.

Elle esquissa un petit sourire devant ses joues pâles piquetées de taches de rousseur et ses yeux bleus délavés, des aquarelles qui auraient trop baigné dans les larmes. Ses cheveux étaient sales. Elle n'avait pas pu prendre de douche depuis une semaine, se débarbouillant sommairement dans les toilettes pour dames des bistrots et des relais routiers dans lesquels elle s'arrêtait quand un camionneur la déposait après l'avoir un peu avancée sur sa route.

Et elle sentait mauvais. Une odeur de transpiration aigre, due aux vêtements synthétiques qu'elle portait et aux marches forcées qu'elle avait endurées. Elle savait à quoi elle ressemblait, lucide sur les regards qu'on posait sur elle, ou l'absence de regard qui donnait l'impression d'être une moins que rien. Comme dans ce café où personne n'avait répondu à son « Bonjour ! » quand elle était entrée, et où le patron lui avait servi un café à contrecœur en se demandant si elle avait de quoi payer.

Elle scruta ses ongles incrustés de crasse. Elle était fatiguée. Les dernières semaines avaient été difficiles, sous les pluies bornées de l'automne. Elle n'avait fait que marcher, avancer coûte que coûte, parfois prise en stop par une bonne âme malgré son apparence piteuse, par de bons samaritains qui baissaient un peu leur vitre quand, après quelques minutes, sa mauvaise odeur emplissait l'habitacle de la voiture ou la cabine du camion.

Elle rêvait d'une douche chaude et d'un bon lit, ne serait-ce que pour une nuit. Mais elle n'avait pas de quoi se payer l'hôtel.

Elle n'avait pu dormir que quelques heures par nuit ces deux dernières semaines. Sous des abris d'arrêt de cars, dans des remises abandonnées, des locaux désaffectés, ou tapie derrière des buissons. Tout habillée et emmitouflée dans son duvet trop fin et humide. Toujours les sens en alerte. Avec la peur d'être surprise, dérangée, délogée, volée, agressée.

Elle s'aperçut en relevant la tête vers le miroir du comptoir que des larmes nageaient dans ses yeux. Elle s'essuya du revers de la main et se força à s'envoyer un sourire. Un sourire triste avec une petite moue désabusée. Puis elle s'envoya un deuxième sourire, plus revanchard celui-là. Ça va aller, ma fille. Tu vas t'en sortir, crois-moi ! Mais personne n'entendit cette phrase. Elle était seulement née dans ses pensées et n'avait pas quitté son cœur.

3

Les premiers mots

Quand Lilou m'a regardé, droit dans les yeux, alors qu'elle m'attendait près de ma voiture, je n'avais rien trouvé à dire. J'ai souri timidement, et elle m'a dit :

— Bonjour, je suis désolée de vous déranger, vous n'auriez pas un peu d'argent pour me dépanner ?

J'ai enfoncé ma main dans la poche de mon jean pour en sortir un papier plié et quelques pièces. Il ne s'agissait pas de ma liste de courses, mais d'un billet que j'avais dû oublier dans mon pantalon. J'ai écarté le billet et ouvert ma paume pour étaler les pièces de monnaie, des centimes dérisoires. Alors j'ai déplié le billet de dix et le lui ai tendu.

— C'est beaucoup, m'a dit Lilou, vous êtes sûr ?

— Oui, j'ai fait, si ça peut vous aider.

On est restés silencieux un court instant. En attente de quelque chose qui manquait.

— Je ne sais pas... j'ai commencé.

— Oui ?

— J'allais prendre un café au bistrot. Je peux vous inviter ?

On est entrés dans le café d'où elle était sortie quelques instants plus tôt, et j'ai serré la main du patron, qui a regardé Lilou sans comprendre. On a choisi une table au fond du bar. Elle a posé son sac à dos contre le mur alors que j'empilais mes trois bouquins sur la table vide d'à côté. Et on s'est assis.

— Je peux vous demander comment vous vous appelez ?

— Lilou.

— Moi, c'est Monty.

— C'est votre nom ou votre prénom ?

— Mon prénom.

— Vous êtes le premier Monty que je rencontre. Ça vient d'où, ce prénom ?

— Je vous rassure, je suis aussi le seul Monty que je connaisse. Quant à savoir d'où ça vient… Une lubie de mes parents, j'imagine. Je n'ai jamais pensé à leur poser la question, et maintenant, c'est trop tard.

— Désolée, a fait Lilou en écarquillant les yeux. Ça sonne américain ou anglais, enfin, ça résonne anglophone pour moi.

— C'est le cas.

— On a dû souvent vous poser la question.

— De temps en temps. On me demande d'où ça vient et, sans oser me le demander, on se demande aussi d'où je viens.

— Vous n'êtes pas de la région.

— Non, je vis ici depuis une dizaine d'années. J'ai acheté une petite baraque quand j'ai hérité de mes parents. C'est calme. J'aime bien.

Lilou a souri. Je la voyais sourire pour la première fois. On est restés encore une fois sans trouver de mots. Machinalement, nos regards se sont tournés vers l'extérieur. On s'est mis à regarder par la vitre la place du village à présent éclaboussée par la nuit. Et les quelques badauds qui glissaient sur le trottoir.

Les lampadaires se sont allumés sans qu'on le remarque, offrant une lumière jaune pâle un peu hésitante.

Ce n'était pas un silence gênant. Un moment heureux, au contraire. Quand les bruits de l'intérieur se taisent enfin et que tout redevient calme en soi.

Le patron a posé devant Lilou une grande tasse de chocolat chaud et m'a tendu mon café. Il est reparti sans un mot et Lilou a ramené une mèche de cheveux derrière son oreille.

Je la trouvais jolie malgré ses yeux cernés et ses cheveux gras. Elle avait de minuscules pattes-d'oie autour des yeux et les lèvres crevassées. Des lèvres qu'elle mordillait nerveusement pour en arracher les peaux mortes.

Son regard s'est détaché du dehors pour descendre sur ses mains dont les doigts s'agitaient nerveusement. Elle avait les ongles sales et, réalisant que je l'observais, elle a plongé ses mains sous la table.

Difficile de lui donner un âge. Trente-deux, trente-cinq, ou peut-être comme moi, proche de la quarantaine. Les souffrances salissent les visages et les idées sombres font vieillir les corps plus vite qu'ils ne devraient.

Mais je me sentais ému devant ce petit bout de femme. Elle n'était pas bien grande, comme j'avais pu le remarquer dans la rue. Moins d'un mètre soixante.

Et toute fine. Avec un petit cul et pas de hanches. Si ce n'était son visage, de dos on aurait pu la prendre pour une enfant.

— J'ai l'impression qu'on est de grands timides tous les deux, elle a murmuré.

— J'en ai bien peur.

Sa mèche est tombée sur son œil gauche et elle a de nouveau ramené ses cheveux derrière son oreille.

— Vous faites le chemin des pénitents ?

Elle a eu un rire franc.

— Oui, on peut dire ça !

Je n'ai pas insisté et m'en suis aussitôt voulu d'avoir posé cette question. Elle a porté sa tasse de chocolat à sa bouche pour en boire une petite gorgée et s'est essuyé les lèvres de l'autre main.

— Vous savez… je ne sais pas… mais si…

Elle a écarquillé les yeux.

— Oui ?

— Si vous le souhaitez…

4

Le break en partance

Tout est plus inquiétant, la nuit. Les faisceaux des phares de la voiture époussetaient l'obscurité sans parvenir à la chasser. La visibilité était quasiment nulle alors que le break avançait à faible allure, les essuie-glaces zigzaguant de part et d'autre du pare-brise pour vaincre la pluie qui s'était remise à tomber. Monty roulait en silence. Il n'alluma pas la radio et malgré le bruit du moteur, on entendait la gomme des pneus laper le bitume détrempé.

Les maisons s'éparpillaient de plus en plus dans le paysage, comme si elles se fuyaient les unes les autres, se détestaient d'une certaine façon, et alors que les kilomètres éloignaient Lilou du bourg, elle se demandait où elle allait échouer.

Le silence régnait dans la voiture. Elle regardait par la vitre l'étendue charbonneuse qui enveloppait tout. On ne distinguait rien, juste des formes et des ombres. Les branches des arbres en bordure de route qui s'agitaient, de longs bras chahutés par les rafales de vent.

Elle n'était pas inquiète, curieusement. Trop fatiguée. Elle n'aurait pas pu passer une autre nuit dehors. Elle avait d'abord refusé l'invitation d'être hébergée pendant quelques nuits dans la maison de Monty avant qu'il ne lui parle de la caravane sur le terrain. Une caravane de taille modeste, dans laquelle il avait habité quand il avait acheté la baraque et s'était mis à la retaper.

Elle espérait seulement que cette caravane existait bien. Qu'il n'avait pas inventé cette histoire pour la convaincre.

Il était trop tard pour reculer. Ils roulaient depuis une demi-heure et elle n'avait nul autre endroit où aller.

La ventilation crachait de l'air chaud pour berner l'humidité qui rendait les vitres poisseuses.

Lilou avait pris soin de se rafraîchir un peu dans les toilettes du bistrot avant qu'ils ne se mettent en route. Elle avait sorti le gant de toilette encore humide du matin de son sac à dos et s'était nettoyé les aisselles, aspergé le visage et le cou. Elle s'était aussi lavé les mains et séchée comme elle avait pu avec la soufflerie des toilettes. Et elle s'était aspergée de déodorant à même ses vêtements, sous les bras et sur ses chaussettes après avoir ôté ses chaussures de marche.

Ses vêtements gardaient dans leurs fibres la sueur fatiguée, épongée par les tissus, mais elle était… respirable.

Elle était dans un état second. De ces instants où seul le présent respire. Assise à regarder par la vitre, elle n'avait plus de passé, pas plus qu'elle n'avait d'avenir.

Elle était à côté d'un type qu'elle ne connaissait que depuis une heure et qui l'emmenait quelque part.

— C'est bizarre, finit-elle par dire, il y a de moins en moins de maisons et aucune n'est éclairée.

— Ce sont des résidences secondaires.

— Des maisons de vacances ?

— Des maisons de famille… oui, de vacances.

— Et ça ne vous… pardon… ça ne t'ennuie pas d'être si loin de tout ?

— Non, je suis venu ici pour être tranquille.

— Tu ne te sens pas trop seul ?

— Moins seul qu'au milieu des gens.

Il tourna brièvement la tête vers elle pour lui sourire.

— Et toutes ces baraques, je suppose qu'elles sont habitées aux beaux jours… ou pendant les vacances scolaires.

— Oui, c'est ça. Mais même en période estivale on ne manque pas d'espace.

— Ça ne t'ennuie pas quand les citadins débarquent ?

— Non, ils me font vivre.

— Comment ça ?

— C'est mon boulot. J'entretiens ces baraques. Je repeins les façades, refais une pièce de temps en temps, tonds les pelouses, taille les arbustes… enfin, ce genre de choses.

— C'est chouette.

— Oui, ça me plaît comme boulot. Personne sur le dos et je me couche le soir avec la satisfaction d'avoir fait quelque chose de concret. Quand je remballe les outils, même si je dois revenir le lendemain, j'ai devant les yeux le travail accompli. C'est valorisant.

Lilou se sentit un peu mieux de l'entendre parler ainsi. Il était gentil, et elle n'avait pas toujours croisé des types dans son genre.

Monty lui assura qu'elle serait bien dans la caravane. Il avait juste à brancher une rallonge pour qu'elle ait la lumière et puisse allumer le radiateur électrique. Il y avait l'eau, aussi. Et pour les toilettes, elle était libre d'entrer dans la maison à sa guise.

— C'est encore loin ?

— Non, on y est dans cinq minutes.

Lilou posa la main sur son sac à dos qu'elle avait préféré garder entre ses jambes plutôt que de le mettre dans le coffre. Elle se disait qu'après tout quelques jours de repos lui feraient du bien.

Elle était lasse de marcher, de tendre le pouce et de prier trop souvent un Dieu auquel elle ne croyait pas pour que tout se passe bien.

La voiture ralentit après un petit virage et Monty s'engagea dans une allée terreuse, un chemin estropié d'ornières dans lequel le break bringuebala alors que des mauvaises herbes raclaient sa calandre.

La maison apparut dans les phares, ainsi qu'une petite caravane d'un autre temps.

5

Refuge

Monty freina, coupa le moteur et éteignit les phares.

— Il va falloir courir, dit-il alors que la pluie redoublait de violence. Prête à piquer un sprint ?

— Prête !

Il sortit de la voiture en claquant la portière, suivi par Lilou, ralentie par son gros sac à dos. Ils n'étaient qu'à quelques mètres de la porte d'entrée, mais ils n'échappèrent pas aux trombes d'eau et se retrouvèrent dégoulinants sur le perron.

— Où j'ai foutu la clef… fit Monty en fourrageant dans ses poches.

Il finit par la trouver dans la poche intérieure de son pardessus et ouvrit la porte d'entrée. Il tendit le bras pour appuyer sur l'interrupteur et la pièce s'éclaira. Une pièce de bonne taille avec une cuisine à l'américaine, un coin repas, et un espace salon avec un canapé en cuir, deux fauteuils dépareillés et une table basse.

Alors que Lilou restait sur le pas de la porte, il l'invita à entrer.

— Viens te mettre au sec. Je vais allumer le poêle à bois.

Lilou souleva son sac à dos qu'elle adossa au mur et fit quelques pas hésitants en découvrant la pièce.

— C'est sympa, dit-elle.

— Merci, c'est simple, mais je n'ai pas besoin de plus.

Lilou frotta ses paumes l'une contre l'autre.

— Ne reste pas comme ça. Retire ta veste, tu vas attraper la crève.

Monty montra l'exemple en ôtant son pardessus qu'il suspendit à une patère, imité aussitôt par Lilou. Puis il mit un allume-feu dans le poêle et craqua une allumette. Le petit bois s'enflamma rapidement et les flammes commencèrent à lécher les plus grosses bûches.

— On aura plus chaud dans cinq minutes.

Lilou répondit par un sourire. Elle restait là, les bras ballants, à le regarder s'activer.

— Je suis à toi dans une minute, dit-il, tandis qu'il mettait de l'eau dans la bouilloire et allumait le brûleur. Tu as envie d'un thé pour te réchauffer ?

— Non, c'est gentil… Je n'ai besoin de rien.

— Tu vas quand même manger, rassure-moi !

— Je n'ai pas grand-chose…

— Mais moi, j'ai tout ce qu'il faut. Il faut juste que je retourne chercher le sac de courses dans le coffre. Je te préviens, je ne suis pas un grand cuisinier. Mais je te promets de ne pas t'empoisonner avec ma bouffe. Ce n'est jamais arrivé avec qui que ce soit jusqu'à maintenant.

Lilou émit un petit rire fatigué.

— Tu as peut-être envie de prendre une douche pour te réchauffer ?

— Je veux bien.

Il la conduisit à la salle d'eau, où il brancha un radiateur électrique avant de sortir une grande serviette et un gant de toilette d'un placard.

— Tu as tout ce qu'il faut, dit-il en écartant le rideau de la douche. Gel douche, shampoing… enfin, les trucs habituels.

Lilou s'éloigna pour revenir avec son sac à dos, qu'elle essayait de porter à bout de bras et qu'elle finit par traîner sur le carrelage sur les derniers mètres.

Le verrou de la salle d'eau coulissa et après quelques bruits étouffés la chaudière se mit en branle et Monty entendit la flotte couler.

Il se versa de l'eau dans un mug avant d'y plonger un sachet de thé. Il laissa infuser quelques instants et porta la tasse à sa bouche pour la reposer aussitôt sur le plan de travail après s'être brûlé. Puis il retourna à la patère pour décrocher son manteau et courut sortir les courses du coffre. Il posa le sac sur la table, commença à déballer ses articles, à les ranger dans le frigo et dans les placards.

Il se sentait comme un gamin, à la fois émoustillé et terrifié. Il y avait une femme nue sous sa douche et ce n'était pas arrivé depuis des années. La maison qu'il connaissait d'habitude si silencieuse, si seule, avait en elle quelque chose de vivant. Même les pièces vides semblaient sourire de la présence de Lilou. Il ne réalisait pas encore ce qu'il vivait. C'était une étrange journée. Un jour qui s'était pourtant levé comme les autres, des pages du calendrier qui tournent et se flétrissent aussitôt, quand en fin de journée on se met au lit.

Rien n'avait différencié son réveil, ce matin-là, des milliers d'autres qui s'étaient empilés depuis des années. Il se sentait perdu et heureux dans cette cuisine qu'il connaissait pourtant si bien. Abasourdi par ce qu'il était en train de vivre, affolé et reconnaissant au destin d'avoir mis cette inconnue sur sa route.

L'eau continuait à couler. Lilou s'était savonnée, lavé les cheveux, et restait maintenant sous la pomme de douche qui giclait d'une eau presque bouillante, une eau qui rougissait sa peau, la brûlait. Les yeux fermés, elle pleurait. Des larmes qui la quittaient et descendaient se perdre dans le siphon.

Pendant ce temps, Monty dressait la table. Une nappe à carreaux. Des assiettes, deux verres à eau et deux verres à vin. Il déboucha une bouteille de rouge et battit des œufs pour faire une omelette. Il disposa sur la table un bol de cacahuètes et découpa de fines tranches de chorizo, qu'il déposa dans une coupelle.

Il se servit un verre de vin qu'il but d'une traite pour se donner du courage et se sentit vite plus détendu.

Le feu rougeoyait dans le poêle et la pièce commençait à baigner dans une chaleur réconfortante.

Il alla fouiner dans ses CD et, après bien des hésitations, il choisit *Prehension* de Joep Beving, un disque qu'il écoutait quand il avait besoin de se détendre les nerfs.

Lilou finit par sortir de la salle d'eau. Elle portait un jean et un sweat-shirt bleu ciel. Elle avait brossé ses cheveux en arrière et ressemblait à un chaton mouillé.

— Tu te sens mieux ? demanda Monty.

— Oui, ça m'a fait du bien.

Lilou était ressortie avec son sac à dos. Elle se tenait à présent au milieu de la pièce, son barda à ses pieds. Il l'invita à le mettre dans un coin.

— On va reprendre des forces en mangeant un morceau, et après on t'installera, si tu veux bien.

Après quelques cacahuètes et deux rondelles de chorizo, elle commença à manger sans faim, mais le deuxième verre de vin lui ouvrit l'appétit. Et elle ne fit que quelques bouchées de l'omelette, puis sauça son assiette des restes d'œufs baveux et se coupa un beau morceau de fromage qu'elle avala avec du pain frais. Et même si elle n'avait plus faim, elle prit une orange.

La discussion pendant le repas était balisée de sujets banals. De petits riens qui pouvaient se prêter à tout. Le disque de Beving tournait en boucle dans le lecteur, car Monty avait activé la fonction *repeat* et Lilou lui avait dit que c'était joli et relaxant. La pluie continuait à tomber. On l'entendait clapoter sur la terre autour de la maison et faire frissonner les arbres. Ils avaient tous les deux les yeux brillants à cause de l'alcool. Ils étaient à table depuis deux bonnes heures, quand Monty s'aperçut que les paupières de Lilou se fermaient comme des fleurs qui accueillent la nuit.

— Je crois que tu es fatiguée.

— Je suis morte. Je suis vraiment désolée.

— Tu veux dormir dans la maison pour cette nuit ? proposa Monty. Je peux te faire voir la chambre d'amis, si tu veux. Elle ne sert à personne, tu sais.

— Je préfère la caravane, trancha Lilou, comme c'était convenu.

— Oui, bien sûr. Je vais aller la préparer.

— Je vais t'aider.

— Non, reste au chaud. On n'a pas besoin d'être deux.

— Tu es sûr ?

— Oui, détends-toi dans le canapé pendant que je m'en occupe.

Ils se levèrent de table et, pendant que Monty allait chercher des draps et une couette dans le placard de l'entrée, Lilou se laissa tomber dans le sofa.

Alors qu'il repassait devant elle, elle lui proposa de nouveau son aide.

— Pas besoin, t'inquiète.

Il enfila son pardessus et sortit en courant sous la pluie. Il commença par relier l'arrivée d'électricité pour la lumière et le radiateur d'appoint. Ça sentait un peu l'humidité dans la caravane, mais l'air allait vite se réchauffer. Il déplia le drap-housse sur le matelas collé à la paroi, étala la couette, sortit un oreiller d'un placard en hauteur qu'il enroba d'une taie.

Il se demanda si elle serait bien installée et envisagea aussi de lui donner un paquet de gâteaux, quelques sachets de thé et peut-être des oranges et des bananes, si elle avait faim dans la nuit.

Quand il rentra dans la maison, elle s'était assoupie. Elle dormait la tête relâchée en émettant un petit ronronnement.

— Lilou ?

Elle ouvrit aussitôt les yeux.

— Je crois que je me suis endormie…

— Tu es fatiguée. Tu as besoin de récupérer.

Il lui indiqua les toilettes, où elle fit pipi avant d'en ressortir. Après qu'elle se fut lavé les dents, il lui montra la buanderie et la machine, au cas où elle voudrait laver son linge le lendemain, et la remise à côté de la caravane, où elle pourrait le faire sécher.

Il lui confia une deuxième clef de la porte d'entrée si elle avait besoin d'aller aux toilettes pendant la nuit, et lui dit que le lendemain il partirait tôt pour aller travailler, mais qu'elle fasse comme chez elle. Qu'elle mange ce qu'elle avait envie de manger. Qu'elle fouille dans les placards pour trouver ce qui lui manque.

Il nota sur un papier son numéro de portable et lui désigna le combiné fixe du salon si elle avait besoin de le joindre.

Il rentrerait peut-être manger le midi.

6

Nuit confuse

Je n'ai pour ainsi dire pas dormi cette première nuit. Lilou installée, je quittai la caravane et elle tira aussitôt le rideau aux fleurs défraîchies pour se créer un peu d'intimité. Je retournai dans la maison, où j'entrepris de débarrasser la table et faire la vaisselle. Je ne pouvais m'empêcher de jeter des coups d'œil par la fenêtre sur ce rideau élimé derrière lequel je croyais deviner son ombre. Je l'imaginais occupée à ranger ses affaires dans les placards muraux, se dévêtant pour enfiler un pyjama ou un long tee-shirt couvrant sa culotte. En gardant sûrement ses chaussettes pour avoir chaud aux pieds.

Tandis que mes mains baignaient dans l'eau tiède et le liquide vaisselle, et que l'éponge frottait le ventre des assiettes, je me sentais bêtement ému.

J'avais arrêté le CD depuis longtemps, avant qu'on passe au fromage. Et maintenant qu'elle n'était plus là, que sa voix était partie en emportant la mienne, la maison avait l'air de nouveau abandonnée. Pas de ces absences prolongées qui effraient même les murs en les meurtrissant d'un froid glacial, mais de ces « au revoir » encore frais dont la chaleur à peine envolée rend frileux.

Je n'ai pas pu m'empêcher d'aller à la salle d'eau respirer ce qu'elle avait laissé d'elle. La buée sur la glace au-dessus du lavabo avait bien sûr disparu, mais j'ai été attendri comme un crétin en découvrant une tache de dentifrice encore fraîche sur le bord du lavabo. Elle avait étendu la serviette-éponge sur le dossier d'une chaise où j'ai coutume de poser mes affaires quand je me douche. Et le gant de toilette dont elle s'était servie pendait sur la pomme de douche.

J'ai pris sa serviette-éponge et l'ai portée à mon visage en respirant profondément son odeur. Je me suis collé le drap de bain encore imprégné d'humidité sur la figure pour me nourrir du parfum de sa peau.

Je suis resté ainsi un bon moment avant de me décider à reposer la serviette sur le dossier de la chaise et à éteindre le radiateur électrique qui ronflait encore à plein volume.

J'étais incapable de dire de quoi on avait discuté. Je ne savais toujours rien d'elle, et ayant perdu depuis longtemps le goût de parler de moi en raison de l'insignifiance de ma vie, je ne m'étais pas déshabillé.

Nous avions pourtant beaucoup ri, et j'étais encore surpris de l'aisance avec laquelle nous avions parlé sans nous connaître. Peut-être que la pluie persistante nous avait guidés ? Tombant sans relâche, elle avait libéré nos émotions.

Quand je suis retourné dans la pièce principale, je savais que je n'étais pas près de trouver le sommeil. Je n'avais aucune envie d'aller me coucher, sachant que mes yeux, même fermés, continueraient à voir.

J'ai éteint la lumière, la pièce seulement éclairée par le feu emprisonné dans le poêle, et j'ai tiré un des fauteuils pour m'asseoir à côté de la fenêtre, un peu en retrait pour rester caché de la caravane.

La lumière était toujours vivante chez Lilou. Le « chez Lilou » qui était passé dans ma tête m'a fait sourire.

Il était presque minuit et j'ai l'habitude de me lever tôt pour aller bosser. Mais une nuit blanche ne m'effraie pas. Je ne voulais pas que cette journée s'éteigne. Je me foutais de ne pas dormir et de traîner la patte le lendemain alors que j'avais entrepris de repeindre une chambre d'enfant quelques jours plus tôt, dans une de ces résidences secondaires qui nourrissent mon compte en banque.

La lumière de la caravane a fini par s'éteindre vers deux heures du matin. Je n'ai pas quitté le fauteuil sauf pour aller pisser et nourrir le poêle à bois. Je n'ai pas pu m'empêcher de m'interroger sur ce qu'elle avait pu fabriquer pendant tout ce temps. Elle s'était peut-être aussi laissée aller à la rêverie, ou s'était assoupie, la lumière allumée, comme sur le canapé du salon pendant que je préparais la caravane. Je regrettais de ne pas lui avoir proposé de lecture. J'ai au pied de mon lit quelques bons romans qui s'entassent depuis des années, sans parler des trois bouquins empruntés un peu plus tôt à la bibliothèque.

Mais je ne savais pas si elle aimait lire. Tout ça me revenait, à présent : nous avions surtout parlé musique et de notre vision d'un monde qu'on aurait aimé moins difficile.

J'ai aimé cette soirée. Voir ses cheveux sécher, se purger de leur eau, passer du roux foncé à un orangé clair et lumineux alors qu'on dînait en buvant du vin. Des cheveux dans lesquels commençaient à s'inviter quelques fils blancs. Sa faiblesse m'avait touché. Ses pattes-d'oie autour des yeux quand elle souriait, et même les ridules à la commissure de ses lèvres. Deux demi-cercles qui remontaient vers ses pommettes quand l'amusement peignait peu à peu son regard.

J'ai ouvert une deuxième bouteille de vin quand j'ai pris place dans le fauteuil. Curieusement, malgré tous les verres que j'avais bus, je n'étais pas ivre. Juste égaré.

J'avais hâte de la revoir alors qu'elle n'était qu'à quelques mètres, seulement séparée de moi par la nuit et les minces cloisons de la caravane. Du carton-pâte qui tremblait les jours où le vent pestait. Un peu amer aussi de ne pouvoir être là le lendemain quand elle se réveillerait. Mais il y avait ce chantier que j'avais entrepris et que je devais finir d'ici la fin de la semaine.

Lors du repas, j'ai tout de même appris qu'elle avait trente-sept ans. Je l'ai contredite quand elle m'a avoué que pour elle débutait la mauvaise glissade vers les années qui rétrécissent en un battement d'ailes.

« Si tu le dis, m'avait-elle répondu. On va dire que je suis encore jeune et belle. »

Je suis donc resté encore un bon moment dans le fauteuil après que la caravane eut plongé dans l'obscurité, avant qu'elle ne devienne une ossature spectrale dans la nuit.

Je suis resté à regarder cette forme fragile qui reposait sur deux roues dégonflées, un peu inquiet aussi que Lilou ne s'évanouisse pendant la nuit. Qu'elle ne soit plus là le matin à mon réveil.

Depuis combien de temps était-elle sur la route ? Nous avions évité le sujet. Je sais en revanche que pour ceux qui ont tout perdu les routes chantent comme les sirènes pour extirper les âmes ébréchées des endroits où elles sont en sécurité. Qu'elles les poussent toujours à fuir.

7

Tourmentée

Lilou avait mal dormi. Elle n'avait pas eu de difficulté à trouver le sommeil, mais s'était souvent éveillée, affolée. À chaque fois, elle se réveillait désemparée, mettant quelques secondes avant de savoir où elle était et de revenir sur le rivage de sa vie vagabonde, dans un paysage sans phares, un pays bombardé des routes sur lesquelles elle s'était lancée, un labyrinthe où elle usait ses semelles.

Cette vie sans lumière qu'elle parcourait depuis maintenant huit mois, depuis ce jour pas encore levé où elle avait quitté l'appartement exigu de sa mère.

Ce fameux matin, elle s'était passé un peu d'eau sur le visage, brossé les dents, et avait hissé son barda, préparé la veille en cachette, sur ses épaules.

Elle avait fait attention de ne pas réveiller sa mère, qui dormait derrière la porte fermée dans ce qui était la chambre de ses parents quand elle n'était qu'une fillette. Avant que son père ne sorte de leur vie pour rejoindre une autre femme.

Tous ces souvenirs étaient venus la torturer pendant la nuit. Une pluie de saynètes heureuses et malheureuses, partant des racines de son enfance jusqu'à sa vie de femme.

Elle ne savait pas pourquoi le passé ressortait toujours de terre, comme ces cadavres inhumés qui, au lieu de rester dans leur boîte, percent l'humus pour venir coloniser le cœur de ronces.

Elle avait beaucoup pleuré, pendant la nuit. Des rigoles de larmes s'étaient écoulées, longeant ses joues pour mourir sur son menton alors qu'elle serrait de toutes ses forces la couette sur sa poitrine. Mais aussi des sanglots, des grelots gorgés de souffrance qui faisaient tout trembler en elle.

Il y avait une malédiction sur les femmes de sa famille. Toujours ce même sortilège. Dès qu'une histoire d'amour avec un homme commençait, le compte à rebours de l'abandon se mettait en branle. Un mécanisme de mouvement perpétuel impossible à stopper.

Il en avait été ainsi pour sa grand-mère maternelle, sa mère, et puis, ça avait été son tour.

Elle avait partagé sa vie avec un homme pendant douze ans, une histoire à laquelle elle avait voulu croire. Sacrifiant jour après jour ce à quoi elle rêvait. Les aubes romantiques, les journées éblouissantes et les soirs consolants.

Le bonheur n'avait pas duré longtemps, quelques semaines à peine. Deux ou trois mois tout au plus. Dès l'instant où elle était venue habiter chez lui, les attentions qu'il lui portait s'étaient envolées telle une nuée d'étourneaux effrayés par un grondement de tonnerre. Dès qu'elle avait posé ses valises, qu'elle s'était installée parmi ses meubles à lui, entre l'écran géant et la console de jeux, elle avait eu le sentiment de devenir invisible.

Ses petites attentions disparurent presque instantanément, et dans l'appartement elle avait vite eu l'impression d'encombrer. Elle s'était mise alors à courir après son amour, effectuant toutes les tâches ingrates d'un foyer. Ménage, cuisine, repassage, courses, qu'elle allait faire seule en sortant du travail. Tout ce qu'elle pouvait faire pour être irréprochable.

Il avait très vite cessé de lui dire qu'elle était belle, de la prendre dans ses bras pour l'embrasser goulûment. De lui caresser les cheveux pendant qu'ils regardaient un film à la télé.

Elle avait tout accepté sans broncher. Se forçant à afficher un sourire de circonstance, à cacher ses tristesses en se maquillant le matin, peignant ses cils, rougissant ses lèvres, glissant derrière ses oreilles des gouttes de parfum. Mais rien n'y avait fait. Il avait vite perdu tout désir pour elle, même dans leurs rapports sexuels, rapidement mués en une mécanique froide, un mouvement de va-et-vient, sans avant ni après.

Lilou se cachait souvent pour pleurer. Elle ne disait rien à sa mère, qui avait sombré depuis que son mari était parti. Une mère dont la magnifique chevelure rousse avait blanchi en quelques jours suite à la rupture, et qui gardait sur sa tête ce négligé de cheveux blancs. Des cheveux mal coupés aux pointes fourchues, où la brosse paresseuse ne passait plus que rarement.

Lilou était triste de voir ce que sa mère était devenue. Elle avait été belle. Une silhouette mince, toujours coquette. Un maquillage discret, juste pour illuminer son visage. « Une belle petite femme d'intérieur », comme disait souvent son père. Aux petits soins pour son mari et son unique fille.

Pendant cette nuit dans la caravane, ces souvenirs étaient donc revenus cogner sur le toit, enrobés dans les gouttes de pluie. Comme des oiseaux morts tombant du ciel.

Alors qu'elle pleurait en repensant à tout ça, Lilou se demandait comment elle avait pu tenir douze ans. Douze ans de vide. Douze ans de rien. Douze ans de vaisselle dans l'évier. Douze ans à passer l'aspirateur. Douze ans de courses au supermarché. Douze ans à se lever tôt. Douze ans à perdre ses semaines dans un boulot insipide pour un salaire de rien. Douze ans à côté d'un homme qui l'avait rendue invisible. À écarter les jambes en essayant de ne penser à rien. À attendre qu'il ait fini. Douze ans à échanger des banalités. À l'entendre sans le voir. Puis à ne plus l'écouter ni le voir. À rester là, pourtant. Sans savoir pourquoi. À résister. Douze ans de silence. Et de cris, aussi. Douze ans d'une mort annoncée. Et paradoxalement, une éternité qui avait filé en moins de temps qu'il n'en faut pour fumer une cigarette.

La cigarette… Une bonne chose de réglée.

Elle avait arrêté de fumer depuis le jour où elle avait quitté l'appartement de sa mère. Un lieu miné par le chagrin, dans lequel elle n'aurait pas pu retrouver son souffle.

Et elle n'avait plus touché à une cigarette depuis huit mois. Elle avait arrêté sans préméditation, sans vœu pieux, juste par économie. Et l'air aspiré dans ses marches forcées avait vite rempli ses poumons du manque qu'elle ressentait.

Douze ans… Quelle conne ! pensait-elle tandis que ses doigts se crispaient sur la couette. Elle ne gardait curieusement de ces années que des sketchs de vie. Les copains de son mec qui se pointaient à pas d'heure. Les matchs de foot à la télé. Les bières qu'ils sifflaient alors que les blagues se faisaient de plus en plus graveleuses. Ces week-ends où ils cohabitaient dans une pénurie de mots. Les vacances d'été, toujours dans le même camping. Ce camping en bordure de rivière où elle devait se coltiner les parents de son mec.

La bile qu'elle avait dans l'estomac lui faisait encore mal. Surtout quand elle repensait au soir où il lui avait demandé de partir parce qu'il avait rencontré une autre femme à son boulot, une fille de la compta. Elle n'avait ressenti aucune culpabilité en lui quand il lui avait avoué cette liaison. Mais un soulagement. Les mots étaient sortis glacés. Sans tremblement. Sans claudication. Ils étaient sortis naturellement, nus de tout sentiment.

Lilou n'avait pas versé une larme. Elle l'avait laissé parler et, quand il s'était tu, elle avait juste dit :

« Ça y est, tu as fini ? »

Elle ne regrettait que le temps perdu. De ne pas avoir eu d'enfant, aussi. Et elle entendait encore l'argumentaire de son mec à chaque fois qu'elle mettait sur le tapis cette histoire d'enfant.

« Tu crois pas qu'on a déjà assez de problèmes de fric comme ça !? Qu'est-ce qu'on ferait d'un gosse ? »

Un discours tellement rodé qu'elle en avait encore des échos dans la tête. Une haine pour ces mots, surtout quand elle avait appris, quelques mois plus tard, par une connaissance commune du quartier, qu'il allait être papa.

Elle avait attendu un week-end pour réunir ses affaires, le nécessaire, ses fringues et objets personnels, laissant tout le reste, vaisselle et mobilier. Petit électroménager et babioles de décoration.

Une de ses collègues de travail était venue la chercher. Elles avaient tout descendu en quelques allers-retours d'ascenseur alors que le type avec qui elle avait passé douze ans de sa vie jouait à la console, le cul sur le canapé.

Le coffre chargé et le reste des sacs en vrac sur la banquette arrière, les deux femmes étaient parties. La voiture s'était éloignée sans que Lilou se retourne.

Il n'y avait pas eu d'au revoir, pas un mot.

C'est ainsi que Lilou était revenue vivre chez sa mère. Elle n'était pas allée travailler, les jours qui avaient suivi. Elle s'était fait virer pour abandon de poste.

Un an s'était écoulé. Des heures, des jours et des mois suintant dans un siphon encrassé. Dans l'asphyxie de la tristesse. Dans le braillement de la télé allumée du matin au soir. Dans les yeux vides de sa mère. Dans les jours qui n'en sont plus. Dans l'idée de cette route à prendre qui grandissait chaque jour de nouveaux kilomètres.

8

Entre chien et loup

Lilou entendit Monty partir alors qu'elle dérivait dans un demi-sommeil. Le moteur du break était venu grogner dans son esprit, encore nauséeux après la nuit. Elle maugréa avant de comprendre une fois encore où elle se trouvait, et tout lui revint dans une rafale chargée des événements de la veille.

Elle resta sous la couette sans bouger, retenant bêtement sa respiration, comme si Monty pouvait deviner qu'elle ne dormait plus et décidait de venir frapper à la porte de la caravane.

Lilou n'avait aucune envie de le voir. Pas si tôt, pas tout de suite, pas la force. Ne serait-ce qu'échanger quelques mots lui était impossible. Elle voulait se réfugier encore un moment dans sa solitude, blottie derrière ces cloisons d'aggloméré, ce rempart fragile.

Elle se sentit soulagée quand elle entendit la voiture embrayer et s'éloigner. Quand les roues du break cahotèrent dans le chemin pour se perdre en quelques secondes et que le silence s'imposa de nouveau.

Elle respira un grand coup, se frotta les yeux avec la paume de la main. Elle s'aperçut à travers le rideau à fleurs que le jour n'était pas encore levé. La caravane baignait dans la pénombre. Les yeux gonflés, Lilou voyait flou avec l'impression d'avoir des clous dans la tête. Elle semblait découvrir comme une étrangeté l'intérieur démodé de la roulotte. Un intérieur comme on n'en voyait plus que dans les vieux films. Avec, en plus, l'odeur de renfermé et d'humidité.

En allant se coucher, elle avait éteint le radiateur électrique qui crachait un air poussiéreux, gênée par cette chaleur étouffante de laquelle ses nuits dehors l'avaient déshabituée. Mais à présent, elle avait froid dans cette aube humide. Bien qu'elle eût gardé ses chaussettes, elle avait les pieds gelés et ressentait des frissons dans tout le corps. Elle espérait ne pas avoir attrapé la crève et ramena ses mains sous la couette pour tenter de se réchauffer.

Elle se sentait fatiguée. Bien plus que la veille au soir, quand Monty lui avait souhaité une bonne nuit.

D'avoir tant pleuré l'avait vidée, et ses nerfs, qui l'avaient maintenue debout pendant ses longs mois d'errance, n'étaient plus que les fils désenchantés d'une marionnette de chiffon. Elle se sentait molle, amorphe, dans l'incapacité de bouger.

Elle tendit la main pour attraper sa montre, qu'elle avait placée à l'intérieur d'une de ses chaussures au pied du lit. Il n'était pas encore sept heures trente.

En temps normal, elle était déjà levée depuis longtemps. À cette heure, elle avait déjà bu un mauvais café sorti du distributeur d'un relais routier ou un expresso dans un bistrot. Elle était déjà à tendre la main pour tenter de récolter quelques pièces dans une rue, ou avait déjà commencé à marcher le long d'une route, d'un pas vidé de pensées ; mais ce matin-là, elle referma les yeux et se rendormit.

Lilou se réveilla deux heures plus tard. Elle allait mieux, et les premières notes disgracieuses de migraine qu'elle avait cru percevoir s'étaient envolées. Elle bâilla profondément et étira ses bras au-dessus de sa tête en se cognant les mains sur une paroi.

Quand elle regarda de nouveau sa montre, elle eut du mal à croire qu'il était dix heures passées. Elle ne voyait plus flou et l'intérieur de la caravane ne lui sembla plus aussi ringard. Ce bain dans le passé était presque romantique. Elle avait l'impression d'être retournée à une époque où il avait dû faire bon vivre.

Elle souleva la couette et sortit du lit. Malgré son dos endolori à cause de la trop fine épaisseur du matelas, elle se sentait de nouveau elle-même.

Elle tira le rideau, essuya la vitre couverte de buée. Le ciel était gris, mais la pluie s'était arrêtée. Autour de la maison, les arbres ployaient encore sous le poids des gouttes alors que le sol n'était que boue. Alentour, le paysage semblait composé d'îlots de bosquets au milieu de champs abandonnés.

Elle enfila le jean de la veille, passa un sweat-shirt et mit ses chaussures avant d'attraper sur la paillasse de l'évier la clef que Monty lui avait confiée la veille. Et elle quitta la caravane pour rejoindre la maison, à quelques mètres.

Monty avait installé entre les deux des palettes pour éviter de se crotter les pieds, un imbroglio de planches clouées qui n'était pas sans rappeler les ponts des jardins japonais courant au-dessus de petits cours d'eau ou de bassins raffinés. Mais ici, le paysage n'avait rien d'enchanteur.

Lilou donna deux tours de clef et poussa la porte d'entrée. Elle trouva l'interrupteur pour conjurer la pénombre qui agaçait l'intérieur et regarda la pièce pour raccorder ses souvenirs de la veille avec ce lieu à présent imbibé d'un silence borné.

Elle vit sur la table de la cuisine un bol, une petite cuillère, des pains au lait et un pot de confiture à la fraise, et, en s'approchant, découvrit un petit mot lui disant de faire comme chez elle. Un chez-elle qu'elle n'avait plus.

Elle repéra la cafetière et se prépara un café. Elle se rendit aux toilettes pendant que l'arabica se dégorgeait de son jus. Quelques minutes plus tard, la cafetière gémissait ses dernières gouttes et elle s'en versa un bol avant d'y plonger deux sucres.

Assise à la table, elle tournait sa cuillère avec paresse, les cristaux de sucre se diluant lentement au fond du bol.

Elle n'avait pas faim et ne toucha pas aux pains au lait.

Son café au fond de l'estomac, elle leva les bras au-dessus de sa tête pour s'étirer. Le poêle abritait encore quelques braises et elle se demanda si elle devait remettre du bois ou le laisser s'éteindre.

Elle commença à arpenter la pièce. Il ne manquait rien, mais l'ameublement était réduit au strict minimum. Pas de bibelots, d'objets de décoration, aucune photo de famille ou d'amis. Elle était surprise de ne pas voir de télévision, l'icône auréolée qui avait trôné dans son salon pendant les douze ans de son ancienne vie.

Il y avait la chaîne hi-fi, un modèle qui datait, et des étagères de CD. Quelques livres aussi, empilés au pied du canapé. Des pubs périmées. Et des papiers administratifs aux enveloppes arrachées, des factures avec le patronyme de Monty qu'elle éplucha pour tenter d'en savoir un peu plus sur ce gars qui lui avait ouvert sa porte.

Lilou était gênée d'agir ainsi, comme une cambrioleuse d'intimité. Une racketteuse d'indices. Mais la curiosité était plus forte, et elle éprouvait une vraie jubilation à chercher des secrets qui n'en étaient pas.

Elle avait la trouille ridicule que Monty surgisse de nulle part et la prenne en flagrant délit, mais cette peur, au lieu de la réfréner, l'excitait encore plus.

Elle s'aventura dans les autres pièces, poussant les portes pour fouiller la vie de son hôte. Elle ouvrit les placards, les tiroirs, descendit les boîtes des étagères pour regarder dedans en prenant soin de remettre les choses en place. Elle contrôla aussi la chambre de Monty, où le lit n'avait pas été fait. Regarda aussi sous le sommier, sous le matelas, allant même jusqu'à fouiller les poches de trois pantalons empilés sur une chaise. Elle inspecta l'intérieur de l'armoire, plongea les mains dans les quelques blousons pendus sur des cintres, souleva les piles de tee-shirts et de draps.

Après une heure de fouille minutieuse où elle avait pris soin de tout remettre à sa place, elle n'avait rien trouvé.

Rien qui en vaille la peine.

Et surtout, rien de ce qu'elle avait espéré trouver. Des photos. Des traces d'une vie qui auraient pu l'éclairer sur l'homme.

Ce type ne semblait pas avoir de passé. Rien ne le reliait à qui que ce soit. Et pour elle, c'était étrange.

Elle finit par se doucher après être allée prendre sa trousse de toilette dans la caravane.

Elle s'accorda le droit de prendre son temps, de se purger sous la douche, comme elle l'avait fait la veille. Quand elle sortit de la salle d'eau, il était déjà midi.

Elle prit deux œufs dans le frigo, les fit frétiller dans une poêle et se servit le reste de la bouteille de vin, de quoi remplir un demi-verre. Quelques sourires de lumière se dessinaient au loin, mais la journée semblait vouloir rester cadenassée à la grisaille. Elle espérait qu'il n'allait pas se remettre à pleuvoir. Elle en avait marre de la pluie. Elle en avait soupé, depuis des semaines. Même si elle était au sec, elle n'avait pas envie d'entendre de nouveau ce ciel pleurnichard. Elle se souvenait pourtant des automnes de son enfance, quand avec ses parents elle allait chercher des marrons et rentrait ensuite pour en faire de petits personnages. En y plantant des allumettes pour relier la tête au corps et y ajouter des bras et des jambes.

Elle sourit, mélancolique. Regarda vers l'évier.

La vaisselle sur l'égouttoir, elle se demanda ce qu'elle pourrait bien faire maintenant. Explorer les environs ? Du peu qu'elle avait deviné, même derrière le masque de la nuit, il n'y avait rien à voir. Et elle avait suffisamment marché ces derniers mois pour s'accorder un peu de repos.

Elle avait l'intention de rester quelques jours. Dès qu'elle arrivait quelque part, elle avait vite cette fringale d'évasion. Elle voulait se sentir libre, ne pas être rattrapée par ses ombres. Elle ne voulait pas se retourner, avancer chaque jour, la tête seulement occupée par ce qu'elle trouverait à manger et l'endroit où dormir, le soir venu.

Elle voulait en parler à Monty, par honnêteté, qu'il n'attende rien, car elle ne voulait rien lui donner, à lui ou à un autre.

Lilou se rendit dans la buanderie, où il y avait la machine à laver et le bidon de lessive qu'il lui avait montrés la veille. Puis elle retourna dans la caravane vider son sac à dos de ses vêtements sales. Elle ramassa le tas de linge qu'elle avait balancé sur le lino et se colla son duvet sur l'épaule, en espérant qu'il rentrerait dans le tambour. Elle avait tout l'après-midi pour faire des lessives.

Elle culpabilisait un peu de se servir ainsi de Monty, mais elle ne lui avait rien demandé et elle n'était pas en position d'avoir des scrupules.

Elle aurait aimé avoir un peu d'argent pour le dédommager, pour la nourriture et le reste. À part le billet de dix qu'il lui avait donné, et quelques pièces qu'elle avait récoltées ici et là, elle était démunie.

Trente minutes plus tard, la lessive était terminée, elle se rendit à la remise pour étendre son linge.

Puis elle mit son duvet à tourner.

Elle regarda sa montre. Il était quinze heures bien frappées et elle ressentit soudain une appréhension à l'idée de revoir Monty.

Elle eut un coup de fatigue.

Il n'avait pas plu et le ciel avait même tendance à se dégager. Un passage semblait s'ouvrir dans les cieux.

9

La journée de Monty

Le réveil fut difficile, Monty eut du mal à sortir du lit. Alors que son portable sonnait à six heures trente, il n'avait pas réussi à ouvrir les yeux. Ce n'est qu'au deuxième rappel qu'il s'était sorti de la couette. Il était resté un moment hagard, assis au bord du lit, les pieds dans ses chaussons, avant de se hisser sur ses jambes et de se préparer un café dans l'espoir de trouver de l'énergie.

Il le but debout, adossé à la paillasse de l'évier en pensant déjà à Lilou, qui devait dormir. Il alla à la fenêtre, vit les rideaux de la caravane toujours tirés. Il rangea le fauteuil qu'il avait déplacé la veille pour garder un œil sur elle.

Il n'avait pas envie d'aller travailler. Il aurait voulu rester là pour l'accueillir à son réveil, lui préparer le petit déjeuner et passer la journée avec elle.

Mais il ne pouvait pas s'offrir ce luxe, il devait terminer le chantier pour la fin de la semaine. Alors il partit se doucher en cinq minutes, enfila ses fringues de boulot, mit une banane, une pomme et un Coca dans un sac plastique, et sortit de la maison.

Il espérait pouvoir rentrer manger avec elle à midi. Rien n'était moins sûr, car il avait pris du retard et le chantier était à près de quarante kilomètres. Une bonne demi-heure de route, trop de temps perdu, si bien qu'il savait qu'il ne serait pas raisonnable de revenir pour déjeuner.

Il faisait encore nuit quand il avait fermé la maison.

En allant à sa voiture, il avait regardé la caravane le cœur serré. À regret il avait pris place au volant et manœuvré lentement pour faire le moins de bruit possible, en jetant machinalement des regards dans le rétroviseur avant de rejoindre la route.

En passant la troisième, il descendit les vitres de la voiture pour que les gifles du vent lui remettent les idées en ordre. L'air froid et humide lui fouetta aussitôt la peau en fouillant dans ses cheveux alors qu'il conduisait, l'œil hagard.

Les routes étaient désertes, encore colonisées par la nuit, et il roulait déjà depuis vingt minutes quand il croisa les veilleuses du premier véhicule, une petite bagnole bleue.

Il s'était endormi à deux heures du matin, aussitôt asphyxié par le sommeil dès qu'il s'était glissé sous la couette. Le vin l'avait emporté vite et loin. Une nuit sans rêves. Une plongée immédiate et profonde.

Monty vit le jour se lever, entraîné par l'horloge des kilomètres qui défilaient.

Arrivé à la maison de son client, il se gara dans la cour pour commencer la journée de travail qui l'attendait.

Il alla directement dans la chambre d'enfant. Il en caressa les murs pour s'assurer que les enduits avaient séché et se mit au boulot après avoir allumé le transistor qui l'accompagnait sur ses chantiers. Une radio qui passait un peu de tout, sans trop de bla-bla ni d'atermoiements en boucle sur les malheurs du monde.

Les infos le rebutaient. Il fuyait la litanie des mauvaises nouvelles, auxquelles il ne pouvait rien changer et qui avaient juste le don de salir son moral. Il n'éprouvait aucune honte à ne pas se tenir informé. Il avait vite compris que les mauvaises histoires avaient la peau dure, qu'elles se multipliaient comme du chiendent qu'il ne servait à rien de défricher, elles repoussaient toujours plus vivaces.

Il avait depuis longtemps pris le parti de ne s'occuper que de ses affaires, une attitude d'indifférence que certains pouvaient prendre pour de l'égoïsme ou de la lâcheté, une vision étriquée du monde, alors qu'il voyait dans son détachement une certaine sagesse. Un chemin qu'il aurait hésité à qualifier de spirituel, même s'il avait bossé dur pour atteindre ce détachement, pour trouver cette bienveillance envers lui-même en portant un regard indulgent sur tout ce qui l'entourait.

Monty mit du papier de verre fin sur une cale et commença à frotter les murs pour en éliminer les aspérités, en gommer les grains. Il effectuait des mouvements circulaires en passant à chaque fois la main sur la partie de mur qu'il avait grattée pour vérifier son travail. Il augmenta un peu le son de la radio. Avec une nuit si courte, il n'était pas au mieux de sa forme.

Comme un crétin, il avait oublié d'emporter une Thermos de café. Du jus, noir et fort, qui aurait pu lui envoyer du courant dans les veines.

Le premier bistrot n'était pas tout proche et il n'avait pas envie de s'interrompre alors qu'il venait juste de s'y mettre.

Il avait les yeux abattus, et l'estomac un peu en vrac à cause du vin. Il s'était fait peur ce matin en découvrant sa tête dans le miroir au-dessus du lavabo. Il avait des poches sous les yeux, gonflées et dures. Des cernes noirs, hérités de son père et de son grand-père, lui donnaient en permanence l'air fatigué, même quand il ne l'était pas. Il avait systématiquement « une tête de raton laveur le matin au réveil », comme lui avait dit une de ses ex.

Tandis que la poussière volait dans la chambre, toutes ses pensées rôdaient autour de Lilou. Elle ne sortait pas de sa tête, emprisonnée comme un oiseau en cage dont il se régalait de la voix, du rire et même des soupirs. Il repensait à son visage piqué de taches de rousseur, son nez en trompette, ses yeux bleu pâle et ses cheveux roux qui avaient gardé de la douche l'odeur du shampoing.

Il pensait aussi à son corps de femme enfant, son corps mince, son petit cul et ses seins, invisibles sous le large sweat-shirt qu'elle avait enfilé la veille pour le dîner.

Il n'avait pas ressenti ça pour une femme depuis des années. Des années invisibles qu'il avait laissées filer quand il avait capitulé et renoncé à l'idée de fonder une famille.

Cette abnégation était la conséquence d'une courte liste d'histoires décevantes, d'aventures aux jambes atrophiées qui ne l'avaient jamais mené bien loin.

Il était incapable de dire depuis combien de temps il était seul. Il avait cessé de compter les saisons depuis sa dernière aventure. Et les hivers s'étaient ajoutés aux hivers.

Cela remontait à sept, huit, ou peut-être neuf ans.

Il en avait tenu le décompte au départ, à l'instar du taulard qui purge sa peine en saignant les murs de sa cellule de traits jusqu'au jour de sa libération. Il avait espéré pendant plusieurs années avant de se laisser gagner par la résignation. Persuadé d'avoir été condamné à la solitude à perpète.

Monty ne croyait pas en Dieu, mais il croyait au destin. Il ne savait pas si tout était écrit, il était persuadé en revanche que certaines choses ne l'étaient pas. Et il acceptait que l'amour ne fasse pas partie des bonheurs auxquels il avait droit.

Il avait lu des bouquins sur le karma et se disait qu'il avait peut-être été un salopard avec les femmes dans d'autres vies. Il s'était aussi intéressé à une autre théorie ésotérique, qui prétendait que les gens choisissaient leur chemin de vie avant de s'incarner sur terre, pour évoluer et comprendre les erreurs du passé. Et de toute évidence, il avait renoncé à signer le formulaire pour une vie à deux, une famille avec des enfants.

Alors qu'il errait dans ses réflexions, il se dit qu'il s'était peut-être planté sur toute la ligne. Ou que son heure avait simplement tardé à venir.

L'arrivée de Lilou dans sa vie abattait d'un coup tous les remparts qu'il avait dressés.

Monty venait de terminer le ponçage de l'enduit. Il prit une balayette pour chasser la poussière du plafond et des murs.

Malgré les fenêtres ouvertes, la pièce baignait dans une poudre blanchâtre dont il était couvert de la tête aux pieds. L'opération achevée, il replia le plastique qu'il avait étalé sur le parquet et sortit l'agiter devant la maison. Puis il retourna l'étendre sur le sol de la chambre pour s'attaquer à la peinture.

Les propriétaires voulaient un plafond blanc, un mur gris, et les autres d'un bleu lumineux baptisé bleu Fjord. Monty trouvait ça joli et, naturellement, il prenait plus de plaisir lorsque les travaux demandés flattaient ses goûts.

Il partit chercher les pots de peinture dans le garage, le seau avec sa grille, un bac supplémentaire, ses rouleaux et pinceaux, sans oublier l'escabeau, la tige métallique pour mélanger les teintes, et des chiffons.

Il dut faire plusieurs voyages, mais avant d'attaquer, il mangea sa pomme et sa banane et décapsula la canette de Coca.

En même temps, il mesura le travail accompli, satisfait de l'état de ces murs qu'il avait découverts dans un sale état. Cela le motivait.

Un conseil que son père lui avait donné : toujours regarder le travail réalisé plutôt que celui qu'il restait à faire. Une façon de ne pas se laisser gagner par la lassitude quand on se lançait dans un chantier.

Après avoir préparé la peinture blanche, il plaça le rouleau sur la perche et commença à peindre le plafond.

C'était toujours le plus pénible, les bras en l'air, la nuque tendue, à croiser et recroiser les bandes de peinture pour obtenir un résultat uniforme. Surtout qu'il était fatigué après sa courte nuit et que la perche semblait peser une tonne. Mais il œuvrait avec méthode, refusant d'écouter les douleurs de son corps et ignorant la sueur qui lui coulait dans les yeux.

Il réalisa trop tard qu'il avait oublié de mettre sa casquette quand il sentit quelques gouttes de peinture lui tomber dans les cheveux.

Après une inspection minutieuse, il s'attaqua aux boiseries pour laisser au plafond le temps de sécher avant la deuxième couche.

Il aimait son boulot. Faire quelque chose de ses mains lui avait toujours apporté le repos de l'âme. Quand il était sur un chantier, attentif à ses propres gestes, il ne pensait à rien d'autre. Il avait la tête vide, un vide analgésique qui étouffait le désordre qui régnait parfois dans ses pensées. Alors que le pinceau glissait en effectuant des allers-retours sur les boiseries autour de la porte, que son poignet dansait, souple et agile, il avait non seulement l'impression de réparer les outrages du temps sur le bois, mais aussi de recouvrir les malheurs de sa vie.

Il s'attela ensuite aux plinthes après avoir collé du papier adhésif de masquage sur le parquet pour ne pas le tacher.

C'était un beau parquet en chêne que les propriétaires, il l'espérait, feraient poncer et cirer, car les nervures du bois étaient magnifiques. Ce serait la touche finale à son ouvrage.

Monty commençait à avoir la tête qui tournait. Il était quatorze heures passées et la faim le tenaillait de plus en plus. Il regrettait de ne pas s'être préparé un sandwich alors qu'il savait pertinemment en quittant la maison le matin que revenir déjeuner lui serait impossible.

Lilou revint dans ses pensées dans une vague bienveillante. Il se demandait si elle avait bien dormi dans la caravane, avait trouvé tout ce dont elle avait besoin dans la maison et ne se morfondait pas trop à errer dans une baraque vide, sans même une télé.

Vivre isolé faisait peur à beaucoup, et il espérait qu'elle ne se sentirait pas trop angoissée dans cette tanière de briques au milieu des champs, si elle décidait de rester un peu. Ou plus encore.

Quand Monty termina la deuxième couche du plafond, le soleil aveuglait le ciel gris. Les nuages avaient disparu et la température avait grimpé. Il n'y aurait pas besoin d'une troisième couche, car le résultat était impeccable. Un vent doux pénétrant par les fenêtres ouvertes se promenait dans la pièce. Il ne pourrait pas faire plus aujourd'hui.

Monty nettoya le rouleau et les pinceaux, transvasa la peinture du seau dans le pot de peinture, qu'il referma hermétiquement, ressortit secouer le plastique à l'extérieur avant de tout ranger dans la pièce pour retrouver un chantier propre le lendemain matin.

Il était fourbu mais satisfait de sa journée. Il alla se savonner les mains et les avant-bras dans l'évier de la cuisine, se passa de l'eau sur le visage, ramassa ses affaires et, après avoir fermé la porte d'entrée, prit place au volant de sa voiture.

Il rêvait de s'acheter un pick-up et économisait pour ça. Il se contentait de son break pour le moment, mais un pick-up serait plus adapté, surtout quand il répondait à des offres de jardinage et qu'il devait transporter sa propre tondeuse, le taille-haie et parfois sa tronçonneuse. Sans oublier pelle, bêche et râteau.

Alors qu'il roulait pour rentrer, il sentit la fatigue l'envahir. Il bâillait sans cesse et se frottait les yeux régulièrement pour chasser le tas d'aiguilles qui lui éraflait les pupilles.

Il avait hâte de revoir Lilou, s'interrogeait aussi sur ce qu'ils allaient pouvoir se dire. Les choses s'étaient faites naturellement la veille, mais se retrouver de nouveau face à elle l'intimidait. Il espérait que les choses se passeraient simplement, que les mots sortiraient sans qu'il ait besoin de les déterrer.

Arrêté à un carrefour, il vit un gros chat roux sur le muret d'une maison qui le fixait d'un air étrange. Le chat semblait le scruter, dépecer ses secrets de ses yeux inquisiteurs, comme s'il percevait des choses que Monty lui-même ignorait.

Monty n'avait jamais croisé autant de chats roux que ces derniers jours. Quelques jours avant sa rencontre avec Lilou, d'ailleurs, et il ne savait pas quoi en penser…

La région était empoisonnée de chats, dont beaucoup de chats errants, mais il n'y avait jamais vraiment prêté attention. Et même si c'était stupide, il aurait juré que c'était toujours ce même chat rouquin qu'il voyait plusieurs fois dans la journée, parfois à des kilomètres de distance.

Il redémarra et ouvrit la vitre côté conducteur pour être caressé par le vent. Il essayait de chasser de sa tête le regard de l'animal. Sans succès. Il s'était senti déshabillé, presque menacé.

Il mit son délire sur le compte de la fatigue. Et quand un chat en tout point identique traversa la rue principale d'un autre village, il décida de ne pas s'en formaliser.

Quand il s'engagea dans le sentier qui menait à la maison, il découvrit Lilou assise sur les marches de la caravane en train de lire un bouquin. Avec encore cette saloperie de chat roux à ses pieds. En entendant la voiture, le matou détala sans que Lilou relève la tête. Elle attendit que Monty descende de sa bagnole pour sortir le nez de son livre et lui faire un petit signe de la main. Juste une main levée, sans sourire sur le visage. Elle retourna aussitôt à sa lecture.

Monty resta quelques instants interdit, déçu par cet accueil glacial, puis décida d'entrer dans la maison. Il ne s'était pas attendu à de grandes effusions, mais il avait imaginé un peu plus de chaleur, quelque chose de simple et d'amical.

La connivence timide qui avait plané la veille au-dessus des verres de vin semblait s'être évaporée. Il eut le sentiment d'être rejeté, un sentiment qui avait souvent gangrené sa vie. Il rentra dans la baraque le cœur lourd pour se défaire de son pardessus qu'il abandonna négligemment sur le canapé. Il but de l'eau à même le robinet de la cuisine, alla pisser avant de rejoindre la salle d'eau.

Il remarqua tout de suite que tout était propre et rangé. Le carrelage brillait et il pouvait presque voir son reflet dans l'émail du lavabo. Il aimait aussi l'odeur de lavande du produit détergent que Lilou avait utilisé. Il resta ainsi quelques instants, bêtement reconnaissant devant les draps de bain parfaitement pliés sur les porte-serviettes.

Il était touché par cette attention. Comme tous les gens qui vivent seuls, il avait pris l'habitude de pourvoir à toutes les corvées que demandait une maison pour ne pas se retrouver enseveli sous la pagaille. De ne devoir compter que sur lui.

Il se sentait souvent fatigué de tout devoir gérer seul, du ménage aux courses, sans oublier les tâches administratives qu'il devait se coltiner, pour lui et pour son entreprise.

La déception qu'il avait ressentie devant la froideur de Lilou éclata aussitôt comme un nuage qui se vide de sa noirceur. Ramenant dans son cœur la tendresse qu'il ressentait déjà pour cette femme.

Monty se déshabilla pour plonger sous la douche. Il avait mal partout et ses yeux le brûlaient. Il laissa l'eau couler sur son corps pendant plusieurs minutes avant d'attraper son gant de toilette et de se savonner pour brosser la sueur poisseuse accumulée pendant la journée et les coulées de peinture sur son visage et ses avant-bras. Il se brossa les ongles, se fit un deuxième shampoing et se rinça avant d'attraper la serviette pour se sécher.

Il crut entendre des bruits dans la cuisine alors qu'il se rasait, vêtu d'un slip et d'un tee-shirt blanc. Quand il sortit de la salle d'eau, habillé de propre, il vit Lilou dans la cuisine qui mettait une casserole d'eau sur le brûleur de la gazinière.

— Excuse-moi pour tout à l'heure, mais j'étais tellement prise par ce bouquin…

Monty lui sourit en lui disant que ce n'était pas un problème.

Lilou avait mis la table et elle agita dans l'air un paquet de pâtes.

— Ça te dit, des pâtes ? Je me suis permis de fouiller dans les placards.

— Tu as bien fait, bien sûr. Il y a du jambon dans le frigo, et peut-être encore du parmesan.

Lilou le regarda, confuse.

— Je suis désolée, il n'y a plus de jambon.

— Ce n'est rien, tu as bien fait de le manger, c'est fait pour ça.

— En fait, ce n'est pas moi qui l'ai mangé. Je l'ai donné à ce pauvre chat affamé. J'espère que tu ne m'en veux pas ?

— Non, non, tu as bien fait.

Lilou était différente de la veille. Elle semblait innocente de tous les maux du monde. Il retrouvait cet air de petite fille qu'elle avait eu plusieurs fois lors de leur premier dîner, en répondant naïvement à ses questions ou en exprimant des idées qui avaient fait sourire Monty.

— Et pendant que je suis dans l'aveu, je me suis permis d'emprunter un des bouquins que tu avais laissés sur la table basse : *La Boutique de la seconde chance*, et vraiment, j'adore !

— Tu as eu raison, bien sûr, les livres sont faits pour être lus.

Lilou se contenta de sourire et il remarqua une dent plus jaune que les autres, une incisive.

Ils dînèrent tranquillement. Monty la remercia pour la salle d'eau, et Lilou lui répondit que c'était le moins qu'elle pouvait faire. Elle lui dit aussi qu'il ne devait pas hésiter à lui faire savoir quand il voudrait qu'elle s'en aille.

Elle lui raconta sa journée, il lui parla de la sienne, qu'il trouvait sans intérêt, même si elle l'encouragea à plusieurs reprises à lui donner plus de détails.

Elle se dévoila un peu plus. Quelques nappes de brume se dissipèrent. Il apprit qu'elle avait vécu en couple longtemps et fait des tas de petits boulots. Vendeuse, caissière, aide à domicile, de l'intérim aussi, un peu dans tout et dans rien.

Malgré la fatigue, Monty se sentait bien, en confiance. Il avait le sentiment d'être en compagnie d'une amie de longue date.

Il ne se rappelait pas avoir éprouvé une telle aisance à parler avec une femme, comme si pour chacune de ses phrases Lilou dégotait aussitôt la suivante, comme un puzzle qui s'emboîtait à la perfection pour crayonner devant eux un paysage bucolique sans frontières.

Elle prit soin de le rassurer : oui, elle avait bien dormi, non, elle n'avait pas eu froid… Elle lui était reconnaissante de lui offrir un peu de repos, et se garda bien de lui parler des gouttes de chagrin qui avaient inondé sa nuit.

Elle n'avait jamais rencontré un garçon aussi gentil… un homme, corrigea-t-elle en pensée.

Il était beau à sa façon. Malgré des oreilles trop grandes et un crâne qui commençait à se dégarnir. Des yeux marqués de cernes noirs qui lui donnaient l'air mélancolique. Elle aimait sa douceur. Ses petites attentions, comme de lui resservir du vin ou de l'eau, de s'inquiéter pour elle.

Lilou rejoignit la caravane vers vingt-trois heures, après qu'ils eurent fait la vaisselle, mise à sécher sur l'égouttoir. Cette fois, en sortant de la maison, elle l'embrassa sur la joue et lui souhaita bonne nuit.

10

Le vent

Comme la veille, Lilou était déjà réveillée quand Monty partit travailler. Elle avait mieux dormi, sans cauchemars ni marécages de pensées accablantes. Elle s'était réveillée plusieurs fois dans la nuit, mais s'était vite rendormie. Sans être tout à fait sereine, elle se sentait plus apaisée. Elle resta sous la couette, les yeux fermés, dans l'idée de flemmarder encore un peu au lit.

Monty aussi avait goûté à un sommeil réparateur. Il s'était couché directement quand Lilou avait rejoint sa maison sur roues, et s'était aussitôt endormi dès qu'il avait fermé les volets de ses yeux. Il s'était juste levé vers trois heures pour aller pisser suite au vin qui avait bercé leur soirée, mais il n'avait fait que passer devant la fenêtre du salon pour jeter un coup d'œil satisfait sur la caravane, un sourire aux lèvres devant l'image de Lilou qu'il imaginait plongée dans le sommeil.

Alors, il se réveilla en meilleure forme que la veille et, après avoir bu un café, il enfila ses fringues et partit sur son chantier.

La pluie semblait s'être éloignée et il apprécia en roulant le panache coloré des arbres en bordure de route et les couleurs fauves des îlots d'arbustes qui pointaient au milieu des champs.

Il n'alluma pas la radio, cajolé par des pensées lénifiantes, un optimisme mélodique qu'il n'avait pas entendu depuis des années.

Arrivé sur le chantier, après avoir regardé à tête reposée le travail de la veille, il se mit à peindre les trois murs qui devaient accueillir le gris perle, en veillant à ne pas déborder sur les boiseries et les plinthes qu'il recouvrirait de toute façon d'une deuxième couche.

Cela lui prit trois petites heures. Une fois le travail terminé, après s'être lavé les mains, il rejoignit son break pour se rendre chez une grand-mère qui l'avait appelé la veille pour un siphon de cuisine bouché.

C'était à une dizaine de kilomètres à peine, et même s'il n'était pas plombier, ce petit boulot allait laisser aux murs le temps de sécher.

Monty était un gars sérieux. Contrairement à d'autres qui se plaignent de la crise, il était bien loti, ayant parfois plus de demandes qu'il ne pouvait en satisfaire.

Il en profiterait pour déjeuner dans le bistrot du bourg où vivait la grand-mère, une pause bien méritée pour reprendre des forces et ne pas commettre l'erreur de la veille, passer la journée avec presque rien dans le ventre.

Lilou était restée à rêvasser au lit. Elle avait goûté avec délice au sentiment de protection que lui procuraient les maigres cloisons de la caravane.

Elle était contente d'être loin de tout, des humains en particulier, même si beaucoup s'étaient montrés bienveillants. Dans ces quelques mètres carrés, elle se sentait en paix, pouvait négliger la peur qui l'avait accompagnée depuis des mois au fil des kilomètres et des rencontres hasardeuses.

Puis elle prit son petit déjeuner, en dévorant cette fois cinq pains au lait tartinés de confiture de fraise. L'estomac plein, elle partit se doucher.

Avant de se brosser les dents, elle ne put s'empêcher de caresser son incisive jaunie qui la complexait, une dent dévitalisée qui, elle l'espérait, tiendrait encore un moment.

Tout ceci était étrange, et même si la peur s'était racornie, elle n'avait aucune idée de la suite. Du temps qu'elle resterait et de l'endroit où elle irait lorsqu'elle devrait s'en aller.

Un soleil jaune pâle lissait le ciel, mais le vent s'était levé. Elle avait toujours chéri le vent. « Un grand coup d'aspirateur dans la tête », avait-elle coutume de dire. Elle aimait le vent. Il éloignait les mauvaises pensées, chassait la poussière du cœur et de l'âme. Elle aimait marcher quand le vent soufflait, même quand il hurlait et arrachait presque ses cheveux. D'où qu'il vienne, elle aimait sentir ce souffle sur elle. Quand il la poussait dans le dos pour l'aider à avancer avec son sac à dos, ou qu'il venait la frapper de côté, avec tant de force qu'il lui donnait parfois l'impression de vouloir lui faire perdre l'équilibre. Le vent était son ami. Même lorsqu'il lui arrivait de se liguer contre elle, la fouettant en pleine face, barrant sa route d'un rempart invisible, elle ne lui en voulait pas. Elle avançait, pas après pas, mètre après mètre, kilomètre après kilomètre, trouvant en elle plus de force et de volonté, pour continuer.

Elle avait bien apprécié la soirée avec Monty. Elle regrettait un peu de lui avoir confié des miettes de sa vie, si vite, alors qu'elle le connaissait à peine. Elle se sentait quand même plus légère de l'avoir fait. Elle n'avait pas parlé d'elle depuis des mois, et de s'être effeuillée lui avait redonné la sensation d'être une personne, pas juste une ombre qui glisse le long d'une route, ou un morceau de viande emmitouflé la nuit dans un duvet, dans une grange ou un abribus.

Elle avait peut-être retrouvé un peu de tendresse pour elle-même au cours de ce dîner.

Lilou but un autre café. Elle ne savait toujours pas grand-chose sur Monty. Elle avait essayé de lui tirer les vers du nez. Une éventuelle famille, des amis… Il s'était montré évasif. Parents décédés, fils unique, quelques cousins et cousines perdus de vue…

« Je suis quelqu'un de seul, avait-il confessé en rougissant.

— Tu n'as jamais été marié, ou en ménage avec quelqu'un ?

— Pas de longues histoires, juste quelques aventures… Et encore, pas beaucoup », avait-il avoué, gêné.

Lilou n'avait pas insisté :

« Mieux vaut être seul que mal accompagné, comme on dit. J'en sais quelque chose. »

Il lui avait souri tendrement, puis après un silence, avait ajouté :

« La vie n'est pas toujours pareille. »

Et ça avait été à Lilou de rosir.

Elle se rendit à la remise pour vérifier si son linge était sec, mais après quelques palpations des tissus, elle constata qu'il était toujours mouillé, surtout son duvet, encore bien humide.

Elle décrocha juste ses culottes et trois soutiens-gorge rembourrés et quitta la remise en laissant la porte ouverte pour que le vent y pénètre et chasse l'humidité.

N'avoir plus rien de propre la chagrinait. Elle avait remis ses vêtements de la veille et sentait un peu la transpiration.

Rester propre était difficile sur les routes. Elle lavait ses fringues dès que, par chance, elle croisait une laverie. Des moments qu'elle appréciait, surtout quand elle sortait ensuite ses vêtements, doux et chauds, du sèche-linge.

Elle retourna dans la caravane et s'allongea sur le petit lit pour reprendre sa lecture. Elle se demandait ce qu'allaient devenir ces deux personnages si différents. Ce vendeur de bric-à-brac et cette nana gothique, qui bossait dans un refuge pour animaux où les oubliés à l'adoption étaient euthanasiés.

Elle ne vit pas le temps passer. Lorsqu'elle rejoignit la cuisine pour finir les pâtes de la veille, il n'était pas loin de quinze heures.

Alors qu'elle enroulait les spaghettis sur sa fourchette, son regard fut attiré par un mouvement à l'extérieur. Elle sursauta, releva la tête pour découvrir le chat roux, grimpé sur le rebord de la fenêtre, qui la fixait avec curiosité.

Elle se leva pour aller à sa rencontre, ce qui le fit déguerpir aussitôt.

Lilou ouvrit la fenêtre en forçant sur le bois qui avait gonflé avec l'humidité. Quand elle réussit à arracher les deux battants au montant, elle sortit la tête pour apercevoir le matou assis sur l'herbe. Il n'avait pas l'air effrayé. Il semblait plutôt la tester comme elle le faisait elle-même lorsqu'un étranger croisait sa route.

Lilou tendit la main vers lui pour lui faire signe d'approcher.

— Viens, petit ! dit-elle d'une voix douce.

Le greffier ne bougea pas. Il continua de la fixer de ses yeux énigmatiques et émit un miaulement, long et grinçant.

— Malheureusement, il n'y a plus de jambon, mon bonhomme. Je t'ai donné les deux dernières tranches hier.

Le chat miaula avec plus d'insistance et avança d'un mètre vers la maison avant de se figer. Il miaula une fois encore plus fort en remuant la queue d'impatience, exécutant de petits cercles sur lui-même sans cesser de quémander.

Le cœur de Lilou se serra.

— Que veux-tu que je fasse ? Je n'ai rien pour toi. Tu veux du lait… ou…

Elle eut soudain une idée et rentra dans la cuisine pour ouvrir le placard à conserves.

— Ça, tu devrais aimer, se dit-elle tout haut.

Et elle prit une boîte de thon.

Après avoir déniché l'ouvre-boîte dans un tiroir, elle découpa la rondelle métallique du dessus. Elle disposa le contenu dans une petite assiette à dessert. Elle se dirigea vers la porte avec précaution, puis vers lui, en fredonnant des paroles apaisantes.

Le chat hésita un instant entre prendre la fuite ou s'approcher, pour finalement choisir de rester campé sur ses pattes.

Quand Lilou fut assez près, elle se pencha pour passer le thon sous son museau et il ronronna tandis qu'elle l'attirait vers la caravane.

Elle posa l'assiette près des marches et le matou se rua sur la pitance. Il vida l'assiette en moins d'une minute et, après avoir léché le jus, commença à se frotter contre les jambes de Lilou pour en réclamer encore.

— Désolé, mon bonhomme, ce sera tout pour aujourd'hui.

Il se laissa caresser sans interrompre le moteur qui bourdonnait dans sa gorge. Comprenant qu'il n'obtiendrait pas davantage, il s'éloigna d'un pas lent.

— T'es bien un ingrat, dit-elle en rejoignant à son tour la maison après l'avoir vu disparaître dans un taillis.

Elle se remit à table et enfourna la fourchette de spaghettis à présent presque froids dans sa bouche.

*

Monty était chez la grand-mère, une dame qu'il connaissait depuis des années pour avoir effectué chez elle un tas de petits travaux, des bricoles pour la maison et surtout du jardinage.

— Je te trouve rajeuni, lui dit-elle dès qu'elle lui ouvrit la porte.

Monty sentit le feu enflammer ses joues et rigola d'un rire qui sonnait faux.

— Si seulement…

— Hum, tu n'es pas comme d'habitude. J'ai l'impression que tu me caches quelque chose. Amoureux peut-être ??? Mais si tu n'as pas envie d'en parler, je comprends.

— Je n'ai rien à raconter, croyez-moi. Juste la routine. Mais si ça change, vous serez une des premières averties.

Il se rendit dans la cuisine avec sa caisse à outils et se glissa sous l'évier. Ce n'était pas la première fois qu'elle l'appelait pour déboucher la tuyauterie. À peine eut-il dévissé le siphon et placé une cuvette en dessous qu'une puanteur répugnante lui agressa les narines.

Il ne fut pas surpris de trouver un amas de bouffe moisie, d'épluchures et de miettes de pain détrempées.

— Pas étonnant que ce soit bouché. Pensez à bien vider vos assiettes et vos plats avant de les laver, sinon on aura toujours le même problème.

— Promis, je vais faire attention.

Monty nettoya le siphon avant de le remonter pendant que la grand-mère lui faisait réchauffer un café. Mais il savait que ça ne changerait pas. Il lui avait répété un nombre incalculable de fois de ne pas tout balancer dans l'évier. En vain. Tous les trois ou quatre mois, elle lui téléphonait pour le même problème.

Même s'il enrageait un peu intérieurement et s'agaçait de cette obstination qu'elle avait à ne pas l'écouter, il la fermait. C'était pour lui du boulot facile.

Après avoir essuyé le carrelage avec une serpillière et essoré la toile grossière, il l'abandonna dans la cuvette et versa dans l'évier du produit déboucheur pour canalisations.

— Voilà, madame, c'est arrangé.

Il avala son café sans prendre la peine de s'asseoir, prit le billet qu'elle lui tendait en la remerciant puis rejoignit sa voiture.

Il parcourut cinq cents mètres pour se garer devant le bistrot où il avait prévu de déjeuner. Il se contenta d'un sandwich avec un verre d'eau car le café lui avait retourné l'estomac et il se sentait nauséeux.

Il mangeait sans faim en pensant à Lilou. Il avait hâte d'être au soir. Ils avaient passé une bonne soirée la veille et il voulait remettre ça. Il n'était pas complètement serein, toujours inquiet qu'elle reprenne la route. Il faisait tout pour qu'elle se sente bien, pas emprisonnée. Un exercice pas facile, entre le trop et le pas assez d'attentions. Il faisait de son mieux. Pour l'instant, il ne s'en sortait pas trop mal.

Lorsque Monty sortit du bistrot. Une bourrasque lui fouetta le visage. Le vent s'était levé dès le petit matin et, malgré un ciel blanc, il craignait que le temps ne tourne à l'orage dans la soirée.

Il n'avait pas encore croisé de chats roux et se demandait où ils étaient passés. Il essayait de trouver un sens à leur présence, un augure, pour finalement se raisonner et arriver à la conclusion qu'il n'y avait rien à comprendre.

Avant de retourner sur son chantier, il s'arrêta chez un traiteur chinois pour acheter des plats à emporter pour le soir. Il prit un assortiment. Riz blanc et riz cantonais, nouilles, poulet au curry, porc au caramel, crevettes à la sauce piquante, et il ressortit de l'échoppe avec un tas de barquettes dans un grand sac plastique qu'il avait l'intention de mettre au frais dans le frigo de la baraque.

Alors qu'il était prêt à redémarrer, il redescendit de voiture et poussa la porte d'un fleuriste sur le trottoir d'en face. Il était paumé au milieu de tous ces bouquets. Au bout d'un moment, la commerçante vint enfin vers lui pour le conseiller. Il dit que c'était pour une amie, pas pour une occasion particulière, anniversaire ou autre. Juste un petit bouquet simple, un peu de couleur.

Elle lui présenta des bouquets tout faits, et il lui répondit que c'était parfait.

De retour sur son chantier, il fit couler de l'eau dans l'évier après avoir enfoncé la bonde et y plongea le bouquet champêtre avant de se mettre à peindre.

*

Lilou était partie prendre l'air. Elle avait besoin de marcher. Elle se dirigea vers l'arrière de la maison où, après avoir traversé un champ pour rejoindre une petite route en contrebas, elle s'engagea sur un sentier qui semblait mener à un bois. Il y avait bien quelques maisons autour de chez Monty, mais elles étaient tellement éloignées les unes des autres qu'elles n'étaient que des formes floues dans le paysage. Toutes sauf une, qu'elle découvrit tapie au milieu des arbres. Elle ne s'attarda pas, ne fit que passer. La baraque tenait plus du cabanon, avec une cour encombrée de ferraille, de pièces de voiture, de vieil électroménager, comme des machines à laver et des frigos, et de bouts de métal rouillé d'une provenance inconnue. Ça ressemblait à une décharge. Elle se dit que ça devait en être une. Et que la maison devait être abandonnée depuis des lustres.

Le vent s'était musclé. Il avait gagné en arrogance depuis le matin. Tout en avançant sur le sentier au milieu des arbres, elle entendait les bois grincer, les frondaisons supérieures malmenées par les bourrasques. Comme si le monde allait s'envoler. Elle adorait ça.

Elle arriva rapidement à une petite rivière, une berge où une barque retournée était amarrée avec un simple cordage. C'était beau. L'eau clapotait, sa surface ridée par la bise. L'eau était haute et le courant galopait en drainant des branches arrachées. Un plan d'eau magnifique, d'où émergeaient çà et là de petits îlots sablonneux sur lesquels, pensa-t-elle, les oiseaux devaient nicher la saison venue.

Elle resta un moment debout à scruter le paysage, les mains enfoncées dans les poches de son jean. Elle avait froid, mais ne chercha pas une minute à partir. Ses cheveux roux détachés ondulaient dans l'air et ses yeux versaient des larmes. Elle avait les lèvres sèches et se les mordillait en arrachant des bouts de peau morte.

Elle avait la tête complètement vide, et elle souriait.

Elle était dans un état second. Ne savait ni qui elle était ni pourquoi elle était là, mais elle avait l'impression de faire partie d'un tout, sensation qu'elle avait déjà ressentie en marchant, quand la douleur des muscles s'effaçait et qu'elle semblait flotter sur la route, emportée par une force invisible.

La liberté, se dit-elle. C'est la liberté.

*

Le soir venu, Monty ferma la maison. Il avait bien bossé et le chantier serait terminé dans les temps. Le ciel était devenu noir, le vent aboyait et l'orage ne tarderait pas à exploser. Il s'installa au volant, mit le contact, puis alluma les phares. La pluie éclata aussitôt et les essuie-glaces commencèrent leur ritournelle de va-et-vient. Le bouquet de fleurs gouttait sur le siège passager. Sur le siège arrière, les plats chinois. Monty devait tenir fermement le volant pour ne pas être dévié sur le bas-côté quand des rafales tapaient la tôle de la bagnole. Il espérait que Lilou s'était installée dans la maison car la caravane n'était pas isolée et était stationnée sous des arbres dont les branches pouvaient casser à tout moment.

Il était pressé d'arriver avec ses fleurs et inquiet que Lilou le prenne mal. Il se sentait comme un ado. Une éternité que son ventre n'avait pas fait le yo-yo comme ça.

— T'as l'air de quoi, mon gars ? dit-il à haute voix. Tu sais rien de cette femme !

Des trombes d'eau dévalaient du ciel quand il arriva devant sa maison. Il vit de la lumière à l'intérieur de la baraque et une fumée blanche sortir du conduit de la cheminée. Il attrapa les fleurs, le sac plastique avec la bouffe chinoise, et sortit du break en claquant la portière.

Même s'il était chez lui, il cogna avant d'entrer et découvrit Lilou assise sur le canapé à ne rien faire. Elle était habillée comme les jours précédents, jean et sweat bleu ciel. Il remarqua que ses cheveux étaient trempés. Elle lui renvoya de nouveau cette image de chaton mouillé.

Elle leva les yeux vers lui quand il ouvrit la porte, avec la pluie à ses trousses.

— Quel déluge ! dit-il.

— Je sais, j'étais dessous.

Monty avança jusqu'à la table pour poser le sac plastique et le bouquet de fleurs. Il retira ensuite son pardessus qu'il accrocha à la patère près de la porte d'entrée.

— Tu ne t'es pas trop ennuyée ? lui demanda-t-il en se tournant vers elle.

— Non, c'est vite passé, je te remercie. Et toi, ta journée, c'était comment ?

— Sans encombre, répondit Monty.

Il lui sourit et retourna prendre le bouquet.

— Tiens, des fleurs pour toi !

Le visage de Lilou se figea.

— Mais pourquoi tu m'offres des fleurs ? Je te comprends pas, Monty ! J'espère que tu n'attends rien de moi… Que tu t'es pas fourré des idées dans la tête, parce que, tu vois, la dernière chose dont j'aie envie, c'est d'une relation avec un homme…

Elle respira profondément.

— Même si t'es très gentil, j'dis pas.

Un silence sordide s'ensuivit. Il avait eu l'impression de recevoir une gifle et resta paralysé devant elle. Il se sentait comme un con, avec son bouquet de fleurs.

— C'est… juste comme ça, Lilou, parvint-il à articuler. Pour te faire plaisir et sans arrière-pensée.

Elle avait le visage fermé. Mâchoire crispée et yeux sombres.

— J'espère, parce que sinon je pars ce soir ! J't'aime bien et je veux pas te faire de mal, c'est bien la dernière chose dont j'aie envie.

— Je suis désolé, Lilou, j'ai pas réfléchi.

Elle le fixa dans les yeux, mais son regard s'était radouci. Elle se leva du canapé et lui prit le bouquet des mains. Elle le rapporta sous son nez, respira les fleurs en fermant les yeux.

— Elles sont jolies, quand même. C'est gentil de ta part.

Puis, après un silence :

— Tu as un vase ?

Monty fouilla dans sa tête avant d'aller sortir du placard une grande chope à bière qu'il lui tendit.

— Je crois bien que c'est tout ce qu'on a.

Lilou s'empara de la chope pour la remplir d'eau au robinet et y plongea les fleurs.

11

Pas si jolie que ça

Au matin, Monty partit travailler sans entrain. La soirée s'était pourtant poursuivie normalement. Malgré l'air léger qu'il avait tenté d'insuffler, il avait senti l'enclume de sa bévue au-dessus de sa tête pendant tout le repas. Ils avaient néanmoins discuté comme la veille. Monty de ses travaux et de sa visite chez la grand-mère avec son siphon bouché, Lilou de sa lecture et de sa balade en fin de journée.

Elle lui avait parlé de la maison qu'elle avait crue abandonnée.

« C'est la maison de Paul, mon plus proche voisin et le seul qui, comme moi, vit ici à l'année. Tu auras l'occasion de le rencontrer ce week-end, si tu veux. J'y vais toujours le samedi matin pour prendre de ses nouvelles et partager un café. Il va te plaire, je pense. Malgré ses soixante-dix ans bien sonnés, il a une énergie incroyable. T'as vu tout le bric-à-brac dans sa cour ? Il passe ses journées à bricoler je ne sais quoi. Mais ça l'occupe, il est dans son monde et ça lui plaît.

— On verra d'ici là, avait répondu Lilou. Mais pourquoi pas ? »

Elle avait évoqué la rivière, la berge avec la barque amarrée, le chemin à travers bois qu'elle avait suivi pour y arriver, comme si elle avait été guidée :

« Je ne sais pas pourquoi, mais je trouve cet endroit magique. J'y suis restée plus d'une heure, malgré le vent froid, à regarder le courant s'envoler. J'arrive pas à l'expliquer, mais ça m'a nettoyée d'être là-bas. Jusqu'à ce que la pluie se mette à tomber et que je me fasse saucer en rentrant. »

Ils avaient ri de concert et Monty lui avait confié qu'il aimait bien aussi aller là-bas, surtout aux beaux jours. Il y allait souvent pêcher, ou juste bouquiner, assis dans l'herbe.

« C'est vraiment agréable, et quand il fait chaud, on peut même se baigner. Il faut faire gaffe avec le courant, mais le sol est sablonneux, et quand tu entres dans l'eau, la pente est douce. »

Puis, après avoir longuement hésité :

« Je ne sais pas si tu seras encore ici aux beaux jours, ça m'étonnerait, mais si tu es encore là, tu verras, on y est vraiment bien. »

Lilou s'était contentée de regarder ailleurs sans lui répondre. Elle avait avalé une petite gorgée de vin.

« Et ce Paul, tu le connais depuis quand ?

— Depuis que j'ai emménagé ici. Il est comme moi, un peu ours. C'est sans doute pour ça qu'on s'entend bien. »

Elle avait souri, sans relever.

Ils étaient allés se coucher plus tôt que la veille. Elle se sentait fatiguée et elle lui avait dit de laisser la vaisselle, qu'elle s'en occuperait le lendemain matin. Elle avait juste vidé les restes du repas chinois des assiettes dans la poubelle, rangé les denrées périssables au frigo, et s'était dirigée vers la porte en s'excusant.

Elle ne l'avait pas embrassé comme la veille. Elle avait juste fait un petit signe d'au revoir alors qu'elle lui tournait le dos. Monty n'avait pu s'empêcher de lui répéter combien il était désolé pour les fleurs. Elle n'avait pas répondu.

*

Monty appliquait la deuxième couche sur les boiseries. La matinée était triste malgré le vent qui s'était enfui en emportant la pluie pour laisser au ciel sa plus belle teinte bleutée.

Il avait les yeux fatigués à cause du manque de sommeil. Réveillé et levé plusieurs fois dans la nuit, il s'était rendu dans le salon, pour se poser à la fenêtre et regarder la caravane qui gémissait d'un soudain trop-plein de tristesse. Même s'il savait Lilou à l'intérieur, il avait le sentiment que son âme avait fui, qu'elle était partie comme un éclaireur détaché afin de repérer le terrain à baliser pour la prochaine route.

Ses idées noires croassaient dans son crâne. Il s'attendait à trouver la caravane vide le soir en rentrant, avec un petit mot, ou rien. Et sa vie évidée, une fois encore. Comme les fois où il avait cru à un amour. Cru rencontrer une femme qui marcherait avec lui sur le chemin. Avec laquelle il arrangerait la maison, déciderait les choses à deux. Ferait des projets de vacances.

Il repensait aux rares fois où il avait imaginé une ou l'autre de ses petites amies enceinte, portant son enfant. Il se sentait de nouveau maudit des dieux.

Il excavait toutes ces vieilles histoires bien malgré lui. Des visages et des prénoms qu'il croyait enterrés sortaient de terre dans une gadoue écœurante. Avec une odeur de putréfaction.

Le pire, c'est qu'il venait de prendre conscience qu'il avait renoncé à tout depuis des années. Qu'il avait cru trouver la paix alors qu'il avait juste trouvé la mort. Et il ne comprenait pas cette nouvelle farce du destin. Ce putain de mirage, encore.

Même s'il ne s'était rien passé avec Lilou, il avait retrouvé pendant ces derniers jours l'horizon que dessinent les rêves.

Pourquoi lui faisait-elle cet effet ? Il en était amoureux, c'était sûr. Elle n'était pas si jolie que ça, pas sexy pour deux sous avec son jean qui effaçait son cul et son sweat délavé trop grand qui lui descendait à mi-cuisse. Pas de maquillage, pas de bijoux. Ses cheveux juste brossés avec des fils blancs désordonnés sur sa tête qui annonçaient l'arrivée de la quarantaine. Il ne savait pas pourquoi il avait envie de la tenir dans ses bras, de la serrer aussi fort qu'il pouvait. Sentir son corps contre le sien, sentir son odeur, écouter résonner son cœur, le sentir battre. Embrasser son front, ses paupières, sa bouche.

Il lâcha le pinceau car sa main tremblait et il commençait à faire des coulures.

Il sortit prendre l'air et marcha autour de la maison pour essayer de se vider la tête. Il aurait bien bu une bière pour décompresser.

Il finit par recouvrer un peu de calme et reprit la peinture après avoir essuyé les coulures qui, Dieu merci, n'avaient pas eu le temps de sécher. Il espérait que les choses s'arrangeraient, qu'il saurait regagner sa confiance et retrouver un peu de la sienne. Il aurait aimé savoir quoi faire, mais il n'était pas en état d'y réfléchir. De toute façon, il arriverait ce qui devrait arriver.

12

Petite conne

Lilou s'en était voulu de sa réaction de petite conne devant le bouquet de fleurs. Elle n'avait pas à réagir comme ça. C'était gentil, juste gentil, et elle n'aurait pas affiché autant de dureté face à un type plus sûr de lui. Elle s'était maudite d'avoir été aussi couillonne. Elle se l'était répété en boucle dans son lit, sa tête prête à exploser. Son crâne bouffi par les reproches qui la taraudaient chaque fois qu'elle n'avait pas été à la hauteur, que sa vie avait mal tourné par sa faute.

Elle avait essayé de rattraper le coup pendant le repas. Essayé d'attendrir l'atmosphère, mais, là encore, elle n'y était pas arrivée.

Même s'il avait voulu donner le change, elle avait vu qu'il était mal à l'aise, qu'il butait sur des mots, qu'il devait même parfois recommencer ses phrases parce qu'il se mettait à bégayer.

Il lui avait fait de la peine. Quand il lui avait parlé de la rivière aux beaux jours, elle aurait pu le rassurer, simplement lui dire que, même si elle devait s'en aller entre-temps, elle aurait l'occasion de revenir. Que ce soit vrai ou pas n'avait pas d'importance. L'important est d'être gentil avec les gens qui le sont avec vous.

Elle avait vite deviné qu'il n'avait pas eu beaucoup de femmes dans sa vie, et que sa dernière histoire remontait à longtemps. Elle n'était pas stupide non plus, elle lui plaisait. Il était tellement emprunté que ça crevait les yeux. Il la regardait comme on essaie de regarder le soleil. Il semblait la voir tellement lumineuse qu'il en était aveuglé. Mais ça, elle ne comprenait pas.

Elle n'avait jamais été une bombe, et depuis qu'elle avait pris la route elle avait tout fait pour oublier d'être une femme. Pour ne pas plaire aux hommes, parce que c'est le meilleur moyen de s'en protéger.

Elle avait eu un mal fou à décolérer. Décolérer contre elle. Elle avait eu une nuit tout aussi agitée que celle de Monty. À chacun de ses réveils, elle avait tiré le petit rideau de la caravane pour regarder la maison en priant pour qu'il n'aille pas trop mal.

Lilou était réveillée depuis une bonne heure quand elle entendit partir Monty. Elle s'était levée aussitôt et avait regardé par la petite fenêtre. Malgré l'heure matinale, le ciel était dégagé, une belle journée s'annonçait. Elle enfila ses chaussettes, son jean et son sweat, puis, les pieds dans des savates, elle alla dans la maison. Aussi bête que cela puisse paraître, elle aurait aimé trouver un petit mot de Monty, mais rien.

Elle but un café sans réussir à avaler quoi que ce soit de solide. Elle fit la vaisselle restée dans l'évier.

Elle avait mal au ventre et se demanda quand elle avait eu ses dernières règles. Un rapide et incertain calcul la rassura. Elle comprit tout de suite que son mal de ventre n'était que de la contrariété.

Une fois habillée, elle se rendit dans la remise, où ses vêtements et son duvet étaient bien secs. Elle les détacha de la corde à linge en les pliant sommairement pour les entreposer dans la panière en plastique avant de retourner à la caravane. Là, elle sortit ses vêtements un à un, en les roulant au mieux, et commença à les tasser au fond de son sac à dos. Elle termina par la trousse de toilette, qu'elle disposa au-dessus. Il ne lui restait qu'une trentaine de pages du bouquin de la bibliothèque à lire. Ça ne lui ressemblait pas, mais elle prit le livre aussi, avant de resserrer les cordons et de lacer son duvet au-dessus.

Contre toute attente, elle avait emporté le bouquet de Monty dans la caravane, la veille. Elle était revenue dans la maison après lui avoir dit d'aller se coucher, quand le salon était plongé dans le noir.

Les fleurs étaient toujours aussi jolies et fraîches, la chope posée sur l'évier de la kitchenette de la caravane. Son cœur se serra, et elle déposa un baiser sur une grosse marguerite jaune. Sentant sa détermination l'abandonner, elle souleva son sac et le hissa sur ses épaules avant de sortir.

Elle referma la porte après avoir laissé le double des clefs de la maison en évidence près du bouquet.

Lilou commença à marcher dans l'allée labourée d'ornières en s'éloignant de la maison. Elle avait le cœur chargé, les épaules écrasées, et elle résista pour ne pas se retourner.

Arrivée sur la route, elle hésita à prendre à gauche ou à droite, pour finalement s'éloigner de son point de départ. Elle enchaîna les pas, prête à tendre le pouce, l'oreille à l'affût d'un moteur.

Il faisait encore frais, mais le ciel ne prédisait pas de pluie. Elle voulait s'éloigner le plus vite et le plus loin possible. Abandonner le maximum de kilomètres entre eux. Trois voitures la doublèrent sans même ralentir.

Elle avait la tête perchée dans ses peurs. Elle ne savait pas où menait cette route. Elle espérait rejoindre un grand axe et se laisser dériver, aussi loin que le courant l'emporterait.

13

Potage

Monty resta sur son chantier jusqu'à dix-huit heures. Il finissait plus tôt en temps normal, mais il voulait terminer ce travail et passer à autre chose. Après avoir inspecté son œuvre, il sortit dans la cour de la maison pour appeler les propriétaires. C'est la femme qui décrocha, elle le remercia, lui promit de lui envoyer son chèque le lundi et lui souhaita un bon week-end. Il ne s'en faisait pas pour son argent, ayant déjà travaillé pour cette famille, qui payait rubis sur l'ongle.

La nuit était tombée mais le soleil s'était acharné à rester haut dans le ciel toute la journée, même si Monty n'avait pu y goûter que par les fenêtres ouvertes. Il se sentait fatigué et satisfait, et il s'étira langoureusement avant de retourner dans la maison pour nettoyer son matériel et tout mettre dans la voiture. Il dut faire plusieurs voyages. Une fois le coffre du break chargé, il retourna passer un coup de balai sous l'œil dur de la lumière électrique, enfouit les saletés dans un grand sac-poubelle qu'il déposa devant la porte d'entrée pour le jeter plus tard. Puis avec l'aspirateur, il nettoya les dernières souillures de poussière. Après s'être lavé les mains, il éteignit les lumières, enfila son pardessus, puis sortit et ferma la porte à clef.

Il s'installa au volant mais ne démarra pas immédiatement. Il n'avait pas envie de rentrer. Il avait peur que Lilou soit partie… ou qu'elle soit encore là. Ses sentiments n'étaient qu'un brouillon, des vœux qui se tenaient tête et se contredisaient. Malgré les excuses de Lilou, il gardait en lui le marc de la déception, les résidus de son écho colérique. Cela le ramenait aux fois où il avait été gentiment remercié par d'autres femmes. Ça le renvoyait à ses échecs, à toutes ces fois où on l'avait jeté.

Il finit par démarrer le moteur pour prendre le chemin du retour, n'ayant nul autre endroit où aller. Il n'avait pas envie de la voir, de faire semblant d'aller bien. De sourire. D'être bienveillant. Il s'était senti blessé et il avait eu sa dose de vexations par le passé.

Quand il s'engagea dans l'allée qui menait à la maison, les kilomètres de route qui s'étaient glissés sous ses roues lui avaient un peu vidé la tête. Il était maintenant prêt à affronter ce qui devait arriver. Et il ne ressentit aucune déception à découvrir la caravane et la maison plongées dans l'obscurité. Il se gara simplement et coupa le moteur. Apaisé. Soulagé comme après une bataille perdue, quand les choses sont pliées et que la lutte peut enfin prendre fin.

Il sortit de sa bagnole d'un pas lourd et sortit ses clefs, mais il vit que la porte n'était pas fermée. Il pénétra dans la maison en hésitant et, en actionnant l'interrupteur, il la découvrit endormie sur le canapé, roulée en boule. Le bouquin de Zadoorian par terre. Il avait dû lui tomber des mains dans son sommeil. Il ôtait son manteau quand Lilou ouvrit les paupières et le regarda, les yeux encore emplis de sommeil.

— Je crois que je me suis endormie… Je suis désolée, j'ai un peu honte de t'accueillir comme ça alors que tu as bossé toute la journée.

Monty lui sourit simplement.

Lilou se redressa pour s'asseoir et se frotta les yeux.

— J'espère que tu ne m'en veux plus, pour hier soir, dit-elle. En tout cas, moi je m'en suis voulu toute la journée.

— C'est déjà oublié.

— Vraiment ?

— Oui, vraiment. On ne se connaît pas. Je suppose qu'on est un peu en rodage, tous les deux.

Lilou le regarda avec tendresse.

— Merci, et encore pardon.

Monty alla se doucher même s'il n'en avait pas envie. S'il avait été seul, il aurait grignoté un truc et se serait laissé tomber dans le canapé, sans même prendre la peine d'allumer la radio.

Quand il ressortit de la douche, elle avait allumé le poêle, mis la table, et faisait réchauffer une soupe aux légumes verts qu'elle avait trouvée dans le placard.

Ils se mirent à table en silence. Avec quelques mots par-ci par-là, des phrases miniaturisées, des paroles liquides comme le potage qui glissait de leur cuillère dans leur bouche.

Ils étaient aussi gênés l'un que l'autre, mais Monty n'avait pas la force d'en faire plus.

Lilou resta avec sa cuillère suspendue.

— Il faut que je t'avoue quelque chose.

— Je t'écoute.

— C'est important, j'ai besoin d'être honnête, mais promets-moi qu'on n'en parlera plus jamais, après.

— Ça me va, dit-il.

— C'est délicat, tu sais.

— Quoi que ce soit, je préfère savoir maintenant.

— Ben, en fait, Lilou c'est pas mon vrai prénom. C'est Liliane, et ne me dis pas que c'est joli parce que c'est vraiment à chier. Et ne t'avise jamais de m'appeler comme ça.

— Ça me va, répéta-t-il.

Lilou glissa la cuillère dans sa bouche et le potage descendit dans sa gorge. Il réalisa à ce moment qu'elle avait changé de tenue. Elle portait un pantalon en velours beige à grosses côtes, aussi large et moche que son jean, et un pull à col roulé vert amande. Il regarda ses yeux bleus plus petits que d'habitude et lui demanda si elle avait pu profiter un peu de cette journée ensoleillée.

— Un peu, répondit-elle.

Elle avait marché pas loin de sept kilomètres, ses pas se grippant toujours un peu plus à mesure qu'elle s'éloignait de la maison. Elle avait vite renoncé à tendre le pouce après que plusieurs voitures et utilitaires l'eurent doublée sans s'arrêter. Des larmes s'étaient mises à couler sur ses joues alors que les lanières de son sac à dos lui cisaillaient les épaules. Le soleil était dans son dos et elle sentait ses rayons lui chauffer l'arrière du crâne. Elle avait fini par s'asseoir sur le bas-côté, sur un monticule herbeux, avait bu un peu d'eau à sa gourde. Elle avait regardé le ciel et avait soudain compris qu'elle faisait une connerie. Si bien qu'elle s'était redressée en essayant de ne pas perdre l'équilibre sous le poids du sac et avait rebroussé chemin.

Quand elle avait enfin rejoint la maison, les muscles de ses cuisses étaient tétanisés. Elle avait balancé son sac sur le sol, comme un rocher trop lourd à porter. Tandis qu'elle tentait de récupérer, assise sur les marches de la caravane, le chat roux, sorti de nulle part, avait couru vers elle pour venir se frotter contre ses mollets.

14

Le supermarché

Monty dormit jusqu'à neuf heures bien sonnées et Lilou était déjà debout quand il émergea dans la cuisine. Elle était lavée et habillée comme la veille, avec son pantalon de velours et son pull à col roulé. Le soleil entrait par les vitres entrouvertes et de la poussière voletait comme une nuée d'âmes errantes.

Lilou semblait l'attendre, adossée à la paillasse de l'évier, les yeux dans le flou, comme rêvassant.

Monty arriva en traînant des pieds, bâilla profondément avant de ramener sa main devant sa bouche.

— Tu es déjà levée ? fit-il, surpris. J'ai dormi comme une souche. Je ne t'ai même pas entendue.

— Tu avais besoin de repos. La semaine a été éprouvante, dit-elle avec un air étrange.

Monty ne répondit pas immédiatement.

— Excuse-moi, je ne suis jamais très bavard quand je sors du lit. Après un café, ça ira mieux.

Elle avait dressé la table du petit déjeuner. Elle avait trouvé le pain de mie et avait fait griller des toasts.

Cinq tranches disposées dans une petite assiette, avec le beurre et le pot de confiture à côté.

— Assieds-toi, dit-elle en lui montrant la chaise, je vais te faire chauffer ton café.

Monty tira la chaise pour s'installer pendant qu'elle allumait le brûleur.

— Et toi, tu as bien dormi ? s'enquit-il.

— Je ne me suis pas fait bercer non plus.

Il s'aperçut qu'elle avait allumé la radio. Un air de musique classique chuchotait dans la pièce.

— C'est quoi, comme radio ?

— Oh, j'en sais trop rien. J'ai fait défiler les ondes et je suis tombée là-dessus. J'aime bien la musique classique, les morceaux sont tellement longs qu'on perd la notion du temps.

— C'est exactement ce qu'il faut pour un week-end.

Lilou arrêta le feu juste avant que le café ne se mette à bouillir et le versa dans le bol de Monty.

— Tu prends du sucre ?

— Non, jamais, je te remercie.

Il commença par boire quelques gorgées et tartina deux toasts de confiture.

— Merci, dit il en montrant les tartines.

— Mais de rien.

Lilou le laissa déjeuner tranquillement en s'éclipsant pour se rendre aux toilettes, où elle resta vingt bonnes minutes. Il l'entendit tirer la chasse et la chaudière s'emballa quand elle fit couler l'eau chaude pour se laver les mains.

— Je vais aller me doucher et après, si ça te tente, on va aller rendre une petite visite à Paul, le voisin.

— Ça me donnera l'occasion de faire sa connaissance.

Elle n'était pas comme les jours précédents. Quelque chose avait changé en elle et il ne savait pas quoi. Elle était détendue et souriante. Ses yeux brillaient, avec des éclats turquoise dans l'iris, et ses cheveux roux renvoyaient des reflets chatoyants. Il ne put s'empêcher de la trouver jolie, de se dire que sa voix lui plaisait, et alors que ses pensées s'emballaient et que son sexe grossissait dans son bas de pyjama, il s'efforça de chasser ces pensées en serrant les cuisses.

Ils se mirent d'accord pour présenter Lilou comme la petite sœur d'une amie de lycée de Monty. Ils se seraient croisés par hasard au bourg quand Lilou faisait le chemin des pénitents. Elle allait passer un moment ici.

Elle s'inquiéta un peu de la crédibilité du bobard qu'ils avaient tricoté, mais il lui dit de ne pas s'en faire. Paul n'était pas du genre à poser des questions.

Rassurée, elle se détendit complètement. Après cette première semaine isolée, elle n'était pas contre l'idée de voir un peu de monde. Rencontrer une nouvelle tête lui ferait du bien. Et elle se tenait prête quand Monty ressortit de la salle d'eau. Elle avait déjà son blouson sur le dos et sa besace en bandoulière.

— On y va à pied ou en voiture ? dit-elle.

— On va prendre la voiture, si ça ne t'ennuie pas, ce serait bien qu'on aille faire quelques courses au supermarché après.

Lilou se rembrunit.

— Qu'est-ce qui t'arrive ? T'as l'air contrariée, d'un coup !

Elle avait baissé les yeux et regardait le carrelage.

— Si tu n'as pas envie de te coltiner les courses et les gens du week-end avec leur Caddie plein, je peux y aller seul, ça ne me dérange pas.

— C'est pas ça.

— C'est quoi, alors ?

— C'est que tu m'accueilles, tu me donnes un endroit où dormir, et ça fait déjà une semaine que je mange en plus à tes crochets.

Monty se gratta la tête pour réfléchir.

— C'est pas un problème. Je suis content que tu sois à la maison. Ça me fait de la compagnie.

Il marqua un silence.

— Tu sais, à part le boulot j'ai rien, et ma vie est triste comme la mort.

Elle leva les yeux vers lui avec une tendresse maternelle.

— J'espère pouvoir te rendre un jour tout ce que tu fais pour moi. Mais pour l'instant, le seul argent que j'ai en poche, c'est celui que tu m'as donné.

— Arrête avec ça, fit Monty en balayant ses scrupules d'un geste de la main. Le fric, c'est rien d'autre que du fric. Et par chance, j'en manque pas en ce moment. Les chantiers s'enchaînent et mon compte en banque a le ventre plein.

Il avait réussi à la faire rire et elle s'approcha de lui pour lui faire une bise sur la joue.

— J'ai vraiment du bol d'être tombée sur un millionnaire, blagua-t-elle.

Chez Paul, Monty poussa la grille et entra, suivi de Lilou. Comme Paul n'était pas à l'extérieur, ils se dirigèrent directement vers un petit hangar.

— Y a quelqu'un ? cria Monty alors qu'ils arrivaient devant la porte du hangar.

— Rentre, je suis là ! résonna une voix forte.

Paul était en train de bricoler le moteur d'une tondeuse à gazon. Un vieil engin complètement démonté était posé sur son atelier.

— Tiens, et en plus, tu viens avec une jolie fille !

Monty fit les présentations. Lilou et Paul se serrèrent la main, puis il les invita à le suivre dans sa maison pour boire un café.

Après les mots d'usage, le boulot, le temps, et cetera, Paul mit un filtre dans la cafetière et sortit une boîte d'arabica.

Lilou était surprise de découvrir l'intérieur de la maison. Ça ne ressemblait pas au dehors. C'était vieillot, défraîchi, chargé à outrance, mais on s'y sentait bien. Elle fut tout de suite absorbée par toutes les photos encadrées. Il y en avait partout, aussi bien sur les meubles que sur les murs. Avec la même femme presque sur tous les clichés. Une femme qu'on découvrait à vingt ans, presque une enfant. Puis à trente, quarante, cinquante, avant de se figer pour l'éternité sous les traits d'une dame aux cheveux blancs rassemblés en chignon. Une femme qui avait grossi avec les années, et dont les rides s'étaient accrochées au visage comme le lierre sur les murs, mais quand on y regardait bien, ses yeux n'avaient pas changé. Ils gardaient la même douceur, la même bienveillance, et d'un coup Lilou vit passer le regard de sa mère, si dur, si froid.

Paul, en s'approchant d'elle, la fit sursauter.

— C'est Angela, l'amour de ma vie. J'en ai eu qu'un. C'est la seule femme que j'ai connue, dit-il fièrement.

Il vint se poster à côté de Lilou et caressa une photo sous verre alors que le café descendait en glougloutant.

— Elle est belle, dit Lilou.

— Merci, ma petite. Eh oui, c'était la plus belle des femmes, et ce sera toujours la plus belle.

Il y avait aussi la photo d'un homme plus jeune avec une femme et un garçon d'une dizaine d'années.

— Ça, c'est mon fils, sa femme et mon petit-fils. Mais je ne les vois pas souvent, même s'ils n'habitent pas loin.

Lilou apprécia tout de suite la compagnie du vieux monsieur. Il devait avoir dans les soixante-dix ans, peut-être plus proche des quatre-vingts. Difficile à dire. À peine plus grand que Lilou, un mètre soixante. Sec, tout en muscle, avec des cheveux blancs coupés en brosse. Elle aimait son gentil sourire sous son air bourru. Et sans se l'expliquer, dès le premier regard, elle devina une connivence entre eux. Comme ces promesses que font les anges sans même avoir à ouvrir la bouche.

Ils restèrent une petite heure à discuter autour de la table de la cuisine, une table en formica comme celle que Lilou avait toujours connue chez ses grands-parents paternels. Monty parla un peu de son boulot, Lilou, elle, ne s'éternisa pas sur les raisons qui l'avaient amenée dans la région, ni sur la durée de son séjour. Elle n'avait pas peur de gaffer. Elle n'aimait pas mentir. Encore moins aux gens honnêtes.

Paul l'invita à passer quand elle en avait envie. Qu'elle n'hésite pas !

Il les avait raccompagnés à leur voiture. Avec Monty, ils se serrèrent la main après que Monty lui eut proposé de lui rapporter un pack d'eau minérale et aussi du lait. Mais Lilou, sans réfléchir, embrassa Paul et lui fit une accolade, comme s'ils se connaissaient depuis des lustres.

Avec deux cafés trop rapprochés, Monty avait le sang qui cognait fort dans les veines. Surtout à cause du café de Paul, qui aurait réveillé un mort. Lilou ne tarit pas d'éloges sur le voisin durant les premiers kilomètres.

« Qu'est-ce qu'il est gentil ! » n'avait-elle cessé de répéter.

Il était presque onze heures et ils roulaient en direction du supermarché. À présent, Lilou était silencieuse. Elle regardait le paysage défiler par la vitre côté passager. Elle se sentait en sécurité. Ça ne lui était pas arrivé depuis des mois, ou peut-être que cette peur enfouie en elle trouvait ses origines bien plus loin. Cette subite prise de conscience ne fit que l'effleurer, puis s'en alla sans l'égratigner. Elle se passait sans cesse la main dans les cheveux, ramenant des mèches rebelles qui redescendaient aussi sec devant ses yeux. Mais elle avait cessé de se mordiller les lèvres, de s'arracher les peaux mortes. Elle était comme dans un rêve, les yeux grands ouverts. Comme partout, le paysage était beaucoup plus beau sous le soleil. Elle sentait à ses côtés la présence de Monty, un grand frère qui était là pour la protéger. Elle pensait à la magie de la vie, à ce coup de pouce de la providence, quand, portée vers lui par une soudaine attraction, elle était allée à sa rencontre. Cela faisait maintenant une petite semaine, mais elle avait l'impression qu'ils se connaissaient depuis plus longtemps. Qu'ils se connaissaient d'avant.

Elle allait finalement rester un moment s'il ne lui demandait pas de partir. Peut-être trouver un boulot et louer un appartement au village. Ce n'était pas un mauvais endroit pour poser son sac. Avec Monty, elle avait déjà un ami, et elle avait le sentiment que Paul l'aiderait aussi. Elle s'était sentie aimée, dans la façon qu'il avait eue de l'accueillir, de lui ouvrir sa porte en toute simplicité. De lui parler comme si elle avait été sa propre fille.

Elle se demandait si Monty ne prendrait pas mal qu'elle achète des croquettes pour chat avec l'argent qu'il lui avait donné. Le petit chat roux lui faisait du bien. Il l'avait apaisée quand elle avait rebroussé chemin, la veille, et qu'à peine son sac posé devant la caravane il était venu se frotter contre ses jambes en ronronnant.

Elle avait rêvé d'avoir un animal, mais ses parents avaient toujours refusé quand elle était gamine, prétextant que c'était trop de contraintes. Quant au pauvre con avec qui elle avait perdu tant d'années, il n'en avait rien à foutre des bêtes, se moquant souvent de sa sensiblerie, comme il disait, lorsqu'elle s'attendrissait sur des chatons ou des chiots. Ou qu'elle se mettait en colère devant la cruauté des hommes envers les bêtes. Lorsque des reportages sur la maltraitance d'animaux passaient à la télé, il lui arrachait la télécommande des mains.

Monty avait les mains sur le volant, les yeux sur la route. Il aimait la présence de Lilou à ses côtés. Il y avait si longtemps qu'une femme ne s'était pas tenue près de lui sur le siège passager. Ce n'était qu'une virée au supermarché, mais lui aussi se sentait libre.

Et il aurait aimé que cette route ne s'arrête jamais, ne mène nulle part, pour rendre ce trajet éternel.

Il n'osait pas la regarder. Il apercevait juste ses cuisses quand il changeait de vitesse. Et parfois ses mains, qu'elle laissait par instants sur ses genoux. Il aurait tout donné pour que leurs doigts s'entrelacent pendant qu'il gardait une main sur le volant. Ou qu'elle lui passe la main dans la nuque, juste une caresse.

Il ne comprenait pas plus qu'elle ce qui était en train d'arriver. Il savait que c'était bien réel, mais ne pouvait s'empêcher d'avoir peur, peur que ce feu se consume aussi vite qu'il avait pris, ne laissant que des cendres aussitôt enlevées par le vent.

Que les braises qu'il tentait de préserver depuis ces derniers jours meurent par accident, et que la maison retrouve ses murs glacés.

Ils se garèrent sans mal près du supermarché. Comme toutes les grandes surfaces, il était implanté dans une zone industrielle ensemencée de parkings géants avec les mêmes enseignes qui labouraient le pays de leurs produits fabriqués à la chaîne. On pouvait trouver, ici comme partout, tout ce dont on n'avait pas vraiment besoin.

— Nous voilà arrivés, dit Monty.

Il alla chercher un Caddie. Lilou l'attendit près de la bagnole et, une fois qu'il fut à sa hauteur, elle lui emboîta le pas.

— Ne t'inquiète pas, on ne va pas s'éterniser, dit-il.

— Ça ne me gêne pas, faut bien faire les courses si on veut manger. Et puis, j'aimerais bien que tu manges un peu mieux le midi, aussi. C'est pas sérieux de rester le ventre à moitié vide quand on bosse autant que toi.

Il se contenta de se tourner vers elle en lui souriant. Alors qu'ils s'apprêtaient à entrer dans le supermarché en passant les portillons électroniques, une voix se fit entendre :

— Monty ! Monty !

Une femme avançait vers eux avec son chariot après être passée en caisse.

Monty s'arrêta net.

Une fois en face de lui, elle lui tendit la main, une main parfaitement manucurée avec des ongles rouges.

— Je suis contente de vous voir. Je voulais justement vous appeler. Ça y est, je me suis décidée à poser du parquet dans le salon et je voulais faire appel à vos services. J'ai toujours été satisfaite de votre travail. On ne change pas une équipe qui gagne, dit-elle en minaudant.

— C'est très gentil, fit Monty. Par contre, j'ai déjà d'autres chantiers en attente, donc je ne pourrai pas être disponible avant deux bons mois.

— Oh, ce n'est pas grave, répondit-elle en papillonnant des cils, c'est VOUS QUE JE VEUX !

Lilou se tenait un peu en retrait derrière Monty. La cliente avait dix bons centimètres de plus qu'elle, dans les trente-cinq ans. Corps mince, avec une poitrine qu'elle mettait en avant. Longues jambes, qui paraissaient encore plus grandes grâce à une jupe à ras du cul. Une vraie pouffe. Le style à bosser dans un bureau et à flirter avec tous les mecs qui passent.

Lilou avait la bouche pincée et l'œil mauvais. Monty semblait avoir oublié sa présence, à le voir discuter avec cette bonne femme comme un crétin.

— Je n'ai pas mon planning sur moi, précisa-t-il, mais si vous pouvez m'appeler lundi, on fixera un rendez-vous pour le métrage et le devis. On calera ça le plus tôt possible.

— Vous avez toujours le même petit 06 ? dit la femme en lui caressant l'avant-bras.

— Toujours le même.

— Dans ce cas, je vous appelle lundi sans faute.

Monty s'était senti gêné par cette rencontre malvenue, surtout quand il regarda Lilou et s'aperçut qu'elle était furibonde.

Elle évita son regard. Elle était bouffée par la colère. Avec une grosse veine qui lui barrait le front, et l'air mauvais. Elle ressemblait soudain à une gosse capricieuse, ce qui l'énerva.

— C'est juste une cliente, réussit-il à dire alors que Lilou refusait toujours de le regarder.

— J'avais compris. Mais difficile de faire plus vulgaire ! Je déteste ce genre de nana !

— Oh, elle est gentille. Un peu exubérante, mais elle est adorable et pas embêtante pour deux sous.

— Si tu le dis, et si c'est le genre de femme qui te plaît, je te plains. Je ne te croyais pas comme tous les hommes, je croyais que tu pensais avec ta tête !

— C'est juste une cliente, Lilou. Rien d'autre.

— Ouais, bien sûr. Moi, elle me fait pitié avec sa jupe au ras des fesses. J'avais presque envie de lui acheter un bout de tissu pour qu'elle se les garde au chaud.

— C'est rien, Lilou, crois-moi, c'est rien.

Ils commencèrent à arpenter les allées dans une ambiance glaciale. Monty piochait dans les rayonnages les trucs qu'il prenait d'habitude.

— Si des choses te font envie, Lilou, n'hésite pas. Comme tu l'as remarqué, je ne suis pas un as en cuisine.

L'atmosphère resta tendue un moment, jusqu'à ce qu'ils arrivent au rayon animalier.

— Je voulais te demander, Monty…

— Oui ?

— Ça t'ennuie si j'achète des croquettes pour chat avec l'argent que tu m'as donné ?

— Bien sûr que non, mais pour quoi faire ?

— Pour le chat roux, tu sais, je l'aime bien et il m'aime bien aussi. Et à le voir se jeter sur la nourriture, je crois qu'il n'a pas de maîtres.

— Il y a beaucoup de chats errants dans le coin…

— Je sais, tu me l'as dit, mais celui-là, je l'aime bien.

— Comme tu veux, Lilou. Ça ne me gêne pas du tout que tu le nourrisses. Prends un gros paquet, je compléterai si nécessaire.

— Merci, c'est gentil.

— Et si tu as besoin de choses pour toi, mets-les dans le Caddie.

Elle se contenta d'une bouteille de shampoing et de tampons hygiéniques.

Lilou avait retrouvé sa bonne humeur après le passage par le rayon animalier. Surtout qu'il y avait une promotion sur les croquettes, et que Monty lui avait finalement dit d'en prendre deux paquets. Il avait vite remarqué son côté soupe au lait, mais aussi qu'elle redescendait aussi vite qu'elle montait sur le perchoir de la colère. Personne n'était parfait. Elle était comme elle était et il était comme il était.

Ils chargèrent les courses dans le coffre et prirent le chemin du retour comme si de rien n'était. Lilou souriait de nouveau, et son mutisme de l'aller s'était transformé en une flopée de mots et de pensées qu'il avait bien du mal à coordonner dans sa tête. Il se contentait d'écouter et d'acquiescer de temps à autre. Lilou passait du coq à l'âne. Il ne l'avait jamais vue aussi volubile. Elle faisait les questions et les réponses. Elle s'enthousiasmait pour tout et rien, suivait ses idées comme un chien de chasse sa proie, revenant parfois sur ses pas quand elle perdait la piste, pour repartir immédiatement dans une autre direction.

Elle tenta de le questionner de nouveau sur ses parents. Un sujet auquel Monty évitait de penser. Il avait perdu sa mère et son père à quelques mois d'intervalle, cancer pour les deux, alors qu'il avait juste vingt ans. Il avait vite dû se débrouiller seul, ne compter que sur lui. Il ne s'en était pas trop mal sorti.

De retour à la maison, ils sortirent les courses du coffre pour les ranger au frigo et dans les placards. Lilou le laissa terminer, car elle ne pouvait résister plus longtemps à son désir de remplir de croquettes un bol – le préféré de Monty pour son café du matin – qu'elle posa près de la caravane, avec un récipient d'eau à côté. Elle se mit à scruter les arbustes autour d'elle et à appeler, « Minou, minou, minou… », pendant dix bonnes minutes avant de rejoindre la maison, contrariée.

— Ne t'en fais pas, dit Monty, il va venir.

Elle ne répondit pas.

— Les chats, c'est pas comme les chiens. C'est eux qui décident.

— Je sais bien, fit Lilou d'une voix faiblarde, mais quand même…

Il tendit le bras pour lui caresser le dos, mais elle s'écarta.

— C'est pas tout ça, dit-elle, mais nous aussi on doit manger.

Ils dressèrent la table et s'attablèrent devant un poulet déjà cuit, des chips et une salade sortie d'un sachet que Monty avait mise dans un saladier avant de l'asperger de sauce vinaigrette toute faite.

Puis ils prirent un café avant d'être soudain foudroyés par un violent coup de pompe.

Lilou bâilla, imitée aussitôt par Monty.

— Il faut qu'on se bouge, Monty, sinon on va rien faire de l'après-midi.

Elle avait vu des pancartes clouées sur des poteaux télégraphiques informant d'un vide-greniers ; elle avait envie d'y faire un tour. Elle avait toujours adoré les vide-greniers. Dans son ancienne vie, dès que la période des brocantes fleurissait un peu partout, elle se levait tôt le dimanche, laissant son mec pioncer sous la couette, prenait la voiture pour aller arpenter les brocantes. Elle était perpétuellement excitée d'aller chiner, s'attendant toujours à dénicher un trésor. Pour finalement rapporter des petites merdes qu'elle regrettait d'avoir achetées. Des babioles qui encombraient un temps ses étagères et placards pour échouer la plupart du temps dans le sac à ordures.

Monty se serait bien accordé une sieste d'une heure avant de repartir. Habitude qu'il avait prise depuis des années le week-end pour récupérer des nuits trop courtes, des semaines de boulot. Mais Lilou avait déjà débarrassé la table, entassé la vaisselle sale dans l'évier, et elle l'attendait près de la porte, son blouson sur le dos et son sac en bandoulière.

Ils prirent la direction inverse du supermarché, tournèrent rapidement pour enchaîner des routes de campagne, sur lesquelles, parfois, on voyait une maison isolée aux volets clos, ou juste une ruine, des murs avec un toit affaissé.

Il y avait pas mal de voitures garées dans l'anarchie sur les bas-côtés et ils se casèrent entre deux bagnoles, à cheval sur le trottoir pour faire les cinq cents derniers mètres à pied jusqu'à l'entrée du village.

Monty avait les jambes en coton. Il la suivait pas à pas, subissant les arrêts incessants de Lilou devant chaque stand où elle fouinait frénétiquement à la recherche d'un coup de cœur. Elle avait toujours le billet de dix et l'avait sorti de sa poche. Monty lui avait dit de laisser tomber quand ils étaient passés en caisse. Elle espérait trouver un petit quelque chose qui lui ferait plaisir. Quelque chose de symbolique pour le remercier.

Monty se tenait un peu en retrait pendant qu'elle discutait et blaguait avec les vendeurs. Il trouvait le temps long tout en essayant de ne rien laisser paraître.

Elle repéra une casquette militaire qu'elle lui colla sur la tête.

— Oh, j'adore ! dit-elle. C'est décidé, je te l'offre.

Elle tendit le billet à la vendeuse, qui lui rendit la monnaie, et ils poussèrent jusqu'au stand d'à côté.

Monty ne savait pas la tête qu'il avait, mais, quelque part, il s'en moquait. Il était heureux de la voir heureuse et sa fatigue commençait à lui ficher la paix.

Lilou était à présent en grande discussion pour une cabane à oiseaux, avec un petit perchoir devant une mangeoire.

— Cinq, c'est trop, fit-elle. Je vous la prends à trois.

Le type accepta et emballa la cabane dans un plastique.

— C'est génial ! s'extasia Lilou. On pourra la mettre sur l'érable, près de la caravane…

— Bonne idée, répondit Monty. Si on avait su, on aurait pu acheter des graines ce matin et aussi des boules de graisse pour suspendre aux branches.

— Ouais, mais on pouvait pas savoir.

— On en prendra la semaine prochaine.

— À moins qu'on repasse par le supermarché au retour.

— C'est pas que je veux pas, Lilou, mais c'est à l'opposé.

— Et c'est loin ?

— Un peu, quand même.

Ils visitèrent la brocante en une heure et demie, un troc et puces qui comptait une centaine d'exposants. Elle était toute guillerette dans la voiture et Monty put enfin voir sa tête dans le rétroviseur. La casquette lui allait bien et il la remercia. Il fit un détour en se rappelant l'existence d'une animalerie à une quinzaine de bornes, où ils purent acheter des graines et des boules de graisse. Elle le remercia aussi une bonne dizaine de fois. Lui se contenta de lui répéter que ce n'était vraiment rien.

Le soleil dégringola soudain. Il se coucha sur le sol, et le ciel murmura aussitôt sa désolation. Il perdit tout son bleu pour revêtir un gris sinistre et plonger le paysage dans du noir et blanc.

Quand ils se garèrent devant la maison, il était encore tôt, seize heures trente, mais il faisait presque nuit, et un orage était en train d'affûter ses griffes.

Lilou lui dit de se reposer, car il avait le dessous des yeux plus noirs que du café, et les traits de son visage semblaient flétris.

— Dis-moi juste où tu ranges l'échelle. J'ai aussi besoin d'un marteau et de gros clous.

Alors que les premières gouttes commençaient à tomber, Monty s'y colla. Il cala l'échelle contre l'érable, grimpa les barreaux avec la cabane et le marteau, et quelques clous dans la bouche.

— Plus haut, lui dit Lilou.

— Comme ça ?

— Oui, là c'est parfait.

— Et les boules de graisse, je les accroche à quelle branche ?

— Celle-là, juste à ta droite.

Il avait juste eu le temps de rapporter l'échelle dans la remise quand le tonnerre gronda et que l'averse éclata. Lilou, qui était rentrée dans la maison en catastrophe, en était vite ressortie pour glisser le bol de croquettes sous la caravane.

Ils passèrent une soirée tranquille. Après dîner, ils s'installèrent dans le coin salon, bercés par les flammes enjôleuses du poêle à bois. Elle, allongée sur la banquette avec un nouveau bouquin pioché dans les piles de livres de Monty. Lui, calé dans le fauteuil, les jambes étendues sur la table basse. Il pouvait enfin ouvrir

Dans la forêt de Jean Hegland. Ils étaient immergés chacun dans son bouquin dans un silence réconfortant, avec, pour seul rappel du temps qui passe, les pages qu'ils tournaient.

L'orage fut violent, mais de courte durée. Il ne restait plus que le clapotis des gouttes qui tombaient des arbres, comme un robinet au joint défectueux.

Ils levaient parfois les yeux l'un sur l'autre, au moment où ils étaient sûrs de ne pas être vus, avant de se remettre à courir sur les lignes des pages.

Puis Monty sentit une main sur son épaule et entendit comme dans un rêve la voix de Lilou. Il s'était laissé kidnapper par le sommeil et elle lui disait qu'il était l'heure de se mettre au lit.

15

Comme un lundi

Monty était content de son week-end. Il avait toujours du mal à croire que sa vie ait pu changer si vite, en à peine une semaine.

Levés tard le dimanche matin, ils étaient arrivés au même moment dans la cuisine vers dix heures et avaient petit-déjeuné ensemble.

Le vent s'était calmé, mais le ciel était gris. Lilou s'était douchée la première pendant que Monty faisait un saut chez Paul pour lui déposer son pack d'eau minérale et ses briques de lait.

La matinée avait flâné dans le silence du salon. Ni l'un ni l'autre ne pensa à allumer la radio ou à mettre un CD dans le lecteur. Ils paressaient en parlant de tout et de rien, de cette journée de la veille qui aurait pu paraître ordinaire aux yeux de beaucoup, mais qui, pour eux, avait été magique. Simplement parce que toutes ces choses, ils les avaient faites à deux.

Lilou avait été heureuse de découvrir le bol de croquettes vides quand elle était sortie de la caravane au matin. C'est la première chose qu'elle annonça à Monty en entrant dans la maison, avant même de lui dire bonjour.

Elle était repartie aussi sec pour remplir le bol à ras bord. Un peu déçue d'avoir raté le chat et plus encore de ne pas le voir rappliquer à ses appels lancés de sa voix de gamine.

Ils se demandaient à quoi ils allaient pouvoir occuper leur dimanche, quand Lilou proposa d'aller au cinéma. Le premier cinoche était à quarante-cinq minutes de route, mais en consultant le programme sur le portable de Monty elle s'enflamma pour un film dont elle avait plusieurs fois croisé les affiches. Une comédie sentimentale. Monty en rata la moitié, endormi dans le fauteuil molletonné rouge. Il n'en avait rien retenu, si ce n'est le souvenir d'une bonne sieste en quittant la salle à dix-sept heures.

Il était fier d'être avec elle. Qu'on les voie ensemble, malgré la dégaine peu sexy de Lilou. Fier de marcher à ses côtés, d'avoir demandé deux places de ciné au lieu d'une, d'être comme les autres. Et plus comme ces gens seuls que la vie semble ne pas aimer. Ces gens que Dieu semble avoir oubliés et mis au rancart.

Il était encore plein de ces rêves, de ces petits bonheurs, quand son portable sonna, le lundi matin, à six heures et demie. Il enchaîna le rituel des préparatifs pour sa journée de travail. Un nouveau chantier, plus proche de chez lui, mais du lourd, avec un mur de placo à abattre pour aménager une cuisine à l'américaine.

Il n'avait pas trop envie de manier la masse. Il en ressortait aussi blanc qu'un bonhomme de neige, mais ça faisait partie du boulot. Il lui faudrait ensuite démolir la crédence, faire sauter le carrelage au sol, détacher les anciens éléments fixés aux murs, fourrer les gravats dans des sacs, apporter le tout à la déchetterie en plusieurs voyages. Une perte de temps qu'il n'aurait pas à subir s'il avait un pick-up.

Il en avait pour trois bonnes semaines, car il devait tout refaire, du sol au plafond. Plâtre, enduit, peinture, pose du nouveau carrelage choisi par les propriétaires, installation des éléments de cuisine, pose de la nouvelle crédence, baguettes d'angle, et cetera.

Monty avait bien pensé à prendre un apprenti, mais si le travail marchait bien en ce moment, il avait connu aussi des périodes calmes, des périodes noires de chômage. Il préférait rester prudent.

Cela remontait à plusieurs années, mais il gardait en lui ces vieilles angoisses.

*

Lilou avait aussi aimé ces deux jours, même s'ils étaient passés trop vite, comme toutes les bonnes choses.

Elle était malgré tout chagrinée par l'attirance que Monty semblait avoir pour elle. Attirance non partagée. Elle espérait qu'avec le temps il la verrait comme une amie, qu'il ne poserait plus sur elle ses yeux de merlan frit. Car il était peu probable que son cœur s'imbibe de sentiments amoureux à l'égard de Monty. Il n'était pas laid. Il lui manquait juste ce petit truc. Ce désir qui sortait peut-être de la peau, que l'odeur provoquait. Une alchimie qui ne se faisait pas.

Elle se sentait encore idiote de sa réaction au supermarché avec la cliente. Une jalousie qui n'avait pas lieu d'être. Ils n'étaient pas en couple, mais amis ou en passe de le devenir. Elle avait toujours été jalouse. Exclusive. Aussi bien avec ses rares amies qu'avec les quelques mecs avec lesquels elle était sortie. Depuis l'enfance, elle trimbalait ce sentiment d'abandon, d'être rejetée par les autres. Elle n'avait pas trop besoin de se creuser la tête : ça datait de l'époque où son père avait foutu le camp. Quand il les avait abandonnées, sa mère et elle. Une mère qui l'avait laissée tomber elle aussi, en se murant dans la dépression.

Lilou se revoyait, gamine, de retour de l'école, trouvant sa mère couchée. Sa mère qui était restée au lit toute la journée.

Des placards vides, sans gâteaux pour le goûter. Et rien dans le frigo pour manger le soir. Des étagères souffreteuses sur lesquelles étaient dispersés des produits pour la plupart périmés. Des bananes tachées comme des léopards. Une tomate pourrissante. Des restes de pâtes de la veille baignant dans une sauce aigrelette.

Une mère qui ne lui demandait rien sur sa journée d'école. Qui ne lui demandait pas si elle avait des devoirs. Ou si elle allait bien…

Elle avait vécu avec un fantôme de mère. Une ombre grise qui glissait le long des murs dont le papier peint avait fini par se détacher par l'humidité. Avec des taches marron qui avaient grossi avec le temps.

Elle n'avait pas le souvenir qu'un seul rire ait résonné dans l'appartement après que son père eut franchi la porte pour la dernière fois. Pour rejoindre une femme en tout point semblable à celle que Monty et elle avaient croisée au supermarché. Une bimbo plus jeune de quinze ans, avec des cheveux comme des chevaux sauvages et des ongles rouges. Des lèvres charnues et des dents nacrées. Un cul qui se tortillait dans des tailleurs trop courts.

Lilou ne l'avait vue qu'une fois, mais elle n'avait jamais pu oublier cette femme.

Elle avait vu sa mère maigrir en quelques semaines. Sa chair avait fondu comme beurre au soleil. Ses cheveux avaient blanchi d'un coup. Elle ne s'était plus coiffée ni donné la peine de s'habiller. Elle traînait la majeure partie du temps en robe de chambre, ou enfilait juste un jogging avec un tee-shirt souvent taché par-dessus.

Elle n'oublierait jamais non plus ce silence et cette odeur de mort. Un silence si pesant que Lilou hésitait même à exister, se déplaçant sans bruit, soulevant et reposant les choses avec tant de précautions que même l'air restait paralysé.

Pas de petites copines à la maison. Pas de fêtes d'anniversaire. Elle avait vite eu honte de cette mère pas comme les autres. Les vraies mères, elles, amenaient leurs filles dans les boutiques, chez le coiffeur, à des spectacles ou à des cours de danse. Leur disaient qu'elles étaient jolies. Cherchaient à partager les secrets de leurs premiers flirts.

Non, elle avait toujours été seule. Pire que seule. Car elle s'en était longtemps voulu de ne pas être assez bien pour que sa mère l'aime.

Mais tout ça était loin derrière. Aujourd'hui, elle n'en voulait plus à sa génitrice. Elle était seulement contente d'être loin d'elle et d'y rester.

Réveillée avec le sourire, Lilou était maintenant engloutie par ces souvenirs. Elle regrettait d'avoir envoyé une carte postale du supermarché, le samedi précédent. Une habitude prise en faisant la route. De temps en temps, elle postait une carte à sa mère de l'endroit où elle se trouvait. Une carte, avec juste le nom et l'adresse. La partie gauche aussi immaculée qu'un champ de neige. Elle ne pouvait pas dire qu'elle allait bien, ni écrire quelque chose de gentil.

Ces souvenirs sombres la firent finalement sortir du lit, en plus d'une envie pressante d'uriner.

*

Paul se leva tôt comme à son habitude. Sachant qu'il recevrait la visite de Lilou, il était parti acheter une boîte de gâteaux à l'ouverture de l'épicerie du village. Elle n'avait pas quitté ses pensées depuis le samedi précédent, où elle était venue avec Monty boire le café.

Il n'avait pas gobé un traître mot de son histoire de petite sœur d'une ancienne amie de lycée de Monty. Mais chacun avait droit à ses secrets et d'enterrer son passé à sa guise.

Il l'avait sentie fragile. Une feuille tremblante par moments, comme lorsqu'il s'était tenu près d'elle pour lui parler de sa femme, Angela. Lilou était restée les yeux collés sur les photos, ne lui adressant que des regards intimidés dans lesquels il avait cru voir aussi de l'envie.

Cette petite nana était touchante, mal fagotée, mais jolie dans sa simplicité. Avec ses cheveux orange, ses yeux bleus tristes et son corps de gamine. On devinait à la façon qu'elle avait de se tortiller les doigts que ça se battait à l'intérieur, qu'elle n'était pas seule, que des voix devaient la tourmenter, ne lui laissant que peu de répit.

Paul s'inquiétait un peu pour Monty, qu'il connaissait depuis des années. Un brave gars, qui s'était laissé embarquer plus d'une fois dans de mauvaises histoires et qui n'avait pas eu de chance avec les femmes jusque-là. « Un aimant à emmerdes », comme Paul avait dit un jour à Angela.

Sa femme était morte sept ans plus tôt, pourtant, elle ne l'avait pas encore quitté. Elle l'accompagnait toujours. Une présence invisible aux yeux des autres, qui le prendraient pour un fou si Paul leur avouait qu'elle était toujours dans la maison. À commencer par son fils, pour qui sa mère reposait au cimetière du village, entourée d'anges en albâtre et de fleurs artificielles.

La première année, Paul se rendait au cimetière tous les jours, puis il espaça ses visites avec le temps, limitant ses allées et venues à une fois par semaine, pour s'assurer que la sépulture soit toujours propre, sans poussière ou feuilles pourrissantes sur la pierre tombale. Il faisait ça pour Angela, qui ne supportait pas la saleté et mettait un point d'honneur à ce que leur maison soit toujours impeccable. Houspillant souvent Paul pour le désordre qu'il laissait en permanence et contre lequel elle se bagarrait au quotidien.

Il espérait qu'elle était fière de lui, de ses efforts pour maintenir la maison en ordre, s'employant au mieux pour reproduire tout ce qu'il l'avait vue faire pendant leurs cinquante et un ans de mariage.

Quand il se rendait au cimetière, Paul accomplissait toujours les mêmes gestes. Il déplaçait chaque objet posé sur la tombe, et après avoir passé la balayette sur la stèle, épousseté les fausses fleurs, les anges et les plaques commémoratives, il lustrait le marbre avec un chiffon encaustiqué pour que ça brille. Puis il replaçait le tout au centimètre près. Et pendant tout ce temps il avait du mal à quitter Angela des yeux, son regard revenait sans cesse sur la photo encadrée de sa femme, à l'instar d'un oiseau qui revient à son nid.

Il s'arrêtait souvent quelques secondes sans s'en rendre compte, le chiffon à poussière pendouillant comme la fourrure d'un animal dépecé dans sa main.

Paul gardait pour lui sa certitude que sa femme n'était pas partie. Quand il croisait des gens au village, des gens qui les avaient toujours connus ensemble, il ne pipait mot quand on s'inquiétait de le savoir si seul. Isolé en pleine campagne à soixante-dix-huit ans maintenant.

Il haussait les épaules, l'air de dire : « C'est la vie. » Et il changeait aussitôt de sujet comme on barre un navire pour virer de cap à la recherche du bon vent.

Paul ne savait pas l'heure d'arrivée de Lilou. Tandis qu'il bricolait dans son garage, de bon matin, il n'avait pas mis la radio – brouhaha anesthésiant qui résonnait du matin au soir en temps normal –, afin de l'entendre si elle n'osait pas pousser la grille et tentait de l'appeler.

Il avait mis les gâteaux dans une assiette sur la table de la cuisine, avait sorti deux tasses à café, posées sur des soucoupes, comme le faisait Angela. Préparé la cafetière qu'il n'aurait plus qu'à allumer.

Mais la matinée passa sans visites ; il finit par se faire à manger, une boîte de chili qu'il avait réchauffée. Son déjeuner terminé, il débarrassa la table, son assiette et celle d'Angela face à lui, avec verre, couverts et serviette de table.

Puis il lava sa vaisselle, la rangea sur l'égouttoir, avant de passer un coup d'éponge sur la toile cirée, de l'essuyer avec un torchon et de reposer les tasses et l'assiette de gâteaux.

Paul retourna dans son atelier, mais le travail de ses mains n'occupait pas sa tête. Il aurait aimé qu'Angela soit encore là pour discuter avec cette jeune femme. Elle, elle savait quoi dire et quoi faire. Voyait la route à prendre, celle à éviter. Angela avec ses tarots. Il l'avait toujours vue tirer les cartes pour lire l'avenir. Pas une journée sans qu'elle fasse un jeu. Paul la charriait avec ça. Avant de comprendre qu'elle en avait besoin pour se rassurer, pour rester sereine, et qu'il admette aussi qu'elle ne se trompait pas souvent.

Son activité de cartomancienne n'était un secret pour personne dans la région ; pendant toutes ces années, ces décennies, il n'aurait su dire le nombre de personnes passées dans leur cuisine à la recherche de solutions à leurs problèmes.

Sa femme ne faisait pas payer, même si certains donnaient un billet, ou bien un poulet, des légumes, des fruits. Ou encore du bois de chauffage.

Le plus dur avait été de penser par lui-même après sa disparition. Elle avait été la figure de proue de la barque, et lui le mousse indiscipliné, l'arpète.

Mais elle était toujours là, Dieu merci. Il entendait sa voix plusieurs fois par jour, une voix sans le son, plus comme des phrases qui arrivaient dans sa tête en télépathie, des messages clairs. Parfois des images, tels des instantanés, lui apparaissaient pour disparaître aussi vite.

Il n'avait jamais eu peur de ces phénomènes, car il se sentait tellement bien quand ça venait, et sa seule crainte était que tout s'arrête un jour.

Ce matin, alors qu'il se douchait, il avait encore entendu Angela : « Il faut que tu l'aides, cette petite. »

D'y repenser, Paul ressentit de nouveau cette chaleur en lui, et un sentiment de paix l'envahit.

Ça n'avait duré que quelques secondes. Mais tout en s'essuyant avec le drap de bain, il savait qu'Angela se tiendrait près de lui. Quand Lilou viendrait, Angela lui soufflerait les bons mots et lui éviterait de dire des conneries.

*

Lilou retourna à la rivière au matin. Elle avait besoin de marcher pour se vider la tête. Sentir le vent décaper ses pensées.

Elle coupa à travers champs, aperçut la maison de Paul entre les arbres du bois, puis rejoignit le cours d'eau dans l'idée de lui donner ses peines, que le courant emporte la cacophonie de son cœur aussi loin qu'il le pourrait.

Pourquoi sa matinée avait-elle été aussi crasseuse ? Elle s'était réveillée le sourire aux lèvres, tout en sucre après ce bon week-end, et son enfance était remontée d'un coup, comme des eaux croupies soulevant une plaque d'égout. Alors qu'elle était sous la douche, tentant de se nettoyer de la pénombre de sa mère, son père était apparu devant elle.

À quoi pouvait-il ressembler à présent ? Sous le jet de la douche, elle l'avait vu sous l'apparence d'un petit homme à la constitution fragile, le crâne dégarni, des yeux d'un bleu délavé comme les siens. Il l'avait fixée avec tristesse. Avec une insistance implorante, et Lilou en avait eu la chair meurtrie.

La dernière image qu'elle gardait de lui était celle d'un homme nerveux, efflanqué, assis sur le banc d'un parc. Il lui avait donné rendez-vous dans ce jardin public alors qu'elle venait de fêter ses dix-huit ans.

Dix-neuf ans plus tôt.

Elle avait regretté de ne pas être allée jusqu'au bout, d'avoir pris peur et de s'être enfuie alors qu'il voulait seulement lui parler. Il lui avait envoyé une lettre dans laquelle il lui disait qu'il l'avait toujours aimée, qu'elle resterait sa petite fille jusqu'à ce qu'il meure, et qu'il voulait lui expliquer pourquoi les choses avaient été ainsi.

Pour une fois, Lilou avait pu récupérer la lettre avant que sa mère ne la dérobe au courrier de la journée. Elle l'avait tellement lue et relue que le papier était devenu diaphane par endroits, là où des larmes étaient tombées, noyant les sentiments pour faire de cette toile de mots une aquarelle.

Elle ne savait pas ce que lui inspirait son père. Elle avait toujours été prise entre deux feux. Les flammes vengeresses de sa mère avaient flambé pendant des années avant de se consumer et de mourir enfin. Et les étincelles discrètes de son père, qui avait toujours essayé de ne pas lui lâcher la main. N'avait jamais raté un de ses anniversaires, lui envoyait à chaque fois un présent, des cadeaux de plus en plus mal choisis alors qu'elle avançait en âge et qu'il ne la voyait pas grandir.

Son père était parti vivre dans le Sud avec sa nouvelle compagne. Il était devenu père de deux autres enfants, deux garçons, et avait multiplié les invitations pour que Lilou vienne passer des vacances chez eux. Des petits mots postés, pleins d'amour maladroit d'un père pour sa fille. Des mots que Lilou avait découverts un jour dans une boîte à chaussures planquée en haut d'une armoire. Avec des relevés bancaires courant sur des années. Et des attestations pour les centaines de chèques que son père leur avait adressés. Un sacré choc, qui l'avait rendue folle de rage.

Elle avait tant pleuré sous la douche ce lundi matin en repensant à ces saloperies de souvenirs qu'elle était vidée. Son sang aussi blême que la brume. Mais elle trouva le salut dans la prière, comme toutes ces fois sur la route, quand elle avait trop peur. Même si elle n'était pas convaincue de l'existence d'un dieu, elle l'avait imploré, encore et encore, et une fois de plus il avait fini par débarquer.

Près de la rivière, au contact de l'eau, assise sur la barque retournée, elle recommença à se sentir un peu mieux. Les bruits revenaient à elle, le gémissement des branches, la romance des oiseaux, le clapotis de l'eau. Elle appréciait ce calme. Cet endroit où elle avait le sentiment d'être hors de danger. Le regard vague, elle se laissait coloniser par la paix du lieu. Sa tête se vidait et à mesure que ses pensées s'effaçaient, elle retrouvait le goût d'être, simplement.

Lilou resta là presque deux heures. Deux heures sans lien avec le temps des hommes.

Puis elle se remit debout et entreprit la route dans l'autre sens. Consciente à présent de ses jambes qui la portaient, de ses pieds écrasant les brindilles, de l'humidité mouillant le bas de son pantalon. De sa respiration flottant dans ses poumons telle une voile gonflée par le vent. De ses cheveux baladés par la brise. De ses lèvres sèches qu'elle mordillait sans y penser.

Elle rejoignit la caravane pour trouver le bol de croquettes vide alors qu'un chat noir efflanqué aux oreilles déchiquetées s'enfuyait dans les buissons.

Le premier réflexe de Lilou fut de taper dans ses mains pour le chasser le plus loin possible, mais elle resta les bras ballants, les mains écartées. Et elle eut un regard indulgent vers les buissons et un sourire doux.

Elle rentra dans la maison, sortit un deuxième bol, qu'elle plaça près du premier, et versa des croquettes dans les deux.

*

Lilou partagea un agréable moment avec Paul après le déjeuner. Ils grignotèrent des gâteaux secs pendant deux heures, burent du café, et des miettes de leur vie tombèrent de leur bouche. Paul sortit ses albums photo. Ce que faisaient souvent les vieilles personnes. Les clichés revenaient sur les pages déjà écrites, comme un film qu'on rembobine pour revoir l'histoire de son début. Et même si les couleurs sont un peu passées, la vie, elle, a gagné en moments joyeux. Les ciels gris semblent s'être évaporés pour ne laisser que les jours lumineux.

Lilou fut touchée qu'il lui ouvre ainsi sa vie comme une boîte à secrets qu'on déverse sur la table. Elle se laissa bercer par ses anecdotes, s'éloigna du rivage avec lui pour l'accompagner dans ses déambulations de jeune homme, puis de mari et de père.

Paul tournait les lourdes pages cartonnées une à une à mesure que sa vie avançait, qu'il vieillissait aux côtés de sa femme tandis que leur fils grandissait.

Lilou ne put s'empêcher de faire le rapprochement avec les kilomètres qu'elle avait abandonnés derrière. Et elle comprit qu'un jour, elle aussi, elle oublierait la pluie et le froid qui lui avaient fait si mal.

Elle préféra lui dire la vérité sur sa rencontre avec Monty. Rien de prémédité. C'était sorti comme ça et elle en ressentit un soulagement immédiat.

Paul se contenta d'un hochement de tête. C'était entendu, et il n'y avait rien à ajouter.

Il lui demanda seulement de prendre soin de Monty parce qu'il avait le don de ne rien voir venir, ni le bon, ni le mauvais. Avec l'âge, il était comme les autres ;

à chaque nouveau mauvais coup du sort, il tombait plus bas et mettait plus de temps à se relever.

— Je te le promets, Paul.

— Je sais que tu es sincère, ma fille, mais je sais aussi qu'avec les meilleures intentions du monde on peut quand même perdre l'équilibre sur une plaque de verglas et se ramasser en beauté. Et pour vous deux, il ne faut pas que ça arrive.

Lilou ne sut répondre. Elle garda le silence un moment avant d'oser le regarder dans les yeux et acquiescer d'un signe de tête.

— Ça me ferait plaisir que tu restes dans le coin. Tu sais, ici on peut être bien. Il suffit de cultiver ce qu'il faut dans sa tête.

Lilou sourit.

— Pour le boulot, ce n'est pas ça, poursuivit-il, mais en connaissant du monde, on peut se débrouiller.

— Je ne sais pas encore si je vais rester, dit-elle. Mais j'avoue que j'y ai déjà pensé.

— Ce serait bien, dit-il en lui tapotant la main.

Lilou repartit vers seize heures le cœur léger. Cette journée avait été compliquée. Elle se demandait comment autant de sentiments contraires avaient pu chahuter en elle depuis le matin. Elle avait eu des journées de merde, des fades aussi. Des joyeuses quelquefois, mais des jours comme celui-là avaient de quoi vous retourner l'estomac. Sourire, larmes, colère, apaisement, joie… et maintenant le vide, alors qu'elle rejoignait la maison d'un pas lent.

Toutes ces émotions l'avaient désemplie. Elle avait le corps vide et toute pensée avait fui sa tête. Elle ne fut pas mécontente d'ouvrir la porte de la caravane, de déplier le lit pour s'allonger. Elle ramena la couette sur sa tête et ferma les yeux.

*

Monty, lui, passa sa journée à bouffer de la poussière. Le mur à abattre était descendu facilement à la masse, mais la démolition restait toujours pour lui un moment désagréable. Malgré le masque et les lunettes de protection, il avait été enseveli sous un nuage de poudre blanche, alors que les éclats de placo volaient dans la pièce comme si une bombe avait explosé. Il nettoya tout et remplit les sacs à gravats avant de les transporter dans la cour extérieure pour y voir clair. Plusieurs sacs de soixante kilos, chacun bourré jusqu'à la gueule, qu'il apporterait plus tard à la déchetterie. Il attaqua ensuite le carrelage du sol à la massette et au burin. Des carreaux qui cédaient facilement par endroits et restaient attachés à la chape à d'autres, colmatés, ce qui l'obligeait à s'armer de patience, éclatant la faïence centimètre par centimètre.

Il s'interrompit juste pour manger un sandwich vers midi, avec un Coca, et but plusieurs cafés dans l'après-midi, du café bien noir qu'il avait pris soin d'emporter dans une Thermos.

Il s'arrêta vers seize heures, sentant le découragement le gagner, comme ça lui arrivait de plus en plus souvent quand son corps était vidé de sa force, et qu'invariablement son moral plongeait dans l'abattement. Il n'était plus aussi jeune. Quarante ans, ce n'était pas vieux, mais ça commençait à le devenir. Surtout quand la vie n'avait pas été douce et qu'il avait fallu batailler seul la plupart du temps.

Il prit quand même soin de tout nettoyer, principe auquel il ne dérogeait jamais pour retrouver un chantier propre le lendemain. Après s'être ébroué du mieux qu'il put, il quitta la maison, en jetant un dernier regard sur la dizaine de sacs de gravats dans la cour.

Il mit la soufflerie à fond dans la voiture car il avait froid. Un froid qui ne venait pas du dehors, les températures étant assez douces – il était glacé jusqu'aux os. Transi de l'intérieur. La tête vide et le cœur dépeuplé.

Il ne pensa pas beaucoup à Lilou durant la journée, trop sollicité par l'effort physique. Elle n'avait fait que traverser ses pensées, une silhouette détachée qui ne réussit pas à lui accrocher le moindre sentiment.

Il roulait sur la grand-route, phares allumés, alors que la nuit commençait à tomber. Il ne ressentait rien, n'avait pas la force d'imaginer quoi que ce soit pour sa soirée comme ça avait été le cas la semaine précédente. Quand il revenait de ses journées, à la fois attisé par l'envie et apeuré par l'ombre d'une quelconque déception.

Jennifer, la cliente rencontrée au supermarché, l'avait appelé à midi. Et il lui avait dit qu'il passerait le jeudi vers dix-sept heures, pour prendre le métrage et lui faire un devis.

Il n'avait qu'une envie, rentrer, se doucher et se mettre au lit.

Il s'arrêta juste au bourg pour acheter du pain frais. Au moment où il quittait la boulangerie, il vit son grand amour sur le trottoir d'en face, une fille dont il était resté amoureux quatre ans, sans retour. Il avait eu du mal à s'en remettre, comme un rêve qu'on caresse trop longtemps sans jamais réussir à le saisir.

Le corps envahi de frissons, il se figea, son pain à la main, et sans comprendre pourquoi il eut peur.

Il lui fallut quelques secondes pour se reprendre, alors qu'elle était passée sans le voir. Il avait tout de suite reconnu son visage, ses cheveux blonds, mais fut interloqué par sa silhouette épaissie. La vache, elle n'a pas maigri, se dit-il, avant de réaliser qu'elle était enceinte. Il serra les dents et ses doigts se crispèrent sur le pain. Un rapide calcul mental pour chiffrer son âge. Elle devait avoir trente-six ou trente-sept ans. Un peu tard pour un premier enfant, pensa-t-il avant de remonter dans sa bagnole.

Arrivé à la maison, il découvrit à la lueur des phares qu'il n'y avait plus un bol au pied de la caravane mais deux. Il avait tellement l'habitude que rien ne change, de retrouver les choses comme il les avait laissées le matin, qu'il trouva ça bizarre.

Dans la maison allumée, Lilou était en train de mettre un gratin au four. Elle l'accueillit avec un si grand sourire qu'il se vidangea aussi sec de sa journée morose.

— Ça va ? demanda-t-elle. Tu n'as pas l'air bien ?

— Juste crevé. Journée pénible.

— Si tu as besoin de parler, je suis là. Parler de ce que tu veux.

— C'est gentil, mais c'est juste de la fatigue, et j'ai l'impression qu'on va se régaler quand je vois ce qu'il y a au four.

— Oh, c'est tout simple, gratin de courgettes et de pommes de terre.

— Miam, fit Monty, qui se dévêtit enfin de son pardessus. Je vais me doucher. J'en ai besoin, comme tu vois, et après, je viens te faire la bise.

— Ça marche, fit Lilou.

Monty fila à la salle d'eau et la chaudière se mit à s'emballer dès qu'il plongea sous le pommeau de douche, de l'eau bien chaude, quasi brûlante, qui lui déchiqueta presque la peau.

Lilou alla écouter derrière la porte. Une fois rassurée, elle fila à la patère fouiller dans la poche intérieure du manteau de Monty. Elle trouva sans problème son mini-agenda qu'il gardait dans la poche intérieure, vit le nom de Jennifer H., avec l'adresse et un rendez-vous fixé à dix-sept heures le jeudi suivant.

Elle attrapa à la hâte un bout de papier sur le bloc près du téléphone et recopia les infos.

Ils se couchèrent tôt. Lilou rejoignit la caravane vers vingt et une heures trente. Monty se mit tout de suite au lit après son départ.

Quant à Paul, après s'être endormi devant la télé, il se réveilla en sursaut, alla pisser avant de rejoindre la chambre familiale. Il replia le couvre-lit et après avoir tapoté l'oreiller d'Angela, comme elle le faisait toujours, il fit le tour du lit pour se coucher de son côté. Il s'endormit aussi sec.

16

AV44

Paul fila dans son atelier pour terminer de remettre en état une mobylette Motobécane AV44 abandonnée sous une bâche depuis des années.

Il ne comptait plus le nombre d'heures passées sur l'engin. Il l'avait entièrement démonté, repeint dans le beige d'origine, avait refait les chromes, puis remonté le cadre, avant de s'attaquer au moteur. Nettoyage et réglage du carburateur, allumage, freins, feux, et cetera.

Alors qu'il n'avait pas travaillé dessus depuis deux mois, ce matin-là il réussit enfin à terminer son projet. Il replaça la selle, regonfla les pneus, avant de remplir le réservoir avec un savant mélange de sans plomb 95 et d'huile semi-synthèse. Puis il enfila une doudoune et se coiffa d'un casque orange qui lui faisait une tête d'oisillon avec une coquille sur le crâne.

La mobylette démarra au quart de tour et il se lança sur les petites routes de campagne pour tester l'engin sans bouder son plaisir. Il roula une bonne heure avant de revenir chez lui pour remplir le réservoir de nouveau et prendre le chemin de la maison de Monty.

Dix heures à peine, il espérait que Lilou soit debout.

Il était comme un gosse sur sa bécane, pas peu fier du résultat, et avait hâte de montrer son boulot.

Alors qu'il conduisait à faible allure pour éviter les ornières sur le chemin qui menait chez Monty, il remarqua tout de suite l'échelle dressée contre l'érable, et Lilou tout en haut, occupée à remplir de graines la mangeoire d'une cabane à oiseaux qui n'était pas là lors de sa dernière visite. Une maison miniature avec un perchoir, cernée de boules de graisse qui pendaient aux branches comme autant de boules de Noël.

Au bruit du moteur, Lilou se retourna et fit un signe de la main à Paul en descendant de l'échelle barreau par barreau.

— Chouette mobylette que tu as là, dit-elle en l'embrassant, une fois sur le plancher des vaches.

— Ça a de la gueule, c'est sûr. C'est autre chose que les bécanes modernes.

Paul coupa le contact, hissa la mobylette sur sa béquille et mit pied à terre en retirant son casque.

— Elle te plaît ?

— Pas qu'un peu.

— Ça tombe bien. J'ai pensé que tu avais sûrement besoin de te déplacer et je me suis dit… enfin, je me suis dit que ça pourrait te dépanner.

— Qu'est-ce que t'es en train de me dire, Paul ?

— Que c'est pour toi, ma belle, enfin… si tu veux ?

Lilou se passa la main dans les cheveux.

— Merde, Paul, t'es un ange !

Et elle sauta dans ses bras.

Paul l'enlaça maladroitement alors qu'elle s'était collée contre lui. Il lui tapotait l'épaule avec maladresse.

— T'es sûre qu'elle te plaît ?

— Carrément, fit Lilou en desserrant son étreinte. Elle est terrible !

Elle avait du mal à y croire, avança la main pour toucher le guidon comme s'il s'agissait d'un trésor.

— Faudra juste que je t'explique pour le carburant, faut mélanger un peu d'huile avec, mais rien de sorcier. T'es pas loin de la maison, et quand tu voudras remplir le réservoir, on le fera ensemble la première fois si tu veux.

— Merci Paul, je t'adore !

Et elle se jeta de nouveau à son cou.

Lilou l'invita à entrer pour boire un café. Paul était un peu gêné de se retrouver entre ses murs sans Monty. Il n'était pas à l'aise assis sur la chaise en bois avec sa tasse fumante devant les yeux. C'était le genre de type qui n'aimait pas déranger, et depuis qu'Angela n'était plus avec lui pour occuper le devant de la scène, il essayait de rester en coulisses autant que possible.

Il but son café tellement vite qu'il se brûla la langue. Lilou se demanda ce qui l'inquiétait. Il n'était pas comme chez lui la veille, détendu, souriant. Il jetait sans cesse des regards par la fenêtre ou vers la porte.

La dernière goutte de café avalée, il se leva et lui dit qu'il devait partir.

Lilou le raccompagna à la porte et lui cria un grand merci alors qu'il s'éloignait à pas rapides.

— Ne t'inquiète pas, je vais en prendre soin ! ajouta-t-elle.

— Je le sais ! fit-il.

Il s'était à peine retourné, car Angela était en train de lui parler : « Je suis fière de toi, mon Paul ! » ne cessait-elle de répéter.

Lilou ne mit pas longtemps à enfourcher la mobylette. Juste le temps de rentrer l'échelle dans la remise, d'enfiler son blouson et de passer sa besace en bandoulière. Le casque orange était de la même couleur que ses cheveux, et elle s'amusa en découvrant son visage dans le rétroviseur, avant de commencer à pédaler en mettant les gaz pour faire démarrer le moteur, et de se lancer sur le chemin.

Elle prit à droite sans réfléchir, roula sur le bitume de la grand-route.

Il faisait beau, un ciel bleu matelassé de gros nuages blancs ventripotents, avec une brise légère qui balayait ses cheveux et dispersait ses pensées comme les feuilles mortes de sa vie d'avant.

Elle ressentit vite l'air de la liberté alors qu'elle filait à fond les manettes, même si elle n'allait pas au-delà des quarante kilomètres-heure. Elle aimait sentir le vent sur son visage, le soleil chauffer ses joues, la campagne autour, faussement endormie, où se jouait la symphonie des couleurs d'automne.

Elle n'avait pas éprouvé un tel bonheur depuis une éternité, à rouler sans but, à peine gênée par les quelques véhicules qui la dépassaient, en s'écartant tout juste assez pour ne pas la chasser vers le bas-côté, par les appels d'air qu'ils abandonnaient en la doublant.

Elle aimait aussi le contact de la grosse écharpe de laine bariolée qu'elle s'était nouée autour du cou.

La chaleur sur sa gorge et la douceur enjôleuse du cache-col qu'elle avait bien remonté sous son menton.

Elle pensait à Monty et à Paul, ces deux hommes si gentils qu'elle avait eu la chance de rencontrer et qui avaient changé sa vie en quelques jours.

Elle avait peut-être fini par trouver son refuge, dans ce coin qui, sans n'avoir rien d'extraordinaire, lui donnait le sentiment d'être chez elle.

Un essaim de pensées bourdonnait sous son casque. Elles avaient toutes le goût sucré du miel, et Lilou roulait en souriant.

Elle n'avait aucune destination, et c'était cette absence de but qui rendait le voyage radieux.

Elle avait soudain l'impression que tout serait facile. Simple, pour une fois. Elle avait enfin rejoint une route sans embûche. Il lui suffisait de suivre la vie plutôt que de la fuir.

Elle croisa plusieurs intersections, avec des panneaux indicateurs plantés dans le sol, n'y fit pas attention. Des noms de villages ou de lieux-dits qui lui étaient étrangers. Jusqu'à ce croisement, où le nom d'un bourg lui érafla la rétine comme un moucheron qu'elle aurait pris dans l'œil.

Elle n'eut pas le temps de freiner pour prendre à droite, et fit demi-tour pour relancer les gaz sur une route étroite à l'asphalte burinée par les intempéries et les machines agricoles.

Lilou devait tenir fermement le guidon, éviter les trous et les bosses, et les muscles de ses bras s'étaient raidis, sa mâchoire crispée. Mais elle savait qu'elle devait aller au bout.

Elle percuta immédiatement en lisant le nom du bled sur le panneau, le même que celui dans l'agenda de Monty en dessous du nom de Jennifer H.

Ce bourg n'était qu'à quelques kilomètres et elle arriva rapidement sur la place du petit centre-ville.

Elle coupa les gaz devant le bureau de poste, hissa la mobylette sur sa béquille et en descendit. Pour retrouver la fermeté de ses cuisses, elle fit quelques pas pour se dégourdir les jambes avant de retirer son casque.

Il y avait quelques commerces ouverts. Une boulangerie, un bistrot, un magasin de vêtements, un autre de chaussures, une armurerie qui faisait aussi articles de pêche, un quincaillier, une église, et un salon de coiffure.

Lilou resta un moment immobile au milieu de la place pour apprivoiser le lieu. Soudainement angoissée, abandonnée dans sa tête, elle se demandait pourquoi elle était venue là. Elle observait le plus discrètement possible les badauds qui vaquaient à leurs occupations. Allaient acheter leur pain, sortaient du bureau de poste, entraient dans l'église ou en ressortaient. Et elle sentit les larmes monter.

Elle alla s'asseoir sur le muret devant le bureau de poste, le temps de reprendre ses esprits, jusqu'à ce qu'elle réalise que ces gens étaient comme ceux qu'elle avait croisés ailleurs. Ils menaient leur vie, mus par la force de l'habitude. Dans leurs pensées, naviguant à l'aveugle dans leurs occupations quotidiennes.

Des personnes âgées, pour l'essentiel. Et quelques mères de famille avec des enfants trop petits pour être à l'école, des artisans, des gens de la terre, des visages étrangers ni bons ni mauvais.

Elle se leva pour rejoindre la lourde porte de l'église mais elle n'entra pas. Elle resta sur le perron, sans quitter la mobylette des yeux de peur de se la faire faucher.

Quand une dame sortit, les yeux encore pleins de prières, elle alla à sa rencontre – en s'excusant de la déranger – pour lui demander une petite pièce pour la dépanner.

La femme posa son cabas sur le sol et sortit son porte-monnaie, et après avoir fait cliqueter de la ferraille, elle lui donna un peu d'argent.

Lilou refit la manche auprès de cinq autres personnes, essuyant trois refus, jusqu'à ce que son estomac soit trop serré pour continuer.

Elle étouffait de honte. Une boule dans la gorge qui ne laisserait plus sortir aucune parole. Alors, elle retourna s'asseoir près de la mobylette pour étaler les pièces dans sa main. Pas de quoi s'offrir quoi que ce soit, pas même un café. Et elle sentit ses épaules s'effondrer, tout son être comme réduit en cendres.

Elle resta assise le temps nécessaire pour chasser l'impureté dont elle était souillée. Plus jamais. Plus jamais ! Ces deux mots étaient venus la frapper comme deux coups de poing.

C'est alors qu'elle remarqua de nouveau le soleil et sentit ses rayons sur sa peau. Elle sortit le papier sur lequel elle avait recopié l'adresse de la cliente, la Jennifer, avant de le remettre dans sa poche de pantalon.

Elle se redressa, enfila son casque et remonta sur la mobylette, qui se mit à pétarader après quelques tours de pédales.

*

Monty avançait bien sur son chantier. Il avait achevé d'enlever le carrelage et s'était attaqué au démantèlement du mobilier de cuisine. Il s'était réveillé en forme après une bonne nuit, l'esprit clair et les muscles plus hargneux. Il avait même fait deux voyages à la déchetterie et prévu d'y retourner le lendemain matin, pour déblayer la cour.

Il pensa à Lilou dans la journée, toujours inquiet qu'elle s'ennuie, et se demanda comment organiser leur week-end prochain, alors que la semaine commençait à peine.

Il pensait l'emmener à la bibliothèque le samedi, au bourg où ils s'étaient rencontrés, qu'elle puisse emprunter quelques livres si elle le souhaitait, et des magazines.

Il ne savait pas si d'autres brocantes auraient lieu dans la région le dimanche. Il espérait secrètement que non. Traînasser dans des ruelles encombrées de bric-à-brac ne l'épanouissait pas, même s'il avait ressenti du plaisir en la compagnie de Lilou.

Plus apaisé aujourd'hui, il avait hâte de rentrer. Il était content que quelqu'un l'attende après le boulot, de ne plus pousser la porte d'une maison vide.

La soirée de la veille n'avait pourtant rien eu d'exceptionnel. Ils avaient dîné en salant leur repas de paroles anodines. Parlé bouquins et musique. Ri de petites blagues, s'étaient taquinés.

Il était content aussi qu'ils s'entendent bien, que les choses se passent simplement. Il n'avait pas à chercher ses mots, à s'inquiéter de dire ou de faire ce qu'il ne fallait pas. Heureux qu'il n'y ait pas de malentendus, de mots glacés, de grincements de dents comme il en avait connu avec d'autres.

Il se contentait d'être lui-même, et il trouvait que Lilou gagnait en confiance de jour en jour. Elle prenait ses marques, même si, par moments, des peurs la tiraient par les pieds, et qu'elle se recroquevillait malgré elle.

Question de patience. Ne rien brusquer, se dit Monty.

De retour chez lui, il fut surpris de la voir devant la maison alors que la nuit était tombée, comme si elle l'attendait.

Il ressentit aussitôt une vive inquiétude, se demandant ce qui était arrivé.

Il eut à peine le temps de sortir de voiture qu'elle l'entraînait déjà vers la remise.

— Qu'est-ce qui se passe, Lilou, un souci ?

— Mais non, bien au contraire.

Et alors qu'elle appuyait sur l'interrupteur pour faire jaillir la lumière de l'ampoule, il vit la mobylette de Paul sur sa béquille, entièrement remontée.

— Bah ça alors, dit-il. J'ai cru qu'il ne finirait jamais de la remettre en état. Depuis le temps que je la voyais en pièces détachées !

— C'est super, hein !

— Oui, c'est super… mais qu'est-ce qu'elle fait là ?

— Figure-toi qu'il me l'a apportée ce matin pour que je puisse me déplacer. C'est pas génial ?

— Si, si, c'est super.

Ils restèrent un moment dans la remise à côté de la mobylette, et Lilou lui raconta qu'elle était allée se balader, « un moment de pur bonheur ».

— C'est vraiment généreux de sa part. Et en même temps, ça ne m'étonne pas de lui.

— C'est vrai qu'il est super, Paul. Et toi, ta journée ? finit-elle par lui demander.

— Bien aussi, répondit Monty.

17

Les minutes rampantes

Lilou n'en finissait pas de remplir les bols de croquettes. Les chats semblaient s'être donné le mot. En plus du rouquin, qui venait toujours se frotter contre ses jambes, il y en avait d'autres qui passaient se restaurer. La plupart étaient sauvages, mais certains, moins craintifs, s'approchaient et se laissaient caresser.

Elle dut prendre d'autres bols dans la cuisine ainsi qu'un Tupperware rectangulaire dans lequel elle versait de l'eau propre chaque matin.

Le premier sac de croquettes se dégonflait comme une chambre à air crevée, et même si elle en avait un second, elle craignait de se retrouver rapidement à court.

Elle observait aussi avec satisfaction, depuis la fenêtre de la cuisine, des oiseaux picorer les boules de graisse et d'autres qui, en équilibre sur le perchoir du nichoir, donnaient des coups de bec dans la mangeoire.

Elle espérait la venue d'une mésange charbonnière pour la voir nicher au printemps dans la cabane, et pour assister au va-et-vient de la mère nourrissant ses oisillons.

Elle aimait être entourée par toutes ces bestioles, même si elle avait été contrariée, ce matin-là, en découvrant un tas de plumes ensanglanté au pied de l'érable.

Elle n'avait pas trop envie de bouger en ce jeudi après sa balade de la veille. Elle donna un coup de propre à la maison, se doucha vers midi, avala quelque chose sur le pouce, avant de filer prendre le café chez Paul en mobylette.

Le temps était pourri. Ciel nauséeux et rafales de vent.

Ils discutèrent un peu de la vie, de ses bonnes surprises et des vacheries qu'elle gardait toujours en rayon.

— On aimerait avoir une vie à la carte, lui dit Paul, mais on doit se contenter du menu.

Elle ne resta pas longtemps. Inquiète du rendez-vous de Monty dans la soirée chez la Jennifer H. Elle avait beau essayer de se raisonner, l'inquiétude la grattait. Inquiétude sans fondement, puisque ce n'était qu'un rendez-vous professionnel. Mais elle avait peur que Monty, trop gentil, ne se laisse embobiner par la bimbo.

Elle aurait juré qu'il ne s'agissait pas de jalousie, plutôt d'un instinct de protection. Quelque chose de maternel.

Elle faisait tout son possible pour arrêter les images qui circulaient dans sa tête, des scènes de flirts, de polissonnerie débridée. La Jennifer minaudant devant Monty avec ses longues jambes et ses gros seins. Ses lèvres rouges pulpeuses collées sur la bouche de Monty comme les tentacules d'une pieuvre.

Mais pas moyen d'appuyer sur pause. Et elle finit par dégoter une bouteille de gin dans le bar pour en avaler une bonne lampée dans l'espoir de pacifier ses nerfs.

Elle avait hâte que l'après-midi se termine. Qu'il pousse la porte de la maison et soit avec elle.

Hélas, il n'était que quinze heures. Et c'était une de ces journées où le temps rampe péniblement d'une minute à l'autre. Ou le silence reste prostré derrière les barreaux d'une cage.

Elle tenta de se plonger dans un bouquin, sans succès. De remplir des grilles de mots fléchés sur un magazine, sans succès. D'écrire un poème sur le carnet de route qui l'accompagnait ces derniers mois, dans lequel elle dessinait son âme avec ses mots quand elle en ressentait le besoin.

Sans succès.

Puis, peu à peu, la nuit vint. Elle ne trouva pas mieux que d'allumer la radio pour tenter d'étouffer ses craintes sous les décibels. Mais toutes les chansons ruminaient des airs discordants ou drainaient des corps morts.

Et elle finit par se laisser tomber dans le canapé en se rongeant les ongles.

Elle entendit le moteur de la voiture arriver du chemin et mourir dans la cour. Elle se leva pour dresser le couvert d'un air enjoué avant qu'il n'entre.

— Salut. Tiens, je n'ai pas entendu la voiture.

— Bonjour, Lilou, tu as passé une bonne journée ?

— Excellente ! Et la tienne ?

— Normale, une fois encore. Tu sais, je suis artisan. Il est peu probable qu'il m'arrive des choses extraordinaires.

— Si tu le dis, lâcha-t-elle en se mordant la lèvre.

Monty ne répondit pas et retira son pardessus.

— Tu rentres un peu tard, dis-moi.

— Il n'est que dix-neuf heures. J'avais rendez-vous chez une cliente pour un devis.

— Ah oui ?

— Oui, la femme qu'on a croisée samedi dernier au supermarché. Ça a pris un peu de temps. Elle était chamboulée, la pauvre. Figure-toi qu'on est rentré chez elle par effraction la semaine dernière. Elle en était encore bouleversée. On a cassé une fenêtre pour pénétrer chez elle. Une petite fenêtre qui donne sur une arrière-cour, donc aucun vis-à-vis. Et le cambrioleur ne devait pas être gros vu la taille de la fenêtre. Peut-être un ado ?

— Ce sont des choses qui arrivent, fit Lilou, peu amène. Même ici, je suppose.

— Oui, enfin, quand même. Ça n'arrive pas tous les jours, dans la région. On est plutôt privilégiés, de ce côté-là.

Monty marqua un silence, le temps de délacer ses chaussures et de les ranger sous la patère. Il enfila ses chaussons et se gratta l'arrière de la tête.

— Le plus flippant, reprit-il, c'est qu'on ne lui a rien volé. On a seulement mis sa chambre à sac, vidé sa commode de ses soutifs et culottes, et le type a tout découpé avec des ciseaux.

Lilou, devant l'évier, lui montrait son dos.

— Elle a prévenu la police ?

— Oui, bien sûr. Les flics lui ont dit de mettre des barreaux et d'installer un système d'alarme avec vidéo-surveillance. On a surtout parlé de ça.

— C'est malheureux pour elle, fit Lilou. Mais avoue qu'elle est du genre provocant. Bien sûr, ça ne justifie rien, mais quand même.

Monty préféra ne pas répondre. Il n'avait pas envie de se disputer.

— Tout ça pour te dire qu'avec les dépenses qu'elle a eues, la pose de son parquet est repoussée après Noël. Ce n'est pas grave, tu me diras.

Lilou osa enfin le regarder dans les yeux.

— Ça va aller, question boulot ? demanda-t-elle.

— Oui, ne t'en fais pas. J'ai de quoi voir venir.

18

Premières gelées blanches

Le mois de novembre apporta son lot de changements. La région était couverte chaque matin de gelées blanches, un paysage talqué de copeaux de givre qui hérissaient les champs de tessons translucides, alors que des langues de glace pendaient des arbres aux branches dénudées. Des températures particulièrement basses pour la région en cette saison, qui faisait craindre un hiver rude.

Monty faisait tourner le moteur chaque matin pendant qu'il raclait les vitres du break, ventilation à fond, avant de prendre la route pour aller bosser. Il roulait alors dans un pays dont la pureté ne cessait de l'émerveiller. Un pays blanchi à la chaux, lavé de ses impuretés.

Il n'avait jamais ressenti une telle plénitude jusqu'alors. Il avait pourtant enchaîné les automnes précoces et les hivers aux yeux durs, le froid, la neige, le vent. Les courants d'air dans l'âme. Pour la première fois, il ressentait de la chaleur en lui.

Il faisait attention de ne pas faire de bruit le matin, depuis que Lilou avait abandonné la caravane pour emménager dans la chambre d'amis.

Avec la chute des températures, elle n'avait tenu que quelques jours derrière les parois en aggloméré, malgré trois couvertures et le chauffage d'appoint qui marchait à plein régime.

Il l'avait vue débarquer plusieurs matins de suite, complètement transie, alors qu'il était devant son café.

« Je suis glacée, disait-elle à chaque fois. Je ne sens plus mes pieds. »

Alors Monty lui avançait une chaise près du poêle à bois et lui apportait un café fumant qu'elle gardait un moment entre ses paumes pour se réchauffer les mains, avant d'en avaler de petites goulées qui descendaient dans sa gorge comme la lave d'un volcan.

Et à chaque fois, il se faisait violence pour achever de se préparer alors qu'il aurait aimé rester avec elle. Il était heureux qu'elle se sente bien avec lui, qu'elle trouve doucement ses repères dans la région.

Et il était content de la savoir dans la maison. Ça les rapprochait davantage. Et quand il passait devant la caravane qui reposait sur ses deux roues dégonflées, il avait l'impression d'une époque révolue.

Il nourrissait toujours des sentiments clandestins pour elle, une distance feinte qu'il avait fini par dompter. Il se comportait comme elle attendait qu'il se comporte, dans les pompes d'un ami ou d'un frère.

Lilou était de plus en plus joyeuse. Ce n'était plus la femme qu'il avait trouvée dans la rue, le hérisson roulé en boule qu'il ne fallait pas approcher. Craintive, rétive, toujours sur la défensive. À fleur de peau.

Il était rassuré aussi de l'amitié qu'elle avait nouée avec Paul, chez qui elle se rendait presque tous les jours, quand ce dernier ne venait pas chez Monty pour s'assurer qu'elle allait bien.

Et il était content qu'elle ne soit pas seule des journées entières, car il savait par expérience que la solitude était du mauvais terreau pour faire pousser la lumière. Trop de solitude composait un miroir piqué de taches noires qui renvoyait une image salie de soi et de sa vie.

Lilou ne s'ennuyait pas. Elle avait l'impression que les journées se nourrissaient d'elles-mêmes, de miettes de satisfaction, de ces presque-riens invisibles, lesquels mis bout à bout, de l'aube au crépuscule, finissent par faire naître en soi le sentiment d'avoir été utile à quelque chose.

Lilou ne rechignait pas à enfourcher la mobylette malgré le froid. Elle allait au village acheter le pain, ou au bourg, en car, emprunter des bouquins à la bibliothèque avec la carte de Monty. Elle commençait à reconnaître des visages. Saluait quelques personnes en les croisant, s'arrêtait parfois quelques instants pour échanger quelques mots.

Ils étaient allés faire les boutiques pour l'équiper chaudement le week-end précédent. Une polaire, un blouson et un coupe-vent.

Monty avait aussi voulu qu'elle choisisse d'autres vêtements dans les rayons pour mettre ses nippes usagées à la poubelle, mais elle n'avait rien voulu savoir.

« Je suis suffisamment gênée de vivre comme ça à tes crochets, Monty. Alors, n'insiste pas ! Tout ce que tu me montres est très joli, mais je m'achèterai des fringues quand j'aurai l'argent pour ! »

Il n'avait pas insisté, un peu coupable de l'avoir poussée à se faire des petits plaisirs. Des plaisirs qu'elle n'était pas encore prête à recevoir. Un nouveau pantalon, une robe dans laquelle il la voyait déjà, et quelques hauts plus féminins. Il avait été lourd de s'arrêter devant les portants et de décrocher les cintres pour lui coller des vêtements sous le nez.

Elle ne lui en avait pas tenu rigueur. Après avoir élevé la voix pour le remettre à sa place, et qu'il se mette à la sienne, elle avait fait comme si de rien n'était. Et ils étaient allés déjeuner dans un restau grill.

Lilou trouvait ce ciel de novembre étrange. La lune pouvait rester affichée sur le ciel plusieurs jours d'affilée. Elle ne disparaissait pas complètement dans la journée, pâlissait doucement, se tenant timidement à côté d'un soleil fadasse. Un soleil éteint comme une ampoule grillée qui laissait les journées dans la grisaille.

Elle en éprouvait un apaisement étrange. Protégée d'un trop-plein de clarté qui l'aurait mise trop violemment en lumière.

Elle avait Monty. Elle avait les chats. Elle avait Paul.

Paul, qui devait la présenter dans la journée à une dame du village voisin pour faire chez elle quelques heures de ménage et de repassage.

Elle appréhendait un peu les contraintes et simagrées inhérentes au monde du travail, dont elle était coupée depuis plusieurs années.

Paul fit tout pour la rassurer. C'était une femme âgée d'une grande gentillesse, veuve depuis des années, comme lui, qui recherchait surtout un peu de compagnie.

Lilou prit soin de trouver dans ses affaires une tenue passe-partout. Elle s'était lavé les cheveux, mis un peu de rouge à lèvres et du mascara.

Elle fut surprise de retrouver son visage fardé, ce visage qui, comme son corps, se tenait à distance de la séduction depuis des mois sur la route.

Elle resta un long moment devant la glace à chercher au fond de ses yeux la femme qu'elle avait face à elle.

Cette proche entrevue professionnelle la plongeait dans l'appréhension. C'était un pas vers le retour à une vie réglée, un fil à la patte qui allait de nouveau l'emprisonner, même si ce n'était que pour quelques heures par semaine.

Elle s'était démenottée sur la route, son sac à dos sur les épaules, mais il était temps pour elle de se reprendre en main. D'emboîter de nouveau le pas des gens qui suivent les rails. Qui ont un but à atteindre.

Elle rêvait pourtant d'un petit boulot depuis quelques semaines. Mais rêver sa vie consistait seulement à garder les yeux dans le flou. À regarder un film en se projetant dans la peau d'une comédienne, d'une femme qui faisait semblant. À voler l'histoire d'une autre.

Elle regrettait d'avoir confié à Paul son envie de travailler. Elle s'était trompée en se croyant prête. Il s'était aussitôt renseigné. Et quand il lui avait annoncé la bonne nouvelle, la veille, elle s'en était réjouie devant lui, alors qu'une vague d'angoisse l'avait engloutie dans une gueule effrayante. Elle avait senti des mains autour de sa gorge et ses poumons se compresser.

Trop tard pour reculer, à présent. Elle devait le faire pour Monty, qui avait la gentillesse de l'accueillir et la nourrissait depuis des semaines.

Elle ne cessait de se répéter que tout allait bien se passer. Un mantra qu'elle récitait en boucle, alors qu'elle vérifiait les gamelles des chats.

Ils avaient acheté des récipients adaptés dans un bazar la semaine précédente, quand Monty, à court de bol pour son café un matin, avait un peu râlé en découvrant tous ceux de la maison réquisitionnés, alignés devant la caravane pour les croquettes.

Lilou s'était excusée. C'était la première fois qu'elle le voyait s'énerver. Alors elle s'était précipitée dehors pour en récupérer un, avant de le laver dans l'évier et de servir son café à Monty.

Il l'avait remerciée, passablement agacé. Ils s'étaient quittés en froid, ce matin-là.

Il en avait profité pour lui dire qu'il était allergique aux poils de chat. Elle pouvait faire ce qu'elle voulait, à condition que les greffiers n'entrent pas dans la maison.

C'était pourtant déjà arrivé, car il avait retrouvé des poils sur le canapé. Il craignait le pire, aux beaux jours, avec la porte et les fenêtres ouvertes.

*

Paul était surpris de voir Lilou maquillée. C'était une autre femme qui s'était présentée chez lui, avec du rouge à lèvres et de beaux yeux bleus mis en valeur par le mascara. Il lui avait dit qu'elle était jolie, elle avait rougi en baissant la tête. Nerveuse, elle ne cessait de trépigner d'un pied sur l'autre.

Il lui tapota l'épaule pour lui signifier de ne pas s'en faire ; et Lilou se laissa arracher un sourire crispé.

— Je ne te propose pas un café, tu es assez nerveuse comme ça.

— Non, il vaut mieux pas.

Paul enfila sa doudoune, prit ses clefs de voiture sur le guéridon de l'entrée. Ils avaient rendez-vous chez la dame à quatorze heures et c'était à dix minutes en voiture.

Pendant que Paul, les yeux braqués sur la route, tentait de blaguer, Lilou n'arrivait pas à parler. Elle se rongeait les ongles, doigt par doigt, arrachant les petites peaux avec ses dents.

Il finit par lui donner une tape sur la main.

— T'as pas bientôt fini !? Tu ne vas pas à l'abattoir, tout de même…

Elle le regarda, paniquée. À cet instant précis, il vit une gamine craintive. Une femme qui semblait avoir remonté les années pour redevenir la fillette qu'elle avait dû être.

Une gosse effrayée par un monde qui la concassait. Sans père pour la protéger. Elle contempla sa main, minuscule, qui aurait tant aimé se blottir dans celle d'une mère, mais dont les doigts étaient toujours restés à attraper du vide.

Lilou avait mal vécu ses années d'école primaire, celles du collège, ensuite. Les deux filles avec qui elle traînait étaient comme elle. Des gamines cherchant à se faire invisibles pour éviter les moqueries incessantes des autres élèves. Deux filles fades, aussi délavées que les vêtements qu'elles avaient sur le dos. Des fringues sans marque, dans des tissus bon marché, souvent de seconde main. Des gamines jamais invitées aux anniversaires. Toujours choisies en dernier pour constituer de petits groupes de travail ou des équipes pendant les cours de sport.

Lilou croyait avoir oublié tout ça depuis longtemps. Curieusement, dans la voiture, elle y repensait. Et elle se mordait l'intérieur de la bouche pour que la douleur physique écrase les larmes qui gonflaient dans ses yeux.

Paul se sentait comme un vieux con incapable de lui remonter le moral. Surtout qu'il ne comprenait pas pourquoi Lilou était aussi triste.

Une fois encore, il aurait aimé qu'Angela soit là. Elle aurait su trouver les mots. Ou elle aurait simplement pris Lilou dans ses bras et tout se serait arrangé. Il imagina le visage de sa femme et, comme par magie, Angela se retrouva devant lui avec ses yeux pleins d'amour, ce qui l'apaisa aussitôt.

— Et merde, lâcha Paul en pilant, j'ai raté l'embranchement.

Il fit demi-tour.

Ils arrivèrent au cœur du village et se garèrent devant la plus grande maison. Une propriété de notable qui avait dû briller dans le passé et semblait à présent à l'abandon.

Ils descendirent de voiture et Paul fit tinter la clochette du portail.

— Le mari de cette dame était notaire, informa-t-il Lilou.

Il n'eut pas le temps d'en dire davantage. Une grande dame tout en os avec de longs cheveux gris lâchés sur son dos sortit de la maison, et s'avança vers eux avec un sourire bienveillant.

*

Gladys fut agréablement surprise par ce premier contact avec Lilou. Elle lui proposa de venir trois matinées par semaine. Elles s'étaient entendues sur le lundi, le mardi et le jeudi.

Elle fut tout de suite séduite par cette jeune femme, lutin enfantin aux cheveux orange, qui à peine entrée dans le salon s'était dirigée vers les deux chats de Gladys vautrés sur le sofa près de la bibliothèque, où des centaines d'ouvrages poussiéreux étaient alignés sur les étagères.

Lilou, accroupie près des matous, commença à leur parler en leur grattouillant le dessous du menton, ce qui suscita aussitôt chez les greffiers un plaisir non dissimulé, orchestré par des ronronnements jouissifs.

Si Lilou était visiblement tendue lors des présentations d'usage, elle oublia complètement la présence de Gladys et de Paul, jusqu'à la raison pour laquelle elle était là, dès qu'elle vit les matous.

Elle enfonça son nez dans le pelage des chats en leur murmurant des mots trop étouffés pour être entendus. Des paroles secrètes, peut-être des promesses…

Gladys n'osait pas bouger, avec Paul à ses côtés, tout aussi immobile et silencieux.

Silencieux jusqu'à ce que Lilou se relève et se souvienne de leur présence. Elle les regarda l'un après l'autre, avec un sourire si grand que le salon s'abreuva de lumière.

Ils s'assirent ensuite tous les trois et burent un café en discutant de tout, sauf des tâches précises que Lilou devrait accomplir. En peu de mots, Gladys lui avait simplement dit qu'elle recherchait quelqu'un pour l'aider un peu à tenir la maison en ordre.

Gladys les raccompagna au portail et elle leur lança un petit signe de la main quand la voiture démarra pour s'éloigner. Elle était contente d'avoir revu Paul, dont la femme avait été une amie.

Quand elle allait sur la tombe de son mari, Gladys s'arrêtait toujours sur celle d'Angela, où elle faisait un brin de causette, lui racontant les nouvelles du village, et repartait plus légère, après avoir déposé une rose blanche sur la tombe de son amie et confidente.

L'ex-mari de Gladys n'avait jamais compris leur amitié. L'addiction de sa femme pour la voyance et toutes ces croyances populaires. « De la supercherie, tout ça ! » ne cessait-il de clamer.

Ce à quoi Gladys ne répondait pas. Elle le regardait en lui souriant, avec cet air condescendant qu'elle avait fini par adopter sur nombre de sujets sur lesquels, elle avait fini par l'accepter, ils ne tomberaient jamais d'accord.

Contrairement à son mari, elle s'était toujours sentie proche des gens du peuple, de ceux qui dénotaient dans leur monde de notables.

Gladys avait pourtant toujours été l'épouse parfaite, fille de notables qui avait rempli son rôle à merveille durant quarante-trois années de mariage. Mais sans jamais se départir de sa liberté d'opinion.

Et même si elle en avait un peu honte, elle ne s'était jamais sentie aussi libre que depuis la mort de son mari. Rapidement, elle avait coupé court aux faux-semblants, aux amitiés de convenance et de profit, s'était réfugiée dans sa grande maison. Elle prit l'habitude de laisser le téléphone sonner, jusqu'à ce qu'il se taise, et qu'on l'oublie enfin.

Une jeune femme entrait dans sa vie. Elle n'avait pu avoir d'enfants avec son mari, qui s'était révélé stérile après des années passées à lui reprocher de ne pas être foutue de lui donner un descendant.

Gladys pensait à tout ça devant la coiffeuse de sa chambre. Elle brossait ses longs cheveux gris jusqu'à dix fois par jour, un rituel auquel elle s'adonnait depuis qu'elle était enfant. Elle ratissait ses cheveux qui lui descendaient jusqu'aux fesses, encore et encore, jusqu'à ce que ses pensées, qui parfois s'emmêlaient, redeviennent libres comme de longues herbes balayées par le vent.

C'était une vieille femme aujourd'hui qui venait de fêter ses quatre-vingt-deux ans. Une femme dont la vie était passée comme un courant d'air par une porte mal fermée. Elle n'était pas nostalgique du passé. Laissait depuis longtemps l'avenir à ceux qui avaient encore de bonnes jambes pour courir. Elle vivait juste l'instant présent. Le lever du soleil, la lumière ou l'ombre d'une journée, le ronronnement de ses chats. Son cognac après le dîner, assise dans le sofa avec un livre. Un livre pris au hasard dans la bibliothèque, dont elle lisait une vingtaine de pages avant de le refermer, de le remettre en place et d'aller se coucher.

Elle n'était ni triste ni apeurée d'arriver à la fin de sa vie. Elle ne regrettait rien du voyage. Elle n'avait pas d'amertume, pas le moindre regret. Elle aimait ce flottement de la vieillesse, ce moment où la mort peut choisir de vous faire vous envoler à tout instant.

Elle ne savait pas ce qu'il y avait après. Mais elle savait qu'il y avait autre chose. Et elle était prête pour ce nouveau voyage.

Gladys reposa la brosse sur sa coiffeuse. Elle avait été touchée par l'histoire de Paul, qui avait préféré lui dire la vérité sur Lilou. Paul avait toujours été un homme bien et Angela avait souvent confié à Gladys qu'elle n'aurait pu avoir de meilleur mari.

Il ne changeait pas. Pas un gramme de graisse n'était venu gélatiner sa silhouette. Sa coupe en brosse toujours impeccable. Des yeux francs et doux. Un petit bonhomme énergique qu'elle dépassait de deux têtes.

Avant de mourir, Angela lui avait fait promettre de veiller sur lui. Et Gladys avait fait de son mieux les premiers mois, l'appelant régulièrement, le conviant à déjeuner de temps en temps… Mais ressasser le manque qu'avait causé la mort d'Angela avait fini par inviter de longs silences entre eux, et ils s'étaient vite trouvés en manque d'intérêts communs pour continuer à se voir.

Gladys connaissait aussi Monty, venu effectuer de petits travaux chez elle, sa dernière intervention remontant au printemps précédent, quand il était venu déboucher les gouttières.

C'était un gentil garçon, et elle espérait qu'avec Lilou il trouverait une route commune.

Elle les imaginait bien ensemble alors qu'elle revenait dans le salon s'asseoir au milieu de ses chats.

Elle n'avait pas vraiment besoin d'aide pour tenir la maison. Elle avait pris l'habitude de faire le minimum, un coup d'aspirateur sur les tapis, l'époussetage rapide des poussières vagabondes dès que les meubles et les bibelots suffoquaient de ne plus avoir assez d'air. En matière de cuisine, elle n'avait jamais été un cordon-bleu, et depuis qu'elle était seule, elle se contentait de pignocher. Rinçant ensuite son assiette et ses couverts à l'eau froide, vaisselle vite expédiée qu'elle laissait sécher sur la paillasse de l'évier pour s'en resservir la fois suivante.

Elle ne savait pas pourquoi elle avait embauché Lilou. Peut-être pour faire quelque chose qui lui semblait juste et avoir un peu de compagnie.

Et elle savait qu'elle avait fait le bon choix, car elle se sentait en paix. Malgré leur différence d'âge, elle avait tout de suite deviné qu'elles avaient des choses en commun.

Elle avait hâte d'être à lundi en espérant que ce ne serait pas trop compliqué pour Lilou de venir jusque chez elle en mobylette quand l'hiver rendrait les routes difficiles.

Avant que Paul et Lilou repartent, elle avait confié à Paul une pendule qu'elle avait toujours connue sur le manteau de la cheminée. Une pendule qui s'était arrêtée sans sommation quelques jours plus tôt, et s'obstinait à ne pas vouloir repartir, à refuser d'additionner les secondes encore.

Paul lui avait dit qu'il allait voir ce qu'il pouvait faire, et elle l'avait rassuré, le priant de ne pas y passer trop de temps.

Gladys s'était détachée des choses matérielles, ces dernières années. Elle ne montait plus à l'étage dont les portes restaient fermées, les volets barricadés. Elle avait sa chambre au rez-de-chaussée, une autre pièce, jadis bureau de son mari, le grand salon, la salle à manger où plus personne ne dînait, et deux autres pièces mortes.

Elle ne s'intéressait plus à cette maison, dont elle avait pourtant pris soin toute sa vie. Attachée au moindre détail, aux doubles rideaux veloutés qui tamisaient et réchauffaient les pièces, aux meubles et objets de famille qu'elle avait chéris, aux vases qui accueillaient toujours des fleurs éblouissantes. Aux coussins qu'elle tapotait pour les rendre accueillants.

Tout ça ne l'intéressait plus. Elle laissait la maison vieillir avec elle, se déshabiller de ce qui avait été jadis sa fierté.

Elle était devenue indifférente aux choses, peut-être parce qu'elle avait toujours été protégée matériellement, avait-elle l'honnêteté de reconnaître. Qu'elle n'avait jamais ressenti la peur de manquer. Et que son mari lui avait laissé trop d'argent pour qu'elle ait à s'en soucier.

Elle avait fait le nécessaire pour qu'après sa mort tout revienne à des associations. Des associations pour les enfants et les animaux.

Elle était sereine d'avoir réglé tout ça. Et puis elle sentait toujours qu'Angela veillait sur elle. Pas comme Paul, qui la voyait et l'entendait. Mais la vieille dame savait qu'elle n'avait rien à craindre.

19

La vie à deux

Novembre voilait les vitres de givre quand Monty et Lilou sortaient de leurs appartements respectifs le matin, emmitouflés dans d'épais lainages, et que leur premier réflexe était d'ajouter du bois dans le poêle pour faire redémarrer le feu.

Même si Monty avait isolé les combles avec de la laine de verre et la plus grande partie des murs intérieurs avec des panneaux en polystyrène, il n'avait pas les moyens financiers d'installer des fenêtres à double vitrage, et les montants en bois des châssis des anciennes fenêtres étaient si vermoulus que le froid se glissait par les interstices, ombres translucides à l'haleine glacée.

La chaudière aussi avait besoin d'être remplacée, car les vieux radiateurs de la baraque restaient tièdes et claquaient en permanence. Monty avait beau les vidanger, ça ne changeait pas grand-chose. Il allait devoir refaire toute l'installation pour en finir une bonne fois pour toutes avec l'humidité qui pourrissait sa maison.

Cet inconfort, au lieu de les affliger, était devenu un sujet de plaisanterie entre Lilou et lui, qui rivalisaient de mimiques ridicules pour singer l'apoplexie quand le matin, transis de froid, ils prenaient leur café ensemble.

Lilou travaillait depuis une quinzaine de jours chez Gladys. Monty se réjouissait de la voir aussi enchantée par ses matinées chez la vieille dame.

Il s'était inquiété quand elle lui avait parlé boulot. Il craignait qu'elle ne soit pas encore prête à reprendre des horaires rigides, mais contre toute attente, et dès les premiers jours, il avait été soulagé en la retrouvant le soir totalement épanouie.

Elle n'évoquait pas les tâches qu'elle effectuait dans la maison, mais ses longues discussions avec Gladys. Un enthousiasme déluré qui la rendait d'humeur chagrine quand elle ne travaillait pas.

Elle avait vite pris le rythme, et les jours où elle restait à la maison, elle se levait en même temps que Monty. Il lui arrivait même de sortir du lit la première. Il la rejoignait dans la cuisine, à préparer le café en sifflotant.

Elle débordait d'énergie et retrouvait le goût de rire, un rire ressuscité qui avait chassé du jour au lendemain les sourires tristes auxquels elle l'avait habitué.

Il aimait quand elle se maquillait un peu. Surtout avec le crayon noir autour de ses yeux, qui faisait ressortir le bleu de son regard. Monty adorait que leurs prunelles renvoient la lumière – quand elle écarquillait les yeux et qu'il avait l'impression de regarder le ciel.

Il chérissait ces instants, quand elle était passionnée et le tenait en laisse en lui racontant ses journées.

Il avait du mal à ne pas rougir. Pas en réaction à ses propos, mais par peur qu'elle lise dans ses pensées, découvre l'envie folle qu'il avait de l'embrasser. De s'approcher d'elle pour la serrer dans ses bras et la déshabiller.

Lilou n'était pas dupe. Elle faisait semblant de ne rien remarquer. Elle en avait parlé à Gladys, qui lui avait conseillé de laisser du temps au temps. Ce n'était pas toujours le coup de foudre au départ.

La vieille dame lui avait dit de ne pas s'inquiéter pour ça, mais Lilou ne pouvait s'empêcher de culpabiliser. Elle le faisait souffrir malgré elle, et ça l'emmerdait sérieusement.

Ses jours libres, elle s'occupait de la maison, qu'elle réorganisait à son goût, selon sa logique. Agaçant parfois Monty, qui ne retrouvait pas ce qu'il cherchait et râlait un peu jusqu'à ce qu'elle lui indique où les choses étaient rangées.

Elle allait voir Paul régulièrement et veillait chaque jour au bien-être des chats, qu'elle nourrissait en croquettes et caresses.

Malgré le bonheur qu'il éprouvait à retrouver Lilou, Monty enchaînait les chantiers et cumulait de plus en plus de fatigue. Il n'était pas parti en vacances depuis cinq ans. Et s'il s'accordait trois semaines de congé chaque année en août, il ne partait pas, faute d'avoir quelqu'un avec qui le faire.

Il tenta le coup une année pour rentrer trois jours plus tard, sa solitude trop en vue au milieu de la foule estivale. Des couples amoureux, des familles réunies, des enfants insouciants qui s'amusaient en se chamaillant. Il gardait un mauvais souvenir de sa serviette étendue sur la plage, sans personne à qui parler, cerné d'inconnus qui ne le voyaient pas. Il était comme un homme échoué sur le sable qui regardait la mer sous un soleil éclaboussant sa solitude.

Il se rappelait chacun de ses pas, quand il descendait du studio qu'il avait loué, pour aller à la mer. Des rues colorées de touristes, des échoppes chamarrées de bouées gonflables, de parasols, de portants chargés de maillots de bain et de robes de plage. Des marchands de glaces et de souvenirs. Une fête dans laquelle il n'avait pas réussi à entrer malgré le visage souriant qu'il s'efforçait d'afficher.

Et tout ce bruit autour. Ce bruit que faisait la vie dont il était exclu.

Pourquoi pensait-il à l'été tandis que l'automne rétrécissait un peu plus chaque jour l'espace de la lumière, et qu'il était, le pinceau à la main, à appliquer de la blancheur sur les baguettes autour d'une porte ?

Il n'avait pas trop le moral, depuis quelques jours. Son corps las embrumait ses pensées, et il traînait soudain une tristesse lancinante.

Il tenta de rassurer Lilou, soucieuse pour lui, mais il avait du mal à expliquer ce qu'il ne comprenait pas lui-même. Il mettait ça sur le dos de la fatigue et Lilou lui conseillait de se ménager.

Les rôles s'étaient inversés. Elle se mit à le surveiller comme un gosse malade. Le forçant à manger quand il repoussait son assiette à moitié pleine, lui ordonnant de rester assis pour lui éviter de débarrasser la table, le sermonnant quand il refusait de se coucher même si ses yeux étaient gonflés de sommeil.

Un soir qu'il s'était mis sous la couette à neuf heures, elle entra dans sa chambre sans frapper et s'assit au bord du lit. Elle lui posa la main sur le front pour voir s'il avait de la fièvre, et ses doigts ensuite fourragèrent dans ses cheveux.

Cela faisait une éternité qu'il n'avait pas reçu de caresses. Il ferma simplement les yeux et se laissa faire. Avant de s'endormir.

Inquiète de le voir abattu, anxieuse qu'il soit malade ou que sa présence commence à l'indisposer, Lilou se sentait redevable d'avoir tant pris et si peu donné en chamboulant sa vie. Cette culpabilité venait encombrer ses journées d'instants bancals. Des doutes qu'elle avait confiés à Paul et Gladys, qui avaient aussitôt tenté de démêler, chacun avec ses mots, l'entrelacs d'incertitudes qui s'était insinué en elle. Elle les avait écoutés sagement, en répétant « Oui… oui… oui ».

Elle se demandait s'il ne serait pas préférable qu'elle s'en aille. Même si elle n'en avait pas envie. Gladys lui avait proposé une chambre chez elle, mais Monty ne voulait pas qu'elle parte.

Ce passage à vide ne dura qu'une petite semaine, Lilou veillait à ce qu'il prenne chaque matin les vitamines qu'elle lui avait achetées. Elle le laissait dormir le week-end, soucieuse de ne pas faire de bruit dans la maison, guettant le moindre mouvement dans la chambre. Et quand elle croyait entendre remuer, elle arrivait avec un plateau pour lui apporter le petit déjeuner au lit.

Elle relevait son oreiller, déposait le plateau sur ses cuisses avec le café et les toasts beurrés. Avant qu'il se saisisse du bol, elle lui tendait un verre de jus d'orange et son cachet de vitamines qu'elle le regardait avaler.

« J'espère que tu as bien dormi ? » demandait-elle invariablement.

Et Monty lui répondait toujours par l'affirmative.

Dieu merci, les brocantes dans les villages alentour étaient entrées en hibernation. Monty n'était pas mécontent de cette trêve, même s'il n'était pas sorti d'affaire car les trocs et puces refleuriraient au printemps.

Pour l'heure, il appréciait ces week-ends paisibles, livrés au gré de leurs envies capricieuses, de petites escapades en forêt, un restau, un jeu de société quand la journée se terminait et revêtait sa pelisse noiraude.

Il y avait le café chez Paul chaque samedi matin, un moment toujours sympathique, même si le temps passé en semaine entre Lilou et Paul lui donnait parfois l'impression d'être un peu sur la touche. Il leur arrivait de parler de choses dont Monty n'était pas informé, et il restait en retrait, buvotant son café sans trouver un mot à dire.

Ça ne le gênait pas plus que ça. Il regardait parfois Lilou, à la dérobée, rire et s'enthousiasmer pour des petits riens. Taquiner Paul, qui lui répondait du tac au tac.

Il était content qu'ils s'entendent bien. Que Lilou s'enracine dans une famille de cœur, qu'un lierre de sentiments bienveillants s'accroche à elle sans qu'elle en soit consciente, et l'ancre chaque jour un peu plus dans la région.

La peur qu'elle s'en aille ne le taraudait plus. Il s'autorisait à espérer davantage, mais se disait aussi que le mieux est l'ennemi du bien.

Alors il se régalait simplement de ces instants.

Après avoir quitté Paul ce samedi-là, ils retournèrent à la maison pour déjeuner. Lilou voulait aller dans les magasins, elle avait dans l'idée d'acheter un pull à Monty. Elle en avait marre de le voir avec ses vieilles sapes de chantier qu'il portait aussi le week-end. Un pull, peut-être une chemise. Elle voulait quelque chose dans les bleus, parce qu'elle aimait bien le bleu, et que ça allait donner à Monty meilleure mine. Elle s'était aperçue que Monty avait un vrai don pour faire s'injurier les couleurs entre elles.

Elle avait un peu d'argent, car Gladys la payait en espèces chaque fin de semaine. Elle voulait s'occuper de lui. S'il lui restait quelques billets, elle se ferait peut-être aussi un petit plaisir. Elle en avait ras le bol d'être si mal fagotée.

Elle était contente de rapporter de l'argent à la maison, même si c'était peu. Cela lui permettait de faire quelques courses en alimentation, et même d'acheter des gâteaux certains soirs à la boulangerie.

Elle avait promis à Monty de participer davantage aux frais de la maison une fois qu'elle aurait plus de sous, mais il la persuada d'abandonner l'idée de partager les notes de chauffage et d'électricité. Il mettait de toute façon le chauffage et ne vivait pas dans le noir.

Lilou insista un peu, et lui avait répondu : « On verra. »

Ils déjeunèrent rapidement et Monty tendit les clefs de la voiture à Lilou. Elle lui avait appris quelques jours plus tôt qu'elle avait le permis mais n'avait pas conduit depuis plusieurs années.

Elle se fit un peu prier, mais Monty lui assura que c'était la journée idéale pour remettre les pieds sur les pédales. Alors elle prit place au volant après avoir rapproché le siège et réglé le rétro. Elle tourna la clef et le moteur se mit à ronronner. Puis elle passa la première et la bagnole s'engagea dans l'allée avant de se lancer sur la grand-route.

Lilou roulait les yeux presque collés sur le pare-brise, les bras tétanisés sur le volant parce que, sans direction assistée, le break était un vrai char. En quelques kilomètres, ils se firent klaxonner plusieurs fois par des bagnoles qui les avaient doublés. En regardant le compteur, Monty s'aperçut qu'elle plafonnait à quarante kilomètres-heure, la vitesse de pointe qu'elle atteignait sur sa mobylette.

— Tu peux accélérer…

— Oui, je sais, répondit-elle, agacée, sans quitter la route des yeux. Fous-moi la paix, il faut que je retrouve mes réflexes.

Il préféra se taire. Il crevait de chaud avec son écharpe serrée autour de la gorge et le bonnet qu'elle l'avait obligé à mettre. Surtout avec le soleil qui frappait les vitres. Il était en sueur, mais n'osait pas se découvrir parce qu'elle l'avait sermonné avant de partir sur le temps faussement doux.

Alors qu'il sortait de la maison, tête nue, sans lainage autour de la gorge, elle l'avait renvoyé dans la baraque pour qu'il se couvre mieux.

« Si tu cherches à attraper la crève, tu t'y prends bien ! Il ne manquerait plus que tu m'attrapes un coup de froid alors que t'es encore convalescent !

— J'ai jamais été malade, Lilou, juste un peu crevé…

— Oui, enfin, ça, c'est à moi d'en juger, si tu permets ! »

Monty n'avait pas envie d'aller dans les magasins. Il n'avait jamais aimé ça et espérait que ça ne prendrait pas tout l'après-midi. Il la guidait vers la zone commerciale près du supermarché dans lequel ils faisaient les grosses courses en alimentation. Dans sa mémoire, il y avait trois enseignes. Il priait pour que Lilou y trouve son bonheur et qu'elle ne lui demande pas de pousser jusqu'à une autre zone, où de toute façon il y avait les mêmes magasins à la con.

Elle commençait à se détendre à mesure qu'elle roulait, qu'elle prenait à droite, puis tout droit, puis à gauche. Qu'elle rétrogradait en traversant un village, puis changeait de vitesse et accélérait.

Il desserra discrètement l'écharpe de son cou et retira son bonnet, qu'il posa sur ses genoux. Lilou lui jeta un regard en coin.

— C'est vrai qu'il fait chaud dans la voiture, concéda-t-elle.

Elle adoucit un peu son étreinte du volant et éloigna son nez du pare-brise. Des voitures continuaient à les doubler, mais Monty se détendait aussi peu à peu, après avoir serré les fesses pendant le premier quart d'heure.

Quand ils arrivèrent enfin dans la zone, Lilou choisit de se garer le plus loin possible des autres véhicules. Elle était à cheval sur deux emplacements, mais il restait des places libres et Monty ne releva pas.

Ils sortirent de la voiture ensemble, Monty avec son bonnet sur la tête, et marchèrent tranquillement jusqu'au premier magasin. Il y avait un peu de monde, des familles pour l'essentiel qui s'occupaient à tuer leur week-end, des couples, et quelques personnes seules.

Lilou était de nouveau tout sourire. Il la laissa entrer la première quand les portes coulissantes s'écartèrent.

Elle regarda autour d'elle, à la recherche du rayon pour homme. Elle repéra tout de suite les pulls et commença à fouiller dans les chandails. Visiblement, elle aime le bleu, se dit-il.

Les bras chargés de cinq pulls différents, elle se dirigea vers les cabines d'essayage en lui faisant signe de la suivre.

— Il vaut mieux les passer, dit-elle, sinon on ne peut pas se rendre compte.

— Tu sais que ce sont des pulls pour homme, Lilou…

— Oui, bien sûr, j'ai envie de te faire un cadeau.

— C'est très gentil à toi, j'ai tout ce qu'il me faut.

— Je sais bien, dit-elle avec douceur, mais un peu de neuf dans la vie, c'est toujours bon à prendre.

Monty s'aperçut que plusieurs femmes le regardaient. Ça ne lui arrivait jamais quand il était seul. Il en ressentit un peu d'orgueil et se permit même de sourire à l'une d'elles.

— Tu la connais ? demanda Lilou.

— Non… non, je ne crois pas, balbutia-t-il.

— Alors pourquoi tu lui souris ?

Dans la cabine d'essayage, il avait dû passer les pulls qu'elle avait sélectionnés. Après une plombe, elle lui conseilla celui avec le col cheminée. Repartie en rayon pour prendre la taille au-dessus, elle était revenue avec une chemise à carreaux qu'il avait dû essayer aussi.

— Tu es très beau comme ça !

Monty, devant la glace, ne se trouvait pas vraiment beau. Avec ses putains de grandes oreilles et son début de calvitie. Mais avec un peu de charme quand même quand il vit la façon que Lilou avait de le regarder.

— Ça va faire cher, tout ça. Tu me gâtes trop, et je préférerais que tu gardes ton argent.

— Tu sais, Monty, en te faisant plaisir, c'est à moi que je fais plaisir.

Il réussit à l'entraîner au rayon pour femme. Ce fut à son tour de sortir les vêtements des portants et de déballer les lainages bien pliés sur les étagères.

Dès qu'il dénichait quelque chose de joli, il s'empressait de le lui montrer.

« Oui, c'est pas mal », concédait-elle à chaque fois.

Il finit par en avoir marre et osa lui dire que lui aussi serait content de pouvoir lui faire plaisir.

Elle accepta finalement une petite robe en lainage moutarde dans laquelle elle était à croquer, des collants bordeaux, et un haut vert amande un peu molletonné.

Et alors qu'ils se dirigeaient vers les caisses, elle s'arrêta devant une paire de bottines caramel qu'elle enfila pour faire quelques pas.

— T'en penses quoi ?

— J'adore.

— Bon, je te fais confiance, mais les chaussures, c'est moi qui les paye.
— D'accord, fit Monty.

Ils entrèrent ensuite dans deux autres boutiques. Cette fois sans rien acheter. Et il fut soulagé quand elle voulut faire demi-tour.

Monty l'embrassa quand elle lui tendit le sac avec le pull et la chemise, et elle le prit dans ses bras quand, à son tour, il lui offrit ses petits cadeaux.

— T'es vraiment un ange, lui dit-elle à l'oreille en en profitant pour resserrer son écharpe et lui enfoncer le bonnet un peu plus sur la tête.

Monty reprit le volant pour le retour, et elle lui tapota doucement la main posée sur le levier de vitesse en lui envoyant son regard bleu.

Monty se réveilla tôt le lendemain, bien qu'on fût dimanche. Il commença à tourner dans son lit dès six heures. Comprenant qu'il n'arriverait pas à se rendormir, il se leva.

Il s'habilla sans se doucher, but un café debout et fila au fond de son terrain pour couper du bois de chauffage.

Il se mit aussitôt au boulot, fendant en deux les bûches qu'il chargeait dans la brouette au fur et à mesure pour aller les entasser dans le bûcher attenant à la maison.

Il essayait de faire le moins de bruit possible quand il rangeait le bois pour ne pas réveiller Lilou, qui n'était pas encore sortie de sa chambre.

À chaque déchargement, il jetait un coup d'œil vers la fenêtre de la cuisine pour voir si Lilou était levée.

Ce n'est qu'à dix heures passées, alors qu'il transpirait à débiter encore et encore, qu'elle sortit sur le perron dans sa polaire, les yeux encollés de sommeil et les cheveux emmêlés.

Elle lui fit un signe de la main.

Il lui fit un signe en retour et continua à abattre la hache sur le billot jusqu'à remplir une autre brouette.

Il n'avait pas envie de s'arrêter avant que le bûcher soit plein jusqu'à la gueule. Il avait besoin de se défouler. Il avait dormi d'une traite et s'était réveillé avec de l'énergie à brûler. Il avait toujours aimé couper du bois, une activité saine qui lui vidait la tête.

Malgré la bonne journée de la veille, il était quand même préoccupé par les départs de feu de Lilou – de la jalousie, infondée puisqu'ils n'étaient pas en couple –, des incendies soudains qui pouvaient surgir comme la flamme d'un chalumeau et carboniser en quelques secondes un bon moment.

Il n'avait jamais connu de femmes comme elles et se demandait s'il devait s'inquiéter ou pas. Ce n'était pas le genre de type à taper du poing sur la table. Quand il entendait le tonnerre gronder, il savait qu'il n'y avait rien à faire pour éviter l'orage. Plutôt que de provoquer les éléments, le plus sage était de s'en protéger en restant planqué jusqu'à ce que ça passe. Une attitude qu'on lui avait reprochée plusieurs fois, prise pour de la lâcheté, ce à quoi il répondait que les conflits n'apportaient jamais rien de bon.

Il était un peu paumé, les idées découpées. Flatté d'un côté qu'elle le considère comme son homme, et inquiet de s'être amouraché d'une femme avec trop de problèmes.

De son côté, Lilou était décontenancée qu'il ne soit pas venu lui dire bonjour. Elle ne voyait vraiment pas ce qui clochait depuis la veille, où tout avait été parfait.

Alors qu'il était à couper son bois, elle se glissa dans sa chambre pour regarder son portable qu'il ne fermait jamais. Elle disséqua le journal d'appels et le paquet de SMS sans rien découvrir de louche. Elle fut rassurée de ne pas trouver de texto qui aurait pu arriver pendant la nuit et qui lui aurait retourné la tête.

Il ne parlait jamais de ses anciennes relations. Quand elle tentait d'en savoir plus, il bottait chaque fois en touche, comme s'il avait quelque chose à cacher.

Lilou prit soin de reposer le portable à l'endroit précis où elle l'avait trouvé et, avant de quitter la chambre, coupa avec les dents les étiquettes du pull et de la chemise qu'elle lui avait achetés, mit la chemise sur un cintre et plia le pull pour le ranger dans son armoire.

Puis elle retourna à la cuisine se préparer son petit déjeuner.

Monty la rejoignit dans la cuisine une fois son travail terminé. Il l'embrassa sur la joue et ils commencèrent à échanger quelques mots comme si de rien n'était.

Ils se douchèrent ensuite pour descendre à la rivière, même si le vent s'était levé et annonçait de la pluie. Mais ils avaient besoin l'un et l'autre de prendre l'air, d'abandonner un moment la maison et ses murs oppressants. Ils coupèrent à travers le champ en contrebas et traversèrent le bosquet jusqu'à la rivière, dont l'eau boueuse charriait les vestiges des branches décapitées par les précédentes intempéries.

Sans parler, debout côte à côte, ils regardèrent la rivière couler, avant que des gouttes grosses comme des billes commencent à tomber du ciel et qu'ils décident de rentrer.

Quand ils poussèrent la porte de la maison, évitant de justesse une bonne ondée, la tension entre eux retomba. Ils s'installèrent un moment dans le canapé après avoir allumé la radio sur la station de musique classique qu'elle avait enregistrée dans les favoris.

Ils cherchèrent à quoi occuper leur après-midi, mais se sentirent sans entrain après le déjeuner et décidèrent de rester tranquilles.

Monty devait faire sa compta, un supplice pour lui, une corvée qu'il laissait trop souvent moisir, ce qui compliquait les choses quand il devait rattraper le retard.

Alors qu'il était à la table de la cuisine, perdu devant tous ces formulaires administratifs, Lilou lui proposa son aide.

— Tu saurais faire ça ?

— Oui, j'avais commencé une formation de compta, et même si j'ai jamais bossé là-dedans, ça me paraît pas sorcier.

Monty ressentit un frétillant soulagement, il tira la chaise à côté de lui pour qu'elle puisse s'asseoir et poussa toute la paperasse devant elle.

Une montagne de papiers qu'elle commença à éplucher comme une orange, en créant des petits tas ordonnés, étalés méthodiquement sur la table.

Puis elle lui demanda d'aller chercher le classeur dans lequel il entassait tout, et après avoir inspecté l'ensemble un bon moment, elle leva les yeux vers Monty et lâcha un profond soupir.

— Il y a du boulot, Monty. Ça va prendre du temps.

Il la regarda comme s'il avait face à lui le messie, et lui demanda ce qu'il pouvait faire pour l'aider.

— Rien, je préfère m'en occuper seule, et j'ai besoin de me concentrer pour ça.

— Je suis pas doué pour ces trucs-là, reconnut-il. La plupart du temps, j'y comprends rien. Parfois, je vais voir Paul pour un coup de main, mais c'était sa femme qui s'occupait des comptes, et je suis pas sûr qu'il soit beaucoup plus malin que moi.

— En effet, j'crois pas, murmura Lilou. Vu le bordel sur son terrain, ça doit pas non plus être son truc…

Et elle lui dit d'aller s'occuper à autre chose, vu qu'elle en avait au moins pour deux bonnes heures.

Lilou passa une bonne partie de l'après-midi à tout classer. Quand elle poussa la porte de la chambre de Monty qui bouquinait sur son lit, la nuit était déjà tombée.

— J'ai fait le plus gros, et je continuerai demain après-midi.

— Merci, Lilou, mais je ne veux pas…

— Si je le fais, c'est que je le veux bien.

— Merci, répéta-t-il encore.

Alors qu'elle se tenait dans l'embrasure de la porte, elle ramena une mèche de cheveux derrière son oreille.

— Tu sais, ce serait bien d'avoir un ordinateur avec le Web. On peut plus s'en passer aujourd'hui. Qu'est-ce que t'en dis ?

— Je ne sais pas trop m'en servir…

— Mais moi, je sais. Ce serait plus simple pour tout. Les devis, les comptes, les déclarations aux impôts, pour payer les charges… Enfin, pour tout.

Elle marqua un silence. Puis :

— Comment t'as pu faire jusqu'à présent ?

— Il y a une permanence à la mairie, une asso qui aide les artisans comme moi pour la paperasserie. Mais bon, c'est jamais évident d'avoir un rendez-vous.

— Raison de plus pour avoir un ordinateur avec une imprimante. Ça va te simplifier la vie.

— Et tu saurais l'installer ?

— Bien sûr, c'est facile, t'en fais pas.

*

Gladys trouvait les jours bien longs depuis le départ de Lilou le jeudi en fin de matinée. Il faut beaucoup de temps pour s'habituer à la solitude, bien moins pour s'en défaire.

Elle s'occupait comme elle pouvait, mais tout ce qu'elle entreprenait ne réussissait pas à aveugler son ennui.

Elle tenta de se remettre au piano pour laisser filtrer le temps en égouttant quelques sonates, mais l'instrument abandonné depuis des années avait besoin d'être accordé, et ses doigts imbibés d'arthrose refusèrent de courir sur le clavier. Ils ne cessaient de trébucher, de se cogner sur les fausses notes, de pleurer des contretemps. Agacée de sa maladresse, elle rabattit le couvercle sur le clavier.

Elle attendait Lilou avec impatience. Celle-ci avait fait les vitres du rez-de-chaussée la semaine précédente, et la lumière matinale tremblotait dans le salon.

Après avoir nourri ses deux chats, s'être lavée et habillée, Gladys s'assit dans un fauteuil, à regarder par la fenêtre son jardin d'automne.

Elle mit le nez dehors quand elle ouvrit aux chats et fut surprise par la douceur de l'air. La pluie de la veille avait fait remonter les températures et elle avait envie de sortir de la maison. Elle avait juste retapé le lit dans lequel elle dormait avec ses chats, remonté les couvertures et bordé le bas avant de replacer l'oreiller, qu'elle mettait toujours à la fenêtre quand elle se levait, quelle que soit la saison.

Monty partit une demi-heure avant Lilou, rassuré de voir le ciel dégagé. Même si Gladys n'habitait qu'à quelques kilomètres, il n'aimait pas savoir Lilou sous la pluie en mobylette sur ces routes de campagne mal entretenues où les bagnoles roulaient toujours trop vite. Mais ce qui était une source d'inquiétude pour lui était un amusement pour elle. Elle goûtait une vraie liberté sur son cyclomoteur, et elle en avait vu d'autres, à arpenter le pays avec son sac à dos.

Elle était fière et heureuse sur sa bécane, fière d'être libre, de sentir le vent s'enticher de son visage qu'il caressait en exhumant sa respiration fraîche alors qu'elle filait pleins gaz, à quarante kilomètres-heure.

Lorsqu'elle poussa le portail pour entrer chez Gladys, elle aperçut la vieille dame, dans son fauteuil derrière la fenêtre, qui se leva aussitôt en se tenant fermement aux accoudoirs.

Lilou coupa les gaz, ôta son casque et avança d'un pas léger vers la porte d'entrée.

Elle était encore au pied des marches quand Gladys ouvrit la porte avec un grand sourire.

— Je suis contente de te voir.

— Moi aussi, répondit Lilou. Vous avez passé un bon week-end ?

— Oui, très bien, ma fille. Et toi, avec Monty, vous avez fait des choses ?

Elles se dirigèrent toutes les deux au salon, et Lilou chercha des yeux les chats, mais Gladys lui dit qu'ils étaient partis vadrouiller.

— Ça, c'est une belle vie ! dit Lilou.

— Oui, il y a plus malheureux.

Gladys demanda à Lilou de préparer deux cafés qu'elles burent tranquillement au salon en papotant comme deux vieilles copines.

— J'ai pensé que je pourrais encaustiquer les boiseries ce matin, proposa Lilou en débarrassant les tasses.

— Non, pas de ménage aujourd'hui, j'ai envie de sortir.

Le temps que Lilou rince les tasses dans l'évier, Gladys avait mis son manteau.

— J'ai envie d'aller à l'église, ça ne te dérange pas ?

— C'est comme vous voulez. Le problème, c'est que je n'ai pas de selle biplace sur la mobylette, fit Lilou en rigolant.

— Alors on pourrait prendre le car. Il y en a un qui passe dans une demi-heure au carrefour.

Gladys avait toujours aimé les églises. Elle n'était pas persuadée d'y trouver Dieu, mais le calme qui y régnait l'apaisait et elle aimait allumer des cierges devant les statues des saintes et des saints, icônes à la peinture tristement défraîchie, dont la bonté du regard perçait son cœur pour le nourrir.

Elles poussèrent la lourde porte et pénétrèrent dans la nef. Lilou tenait Gladys par le bras pour l'aider à marcher. La petite rouquine était déjà passée par ce bourg, où elle ne s'était jamais arrêtée. Elle fut charmée en découvrant l'intérieur de l'église. Rien de fastueux, mais un sentiment d'amour la submergea aussitôt. Elle leva les yeux comme si un ange était perché sur une des poutres de la charpente et lui souriait.

Elles ne prirent pas l'allée principale encadrée par les bancs, mais commencèrent à baguenauder dans les allées transversales où Gladys s'attardait devant les statues, sortant à chaque fois une pièce de son porte-monnaie et l'insérant dans le tronc avant de se saisir d'un cierge qu'elle allumait en dérobant la flamme d'un autre dont la cire dégoulinante enduisait le corps blanc.

— Tu veux en mettre un pour faire un vœu ? demanda-t-elle.

Et devant le signe de tête positif de Lilou, elle lui tendit une pièce.

Lilou regarda un moment autour d'elle.

— Je reviens.

Elle alla planter son cierge devant la statue de sainte Bathilde, une sainte qu'elle ne connaissait pas plus que les autres, mais vers laquelle elle était attirée.

Elle resta cinq minutes devant la statue les yeux fermés, les mains dans les poches de son jean. Mais dans son cœur, elle sentait entrer de la chaleur à mesure qu'elle parlait dans sa tête à cette icône en plâtre. Et elle termina par un chuchotement, un merci, avant d'ouvrir les yeux et d'aller retrouver Gladys.

Elles demeurèrent une petite demi-heure dans l'église, et en sortant Lilou fut aveuglée par la lumière. C'était la première fois qu'elle vivait un truc comme ça, et il n'y avait pas de mots pour expliquer ce qu'elle avait éprouvé. Elle était simplement bien, rassurée, et pleine de confiance en l'avenir.

Gladys glissa son bras sous celui de Lilou et les deux femmes marchèrent vers le cimetière attenant. Elles firent juste un détour chez un petit fleuriste, où Gladys acheta une rose blanche.

La matinée était lumineuse, les arbres plantés le long des rues ornaient le ciel de quelques feuilles rescapées, même si la quasi-totalité des branches affichait une nudité sans complexe.

Lilou poussa le portillon du cimetière dont les gonds grincèrent, et elles s'engagèrent dans l'allée principale. C'était un entrelacs de tombes abandonnées et de stèles plus récentes, encore soignées par les vivants.

Lilou n'avait jamais trouvé de la tristesse dans les cimetières. Elle allait souvent s'y réfugier dans son ancienne vie, quand elle avait besoin de quitter l'appartement et son ex vautré devant la télé qui bouffait des chips à pleines mains. Elle aimait ces lieux hors du temps, ces vies inhumées goûtant enfin au repos, délivrées de leurs déceptions.

Elle pouvait y passer une heure ou deux, à fouler les allées, se régalant du roulis des gravillons sous ses semelles.

Elle s'immobilisait parfois devant des tombes où elle lisait les dates gravées dans le marbre, regardait les morts à jamais figés dans des photos jaunies, puis les plaques commémoratives, ainsi que les objets déposés par la famille ou les amis. Des gadgets symbolisant les passions dont les défunts s'étaient nourris, des peluches détrempées à la fourrure miteuse, des escadrons d'angelots et de colombes en plâtre.

Ce qui la touchait le plus était ces petites tombes blanches, dont les dates de naissance et de mort étaient si rapprochées que la vie n'avait pu s'y faufiler que par le battement d'ailes d'un courant d'air.

Gladys et Lilou marchaient en silence. Devant la tombe du mari de Gladys, cette dernière ne s'arrêta que quelques secondes, se signa en prononçant juste « J'espère que ça se passe bien pour toi là-haut ». Et elles reprirent leur marche.

Lilou devinait où Gladys l'entraînait. Elle se sentait un peu mal à l'aise de rendre visite à Angela sans y avoir été invitée par Paul. Peut-être aussi parce qu'Angela lui paraissait tellement vivante dans le cœur de ce dernier, et qu'elle avait l'impression de lui démolir sa réalité, de lui voler quelque chose.

Gladys stoppa brusquement, les yeux rivés sur un type agenouillé devant une stèle à une centaine de mètres.

C'était Paul, Lilou le reconnut tout de suite dans sa doudoune. Même si elles étaient trop loin pour l'entendre, elles virent qu'il parlait tout seul. Un flot de paroles intarissable coulait de ses lèvres.

Ni l'une ni l'autre ne prononça un mot. Elles restèrent debout, silencieuses, à l'observer de loin.

Elles demeurèrent ainsi une dizaine de minutes jusqu'à ce qu'il se relève, difficilement, après avoir déposé un baiser sur la photo de sa femme. Il paraissait soudain vieux, et alors que ses genoux souffraient à se déplier, Lilou se retint de se précipiter pour l'aider. Il dut poser la main sur le sol pour se remettre sur ses pieds.

Il remarqua enfin leur présence, mais ne fit que les effleurer des yeux, comme s'il ne les connaissait pas. Au lieu d'aller vers elle pour les saluer, il se dirigea dans la direction opposée, vers l'autre portillon du cimetière en continuant à parler tout seul.

*

Deux semaines plus tard, Lilou installa le PC dans le salon. Même si l'abonnement avait été vendu par l'opérateur comme du haut débit, l'éloignement avec le relais rendait les connexions laborieuses. Mais Lilou était contente d'être reconnectée au monde, et elle installa aussi un logiciel de comptabilité pour les affaires de Monty. Ainsi qu'un traitement de texte. Un antivirus gratuit, des logiciels téléchargés pour le nettoyage des fichiers indésirables, historique de navigation et autres fonctionnalités dont Monty n'avait rien retenu.

Il l'avait laissée faire, ne cherchant pas à cacher son manque d'intérêt tandis qu'elle ne masquait pas son plaisir. Agençait la bécane avec une patience d'ange.

Il avait remarqué une manie chez elle quand elle était concentrée. Elle tirait un peu la langue. Une languette rose qui s'échappait à peine de ses lèvres.

Il se sentait soulagé de déléguer un peu, même si perdre le contrôle partiel de la gestion de son affaire l'inquiétait. Il était conscient qu'il serait dans la merde si Lilou disparaissait un jour. Elle lui avait promis de tout lui expliquer, mais une fois en face de l'écran, il avait eu des suées à plusieurs reprises.

Il était bête de se torturer ainsi, car elle avait déjà beaucoup changé. Elle était beaucoup plus douce, s'énervait moins. Un soir qu'il bouquinait, allongé sur le canapé, elle s'était étendue près de lui sans rien demander et avait posé sa tête sur ses genoux avant de fermer les yeux.

Il n'avait pas su comment réagir. Avait tenté de continuer à lire, mais les phrases du bouquin semblaient s'effacer à mesure que ses yeux les épongeaient. Il avait fini par mettre le marque-page, poser le bouquin sur la table basse, avant d'oser lui câliner les cheveux.

Il avait longuement hésité par peur qu'elle l'envoie paître, mais elle s'était laissé faire. Elle lui avait même caressé la main.

Ils reçurent Paul à dîner dans la semaine. Lilou l'avait trouvé déprimé, la dernière fois où elle était passée le saluer, comme elle en avait l'habitude. Il n'était pas rasé depuis plusieurs jours, et elle l'avait découvert devant la télé en milieu de journée, ce qui ne lui ressemblait pas.

Il n'avait pas cherché à mentir. Il s'était encore disputé au téléphone avec son fils, lequel, après plusieurs messages laissés sur son répondeur, avait fini par le rappeler pour lui annoncer qu'ils étaient trop occupés pour venir le voir et qu'ils passeraient sûrement Noël dans la famille de sa femme.

Ils n'avaient jamais réussi à s'entendre, et depuis qu'Angela – qui avait toujours tenté de pacifier leurs rapports – était morte, ils étaient devenus des étrangers.

Paul en avait pris son parti, mais de ne retrouver son petit-fils qu'une ou deux fois par an lui rongeait le cœur. Il tentait encore de temps à autre des approches maladroites, comme un vieux monsieur qui voit le temps qu'il lui reste à vivre dégringoler comme une avalanche.

Lilou faisait tout pour lui remonter le moral, malheureusement, quel que soit le chemin sur lequel elle essayait de l'emmener, elle se heurtait à une peine trop lourde à soulever.

Ce soir-là, Monty fut surpris de les trouver tous les deux dans la cuisine quand il rentra du travail. Lilou le prit à part, et lui chuchota l'essentiel de l'histoire.

Monty lâcha un soupir, coutumier de cette guerre imbécile qui revenait régulièrement miner son voisin et ami.

Il ouvrit une bouteille de bon vin et leurs trois verres s'entrechoquèrent tandis qu'à l'unisson ils jetaient en l'air : « À des jours meilleurs ! »

Paul ne réussit pas à avaler grand-chose. Il n'avait pas de secrets pour eux et ne s'était jamais caché de ses discussions régulières avec Angela. Or, depuis plusieurs jours, Angela avait disparu. Il avait eu beau l'appeler quand il avait besoin d'entendre sa voix, pour qu'elle le rassure, le conseille, il s'était heurté à un silence sadique. Angela n'était nulle part. Elle avait quitté la maison, elle avait quitté le cimetière, elle avait quitté Paul.

Il se mit à pleurer en cachant son visage dans ses mains, et Lilou le prit dans ses bras alors que Monty se tenait gauchement près d'eux.

— Elle va revenir, tenta de le rassurer Lilou. C'est peut-être déjà arrivé ?

— Non, jamais, dit Paul. Pas une fois.

Lilou l'assura que ça allait s'arranger et lui dit qu'ils comptaient sur lui le jour de Noël en faisait un clin d'œil à Monty.

— Y a intérêt, mon gars, renchérit ce dernier.

Et la vie poursuivait son cycle. Les jours tombaient des branches les uns après les autres. Après une période de redoux, les températures rechaussèrent leurs pieds de glace et la région fut de nouveau plongée dans le givre le matin, des gelées blanches qui s'accrochaient toujours plus vivaces au paysage d'automne périssant.

Le jour se levait plus tard. La nuit tombait plus tôt. Lilou continuait à nourrir les chats. Les oiseaux continuaient à picorer les boules de graisse.

Et décembre arriva, comme un bouquet de fleurs fanées.

20

Comme une valse

Angela rentra à la maison le 2 décembre et Paul retrouva le sourire. Il s'activait toujours autant, dans sa ferraille et son atelier, avec sa femme invisible jamais loin de lui. Il eut la surprise de voir son fils débarquer le week-end suivant, sans sa femme mais avec le gamin, et ils allèrent dans les magasins, où Paul acheta à son petit-fils un camion de pompiers.

Cette journée lui fit du bien, père et fils se quittèrent réconciliés.

Ils avaient parlé de passer Noël ensemble. Même si ça restait à confirmer.

On vit tomber quelques flocons de neige, d'épaisses peluches étaient descendues du ciel pour fondre aussitôt, un éclat de blancheur aussi bref qu'une bataille de polochons. Lilou, qui regardait tout ça avec de grands yeux, apporta les gamelles des chats dans la remise, avec les bols d'eau.

Monty marcha dans une merde de chat quand il partit étendre une machine, ce qui provoqua l'hilarité de Lilou.

Elle lui soumit l'idée d'un sèche-linge dans la buanderie pour les mois d'hiver quand l'humidité stagnante laissait aux fringues une odeur rance. Et ils en avaient fait la commande le soir même par Internet.

Leur vie ronronnait. Une routine rassurante. Monty sur ses chantiers et Lilou toujours enthousiaste de ses matinées chez Gladys.

Une vraie tendresse était venue se blottir entre eux et elle n'hésitait plus à se tapir contre lui sur le sofa. Elle s'allongeait, la tête sur les genoux de Monty, ou se serrait doucement contre lui pendant qu'ils bouquinaient.

Leurs visages étaient parfois tellement proches que Monty avait tenté, un soir, de l'embrasser, mais elle avait détourné la tête.

Il avait été un peu vexé, mais elle l'avait rassuré : elle ne se sentait pas prête, elle avait juste besoin d'un peu de temps.

Avec les journées froides et grises, ils espacèrent leurs escapades des week-ends, préférant traînasser à la maison la plupart du temps.

Ils étaient bien tous les deux, plongeant dans des moments de délassement total, où les inquiétudes restaient sagement dehors, derrière la porte fermée.

Elle était de plus en plus jolie. Elle avait acheté d'autres vêtements, mis ses vieilles nippes au rebut, et Monty se surprenait parfois, d'un regard, à être émerveillé. Elle comprenait et le fixait alors en souriant.

Malgré les craintes de Monty, le nombre de chats profitant du restau de la maison restait constant. Il en avait compté une vingtaine.

Quand il était au boulot, elle permettait au chat roux d'entrer dans la maison. Il venait s'asseoir sur ses genoux dès qu'il le pouvait pour qu'elle lui gratte le cou.

Et quand la nuit tombait, elle le mettait dehors en lui demandant de lui pardonner, sortait l'aspirateur pour enlever les poils du sol et du canapé, sous les meubles, sur le paillasson, scrutant chaque recoin méthodiquement.

Monty se plaignait parfois d'avoir les yeux irrités, la gorge aussi, d'éternuements sans fin, de démangeaisons, ce à quoi elle répondait :

« Avec toute la pollution qu'on nous balance dans l'air, faut pas s'étonner ! »

Il y avait de nombreux changements dans la déco intérieure. Il s'en était rendu compte un soir en rentrant, jusqu'alors il n'y avait pas prêté attention, Lilou ayant œuvré touche par touche, à la manière d'un peintre sur sa toile.

La pièce de vie s'était remplie. Coussins sur le canapé et le fauteuil. Cadres accrochés sur les murs. Statuettes et gadgets posés sur les meubles. Nouveaux doubles rideaux, déplacement d'une partie du mobilier, lampes d'ambiance. Malgré le chauffage toujours souffreteux, une chaleur s'était faufilée dans la baraque. Et même si Monty avait parfois l'impression de ne plus être tout à fait chez lui, il aimait la voix feutrée de cette nouvelle maison.

Lilou semblait heureuse que Noël approche. Aussi curieux que cela puisse paraître, elle n'avait gardé de cette fête que ses souvenirs de gamine. Ses parents étaient encore ensemble, elle vivait encore dans un songe. Le sapin orné de guirlandes, les décorations que sa mère ensemençait dans toute la baraque, l'attente hystérique du père Noël et la découverte des cadeaux au pied du sapin. Fille unique, elle courait, sous l'œil aimant de ses parents, arracher les papiers cadeau pour découvrir tout ce qu'elle avait désiré.

Ça faisait un bail que Monty avait mis Noël au placard, un jour comme un autre pour lui, même s'il s'était toujours offert un petit quelque chose pour l'occasion. Un CD, un bouquin, une nouvelle paire de gants.

Pour autant, il n'avait pas rechigné quand elle l'avait traîné pour qu'ils achètent un sapin.

Lilou était tout excitée, déjà installée dans la voiture pendant que Monty en était encore à enfiler ses chaussures.

Arrivée dans la zone marchande, Lilou porta aussitôt son dévolu sur un sapin de belle taille, emmailloté dans un filet, que Monty et le gars du dépôt hissèrent et attachèrent sur la galerie du break.

Elle l'entraîna ensuite dans un bazar aussi chargé en articles de Noël que les prés de fleurs au printemps. Sans lui lancer un regard, elle dépassa un SDF qui faisait la manche à l'entrée du magasin.

Monty avait mis la chemise et le pull qu'elle lui avait achetés avec un jean. Sans oser le lui dire, elle le trouvait séduisant, malgré ses chaussures recouvertes de poussière. Il s'était redressé. Depuis quelques semaines, il se tenait plus droit et dégageait une force inconnue jusque-là, une foi en lui qui le rendait attirant. Elle remarquait que certaines femmes le regardaient. Elle en était fière et agacée. Elle réagissait parfois en lui serrant la main, ou se collait à lui en le prenant par la taille. Il en éprouvait toujours un frisson, parfois une érection qui affermissait sa confiance. Lilou ne pouvait s'empêcher de repenser aux paroles de Gladys, à ces sentiments qui lambinent, sournois, alors qu'ils connaissent pourtant leur destination.

Elle n'était pas amoureuse. Elle n'avait pas ce frétillement dans le corps, ces flammes dans la tête ; mais, à présent, elle l'aimait.

*

Lilou prit un panier à roulettes à l'entrée du magasin et se précipita dans les rayonnages de fête. Elle ouvrait de grands yeux, son regard voltigeant d'une étagère à l'autre, décollant du sol pour explorer le plafond où des articles étaient suspendus. Sa main saisissait guirlandes rouge et or, guirlandes clignotantes, boules décoratives, père Noël à accrocher aux branches du sapin. Étoile à planter au faîte de l'arbre. Myriades d'étoiles plus petites, autre suspension avec *Joyeux Noël* en lettres pailletées. Trois colombes à nouer au milieu des guirlandes. Des sapins en pain d'épice. De petits animaux rigolos, des rênes tirant le traîneau du père Noël.

Elle renvoya vite Monty chercher un autre panier à l'entrée du magasin et le remplit à son tour comme un pirate pillant un trésor.

Tout ça faisait un peu chier Monty, et il se contentait d'acquiescer pour la forme quand elle lui demandait son avis. La voir heureuse le rendait heureux, et il donna aussi son accord quand elle empoigna avec détermination un gros père Noël harnaché de sa hotte.

Parvenus à la caisse après vingt-cinq minutes de queue, la caissière commença à scanner les articles sur la caisse enregistreuse, dont le ruban ne finissait pas de s'allonger.

En voyant le montant s'afficher, il se dit Merde, mais inséra sa Visa dans le lecteur.

— Tu ne veux vraiment pas qu'on partage ? demanda Lilou, alors qu'ils marchaient vers la voiture avec deux gros sacs pleins à craquer.

— Non, ce n'est pas la peine.

— Sûr ?

— Ouais, t'inquiète !

De retour à la maison, Monty déchargea le sapin et l'installa près de la fenêtre du salon pendant que Lilou déballait les articles. Le vent s'était levé, frappant les vitres de violentes bourrasques. À l'intérieur, le feu rougeoyait dans le poêle.

Lilou étala tous les articles sur la table de la cuisine, émerveillée par leurs acquisitions.

— Tu veux qu'on décore le sapin ? proposa Monty.

— Oh non, je ferai ça dans la semaine. J'ai toujours adoré ça. Je m'en souviens encore quand j'étais toute gamine, avec maman, on pouvait y passer des heures.

— Comme tu veux. Si tu as besoin d'aide, tu sais que tu as un artisan qualifié sous la main.

— J'en prends note, cher pro de la bricole !

Ils repartirent au boulot le lundi matin. Le vent était toujours teigneux et Monty conseilla à Lilou de faire gaffe aux rafales qui risquaient de la déséquilibrer sur la mob.

Elle prit soin de mettre son coupe-vent et fit les quelques kilomètres qui la séparaient de chez Gladys presque couchée sur le guidon.

Elle eut la surprise de découvrir la vieille dame encore en robe de chambre dans la cuisine devant un thé livide, le teint pâle et les yeux chassieux.

C'était la première fois que ça se produisait, Gladys était toujours apprêtée quand elle arrivait.

— Ça n'a pas l'air d'être la grande forme ? questionna Lilou.

— Ne m'en parle pas, ma fille, je n'ai pas fermé l'œil de la nuit. Je n'ai fait que tourner dans mon lit.

Elle avala une gorgée de thé.

— Je ne sais pas pourquoi. Peut-être l'arrivée de Noël ? Ça m'a toujours rendue triste.

— Vous savez pourquoi ?

Gladys hésita à répondre.

— Oh, tu sais, quand on n'a pas eu d'enfants, les rires n'entrent jamais dans la maison au moment des fêtes.

— Je comprends.

— On a l'impression d'avoir raté quelque chose.

— J'aimerais trouver les bons mots pour vous remonter le moral, mais c'est ce que je ressens aussi, alors, j'sais pas quoi vous dire.

— Mais c'est pas fini pour toi, tu es encore jeune.

— Plus vraiment, j'ai déjà trente-sept ans, presque trente-huit. Il ne me reste plus beaucoup de temps.

— Mais peut-être suffisamment, souligna Gladys avec malice.

Lilou la regarda d'un air entendu.

— Peut-être ? Vous avez peut-être raison, il reste une petite chance.

Après avoir fini son thé, Gladys regarda Lilou dans les yeux.

— Je peux te demander quelque chose ?

— Bien sûr ! Dites-moi !

— Est-ce que tu pourrais me brosser les cheveux ? J'ai juste besoin qu'on s'occupe de moi, aujourd'hui.

Elles se rendirent dans la chambre à coucher où le lit était en friche, et Gladys s'installa devant sa coiffeuse. Lilou se tenait derrière elle, la brosse à la main.

Elle commença à balayer la longue chevelure grise sans parler, avec douceur, et Gladys ferma les yeux.

La pièce était plongée dans un clair-obscur. C'était une matinée grise et Lilou entendait les arbres du jardin pleurer sous les rafales.

— Vous faites quand même quelque chose pour Noël ? demanda-t-elle.

— Comme chaque année, répondit Gladys sans ouvrir les yeux. Je vais chez ma nièce pendant quelques jours. Elle m'accueille avec son mari et leur fille divorcée, maman d'adorables jumelles de sept ans.

— Ça va vous faire du bien.

— Ça ne me dit rien, cette année.

— Pourquoi ça ?

— Oh, tu sais, c'est la même histoire depuis des années. La vieille tante qu'on invite. Qu'un taxi emmène à la gare, qu'un bagagiste aide pour porter sa valise dans le train, et deux heures plus tard me voilà arrivée, attendue par ma nièce et son mari à la gare. Je suis la vieille tante qui vient avec son carnet de chèques, cette vieille tantine généreuse qui, ils l'espèrent, laissera un beau pactole quand elle passera l'arme à gauche.

— Vous êtes bien sombre ce matin, Gladys.

— Je sais, ma fille, et je te demande de me pardonner. Ça m'arrive rarement, mais parfois j'ai le cœur lourd.

Puis Gladys se rendit à la salle de bains pendant que Lilou faisait le lit et rangeait la chambre à coucher.

— Me voilà propre, c'est toujours ça, dit Gladys en réapparaissant habillée.

— Vous voulez qu'on aille marcher un peu ?

— Avec ce temps, je préfère rester là.

— Comme vous voulez.

Lilou quitta la maison un peu après midi. Elle prit la vieille dame dans ses bras et l'embrassa. Le vent s'était apaisé mais le ciel s'obstinait à rester gris. Lilou se sentait soudain déprimée alors qu'elle s'était réveillée de bonne humeur. Elle éprouva pour la première fois un soulagement en s'éloignant de la maison à mobylette, avec cette fois le vent dans le dos. Poussée par le besoin de fuir le plus vite et le plus loin possible.

Elle ne put avaler quoi que ce soit au déjeuner. Elle ouvrit au chat roux, qui miaulait devant la porte. Il s'installa sur sa poitrine quand elle s'allongea sur le canapé. Elle se laissa vite emporter par le sommeil et deux heures plus tard, une fois reposée, elle se sentit mieux, le chat assoupi sur son corps, doux et chaud.

Elle resta couchée encore un moment, caressant la fourrure épaisse jusqu'à ce qu'elle se lève en posant doucement le greffier sur le carrelage.

Cette matinée chez Gladys avait été éprouvante. Elle avait eu la sensation d'être asphyxiée, prise dans un carcan, mais après cette sieste salvatrice, il lui apparut comme une évidence que l'asthénie de sa patronne et amie la replongeait dans la neurasthénie de sa propre mère. Cet abysse dans lequel elle avait été entraînée par le passé et qu'elle avait fui pour sauver sa peau.

Elle n'en voulait pas à Gladys. C'était une femme âgée, bienveillante, que des fantômes avaient attirée pendant la nuit. Un moment d'abattement passager, provoqué par les rigoles de regrets que pouvaient générer ces périodes de fêtes, où la solitude jaillit comme une tempête, sans rien pour s'en abriter.

Elle savait qu'elle la retrouverait sur pied le lendemain. Et tout serait effacé.

Lilou se fit un café pendant que le chat roux reprenait place sur le canapé. Il dormait, paisible et confiant.

Elle réalisa qu'elle ne lui avait pas donné de nom, l'appelant simplement « le chat », mais elle échoua à lui en trouver un et abandonna rapidement.

Il était encore tôt, quinze heures et quelques minutes incertaines.

Lilou se décida à se lancer dans les décorations de Noël. Elle avait besoin de s'occuper la tête et les mains. Elle alla chercher l'échelle dans la remise, puis planta des clous à espace régulier sur la façade de la maison pour accrocher une interminable guirlande lumineuse qu'elle brancha à une prise extérieure, pour admirer le va-et-vient des apparitions et disparitions des lumières colorées. Elle accrocha aussi le panonceau *Joyeux Noël* au-dessus de la porte d'entrée et rangea ensuite l'échelle dans la remise pour revenir avec un escabeau.

Il faisait frais dehors, et elle referma vite la porte afin de ne pas laisser la chaleur s'enfuir.

Elle sortit toutes les décorations des sacs et commença par placer la grande étoile au faîte du sapin. Puis ce fut au tour des guirlandes rouge et or qu'elle fit serpenter le long des branches, avant de faire fleurir, çà et là, au milieu des épines, les boules bigarrées et autres petites figurines féeriques.

Elle prit du recul pour juger son travail. Une fois satisfaite, après quelques retouches, elle cloua le traîneau du père Noël au-dessus du canapé. Et termina en disposant le reste des guirlandes autour des lampes de chevet et sur le ficus qu'ils avaient acheté quelques semaines plus tôt.

Monty s'était toujours moqué des décorations de fêtes lorsqu'en décembre il traversait les villages avec leurs guirlandes lumineuses perchées, les écriteaux *Joyeux Noël* qu'on ressortait chaque année. Pire que tout, ces pères Noël qui escaladaient les fenêtres des maisons, accrochés aux balustrades, avec leur hotte débordant de faux paquets cadeaux. Sans oublier les jardins soudain colonisés de rennes tirant des traîneaux, de lutins enfantins et autres babioles religieuses.

Il se surprit à rire de lui-même plusieurs fois dans la journée en repensant à la razzia qu'ils avaient faite au bazar, et de l'engouement de Lilou pour ces décorations de pacotille.

Il n'éprouvait aucune honte d'avoir si vite retourné sa veste, car il était d'humeur joyeuse, était même heureux à l'idée que sa maison, pour la première fois, participerait aux réjouissances.

Depuis quelques jours, il bossait chez un couple de personnes âgées, un chantier facile, du papier peint et une moquette à remplacer. Une petite vieille et son mari qui l'accueillaient à leur table le midi et le forçaient à manger plus qu'il ne le pouvait.

Sur le chemin du retour, ce soir-là, le faisceau de ses phares balayant les routes plongées dans la nuit, Monty avait juste envie d'une soupe, d'un bout de fromage et d'un fruit, et de retrouver Lilou pour une soirée aussi veloutée que celle de la veille.

Il ressentait encore la chaleur du corps de Lilou dans son sang. L'odeur de ses cheveux et la douceur de sa joue collée à la sienne.

Il ne s'était rien passé de plus. Ils n'avaient fait que se blottir l'un contre l'autre, tapis dans le silence, la seule lumière du salon venant du bois qui brûlait dans le poêle.

Puis ils s'étaient couchés, chacun dans sa chambre, et le sommeil avait avalé les dernières gouttes d'une journée tranquille et douce.

*

La météo annonçait de fortes chutes de neige ; elle n'avait pas menti. La région s'était trouvée aspergée de flocons blancs, de grosses boules de coton valsant dans l'immensité du ciel, et au matin, Lilou et Monty ouvrirent la porte sur un monde purifié.

La neige tombait à présent depuis des jours, amoncelant les flocons sur les champs, les routes. Drapant les arbres en sommeil de pèlerines laiteuses. Un tapis de laine angora avait été déposé aussi loin que les yeux pouvaient voyager, une mousse opaline dans laquelle les pas s'enfonçaient en émettant de petits grincements.

Il fallut s'adapter rapidement. Monty fit monter des pneus neige sur le break. Les jours où elle travaillait chez Gladys, Lilou le déposait sur son chantier le matin et le reprenait le soir, ce qui lui permettait de se rendre chez la vieille dame en voiture. La mobylette restait sous une bâche dans la remise en attendant que les routes redeviennent praticables.

Quand ils étaient ensemble, et sans se l'avouer, ils se sentaient comme des enfants, heureux d'être, goûtant la sève du quotidien, la quiétude d'une vie routinière, la gentillesse d'un armistice après une vie qui n'avait pas toujours été bienveillante pour l'un comme pour l'autre.

Dès que Monty donna son accord, Lilou alla parler à Paul, qui se mit au boulot dès le lendemain matin pour un projet qu'elle avait en tête. Il était venu avec des palettes dans une remorque accrochée à sa voiture, des palettes en bois récupérées sur des chantiers, qu'il avait transportées et disposées dans la remise, pour ensuite apporter des caisses qu'il avait empilées sur trois étages, avec l'aide de Lilou. Une vingtaine de petits box, dans lesquels ils avaient étalé de vieux lainages, donnés pour la plupart par Gladys, pour que les chats puissent se mettre au chaud.

Monty découvrit leur réalisation secrète : un motel pour chats le soir. Lilou était fière de ce qu'elle avait accompli avec Paul, même si ce n'était que des cagettes et quelques bols de croquettes et d'eau.

Monty doutait un peu que des chats à moitié sauvages viennent se réfugier dans la remise, mais il vit tellement de fierté sur le visage de Lilou qu'il la félicita.

Elle était radieuse ce soir-là, allant sans cesse fourrer son nez à la fenêtre dans l'espoir de voir un matou se glisser par la chatière que Paul avait pris soin de découper dans le bois, faisant désormais un trou béant dans la porte qui laissait entrer le froid.

Elle ne cessait de faire des allers-retours du sofa à la fenêtre, revenant s'asseoir à côté de Monty, chaque fois plus déçue.

— Sois patiente, Lilou.

Elle lui lança un coup d'œil agacé avant de décider d'aller se mettre au lit.

Il fallut attendre trois jours avant que Lilou découvre des poils de chat noirs sur un chandail. Monty n'avait peut-être pas tort. Un peu de temps serait nécessaire aux greffiers pour découvrir l'endroit. Mais elle était contente de son initiative.

Elle prit aussi contact avec une association pour la défense des animaux en partenariat avec une école vétérinaire pour faire stériliser les chats.

Elle rencontra deux dames adorables qui lui proposèrent leur assistance en s'occupant de tout avec l'aide de bénévoles : capturer les chats pour les faire opérer avant de leur rendre leur liberté, et, dans le meilleur des cas, trouver une famille d'adoption pour ceux qui n'étaient pas complètement sauvages.

Paul veillait sur Lilou d'un air détaché, masquant son paternalisme protecteur en se montrant parfois même un peu bourru. Il la taquinait, ne manquant jamais l'occasion de se moquer d'elle lorsqu'elle se laissait aller à la sensiblerie, à un babillage ridicule, en particulier avec le chat roux, ce gros matou qu'il avait découvert plusieurs fois dans la maison en train de dormir sur le sofa. Il avait juré à Lilou de garder le secret.

Il ne faisait que suivre les conseils que semblait lui donner Angela de manière subliminale. Toujours ces messages succincts, ces bribes de phrases qui s'insinuaient dans sa tête comme des révélations.

La vie était redevenue plus facile maintenant qu'Angela était de nouveau là.

Mais il restait à la fois confiant et inquiet pour les deux tourtereaux. Pressé qu'ils se décident enfin à franchir le pas.

21

Les préparatifs

Monty se creusait la tête pour trouver un cadeau de Noël à Lilou. Malgré sa connaissance limitée des femmes, il savait qu'un homme avait neuf chances sur dix de se planter quand il choisissait un cadeau pour sa chérie.

Certaines, plus diplomates que d'autres, faisaient semblant d'être heureuses en déballant le paquet. Mais, délicatesse ou pas, un cadeau mal choisi finissait toujours au fond d'un placard après avoir été porté une fois – dans le meilleur des cas –, s'il s'agissait d'un accessoire de mode ou d'un bijou.

C'est donc après maintes tergiversations qu'il avait poussé la porte d'une bijouterie en espérant que la chance serait avec lui.

Il était parti avec en tête l'idée d'une paire de boucles d'oreilles jusqu'à ce que la vendeuse lui demande si son amie avait les oreilles percées.

Monty resta quelques instants à fouiller dans ses souvenirs avant d'avoir la certitude qu'il n'avait jamais vu

Lilou avec des bijoux accrochés aux lobes, si bien que sur les conseils de la vendeuse il s'était rabattu sur un collier, plus précisément une chaînette en argent d'où pendouillait un angelot aux ailes déployées.

Il écouta scrupuleusement les questions de la bijoutière. Ses rapports avec la dame, l'âge de Lilou, la couleur de ses cheveux, de ses yeux, si elle avait une passion en particulier ?

Il répondit scrupuleusement à chaque question, précisa qu'elle aimait bien lire, et nourrir les chats et les oiseaux.

En revanche, il ne savait pas si d'un point de vue vestimentaire elle était plutôt classique, artiste, working girl…

— Ben, elle est normale, finit-il par dire à la vendeuse. Ça dépend des jours…

La jeune femme ne put réprimer un sourire amusé.

Il n'y avait pas un grand choix de pendentifs avec oiseaux. C'était surtout des colombes qui se roucoulaient dans les plumes au milieu de petits cœurs, et d'autres qui lui évoquaient le logo d'une association humanitaire dont il ne retrouvait pas le nom.

Quant aux pendentifs avec des chats, de très loin sa préférence, il ne fut pas emballé par les modèles en boutique. Même s'il y en avait de jolis, aucun ne collait avec Lilou selon lui. Et il en fut vraiment déçu, parce que, au fond, c'était ce qu'il y aurait eu de mieux.

Orienté par la vendeuse, il s'était donc rabattu, sans conviction, sur les anges jusqu'à entendre l'appel d'un angelot aux ailes déployées. Sans pouvoir se l'expliquer, dès que le séraphin se posa dans la paume de sa main, il sut qu'il plairait à Lilou. Un ange gardien était toujours le bienvenu, celui-ci en particulier, qui semblait voleter comme un colibri.

Il était donc ressorti de la boutique avec le petit sac glamour dans lequel reposait son cadeau bien emballé.

Ce soir-là, il ne rentra pas directement à la maison, il fit un détour chez Paul.

Ce dernier fut surpris de le voir débarquer en semaine. Paul préparait son dîner pendant que la télé pleurait à plein volume tous les malheurs du monde.

Quand Monty entra dans la cuisine, Paul baissa le son et éteignit le brûleur de la cuisinière, sur lequel une casserole de soupe était en train de chauffer.

Il invita Monty à s'asseoir et sortit l'apéro. Les deux hommes trinquèrent et Monty, posant le petit sac de la bijouterie sur la table, dit :

— C'est pour Lilou, et je voulais avoir ton avis.

Monty commença à détacher le Scotch du paquet cadeau, mais voyant qu'il déchirait le papier il renonça vite.

— Je lui ai pris un collier avec un ange. J'espère qu'elle aimera.

— Bien sûr qu'elle aimera, arrête de te ronger les sangs, mon pote !

— Oui, je me prends trop la tête, mais Lilou est tellement imprévisible que j'ai toujours peur d'être à côté de la plaque.

Paul lâcha un gros soupir.

— Et pourquoi ça ?

— Parce que.

— Parce que quoi ? Vas-y, dis-le !

— Parce que je l'aime, et t'es le premier à le savoir.

Paul laissa éclater un rire franc.

— Tu n'avais pas besoin de me le dire. Je le sais depuis que vous êtes venus ici la première fois.

Monty sembla embarrassé.

— Ça se voit tant que ça ?

— Comme le nez au milieu de la figure.

— Et tu crois qu'elle le sait ?

— Bien sûr qu'elle le sait.

— Et merde, maugréa Monty.

— Pourquoi merde ? L'amour n'est pas une maladie honteuse.

Monty se mit à trembler.

— J'espère que ça ne va pas la faire fuir.

— Mais non, elle t'aime aussi beaucoup.

— Oui, mais entre aimer beaucoup et aimer, c'est comme le jour et la nuit, deux mondes qu'ont rien à voir.

— Tu sais…

Paul marqua une pause.

— Tu sais… d'après Angela, elle t'aime aussi. Il lui faut juste encore un peu de temps pour le savoir.

Monty ouvrit de grands yeux.

— Angela t'en a parlé ?

— Ouais. Et je peux te dire que de là-haut elle se démène…

— Merci, fit Monty, sincèrement reconnaissant. Et remercie Angela quand tu la verras.

— Elle est avec nous en ce moment.

Monty regarda en l'air et autour de lui dans la pièce.

— Ne cherche pas à la voir, tu peux pas, dit Paul. Mais elle est là, tu peux me croire.

Monty repartit chez lui le cœur léger. Lilou l'attendait en pianotant sur l'ordinateur.

— Je commençais à m'inquiéter. Tu as eu un problème sur ton chantier ?

— Non, je suis désolé, je suis juste passé voir Paul. J'aurais dû appeler.

*

Lilou aussi était allée faire les boutiques, avec Gladys. Ce jeudi-là, elle avait profité de la voiture pour s'offrir une escapade entre filles dans une petite ville voisine avec une rue commerçante.

Il ne neigeait plus depuis plusieurs jours, mais les champs gardaient leur pelisse blanchâtre, bien que les routes fussent pour l'heure en partie dégagées.

Lilou avait décidé Gladys à sortir de chez elle pour qu'elle reprenne un peu de rose aux joues. Après quelques réticences, cette dernière avait accepté la virée.

Lilou lui avait dit de bien se couvrir, il faisait un froid de canard, avec un vent du nord.

Gladys avait pris sa canne, accessoire qu'elle oubliait volontairement, par coquetterie, malgré ses difficultés à marcher.

Elles étaient parties en fin de matinée, avec pour projet de déjeuner le midi. Elles s'étaient garées sur la place du centre-ville et étaient entrées dans le premier troquet venu, où elles avaient commandé chacune une pizza, avec un pichet de rosé. Elles étaient restées là deux bonnes heures, contentes de discuter au milieu d'autres gens, à rire comme des gamines. Pour Gladys,

Lilou était la fille qu'elle aurait aimé avoir et elle apprenait à la connaître. Leurs regards pétillaient.

Lorsqu'elles en ressortirent, Gladys pendue au bras de Lilou, elles décidèrent de marcher un peu, en s'attardant parfois devant les devantures de certaines boutiques.

Lilou acheta une boîte de chocolats pour Paul, ainsi qu'une mésange sur un perchoir à fixer au mur qui chantait quand on lui mettait des piles.

Gladys était heureuse d'être là. Malgré la fatigue qu'elle ressentait, elle avançait vaillamment et conseilla Lilou sur le choix d'un nouveau pull pour Monty, un col rond cette fois, en pure laine, bleu pétrole.

Lilou aurait bien poussé plus loin, mais au bout d'une heure Gladys avait de plus en plus de mal à suivre et elle commençait à souffrir du froid.

Elles rejoignirent alors la voiture, et après avoir aidé la vieille dame à s'asseoir et lui avoir bouclé sa ceinture de sécurité, Lilou se glissa derrière le volant.

Avant de mettre le contact, elle fut prise d'un fou rire. Elle finit par avouer que c'était follement amusant de voir une dame si classe dans le break cabossé de Monty. Ce qui amusa aussi Gladys.

Elles sortaient du village pour prendre la grand-route, et Gladys lui lança :

— J'en connais un qui va être gâté ! De la pure laine, tu ne t'es pas moquée de lui, ma fille !

— Et ce ne sera pas son seul cadeau, madame, en espérant qu'il apprécie la surprise !

— Dis-moi, qu'est-ce que tu manigances ?

— Oh, je ne suis encore sûre de rien, mais j'aimerais trouver un petit quelque chose qui lui fasse vraiment plaisir et auquel il ne s'attend pas.

— Si je peux t'aider… tenta Gladys, faussement naïve.

— N'y comptez pas, chère madame, vous ne saurez rien.

Lilou proposa à Gladys de faire ses propres achats de Noël, mais cette dernière préférait donner des chèques, comme chaque année. D'ailleurs, celui pour les jumelles était déjà parti, afin que leur maman leur achète ce qu'elles voulaient. Quant aux adultes, ils auraient aussi leur petite enveloppe.

Elles mirent une bonne heure pour rentrer et Gladys fut heureuse de retrouver sa maison, d'ôter son manteau, de retirer ses chaussures pour réchauffer ses pieds dans ses chaussons, et de retrouver son fauteuil.

Les deux chats qui l'attendaient derrière la porte ne voulurent pas sortir dans le jardin. Ils se mirent à se frotter contre ses jambes, et Lilou dut les houspiller pour qu'ils ne fassent pas tomber Gladys, dont le premier réflexe en entrant dans le vestibule avait été d'abandonner sa canne dans le seau à parapluies.

Lilou l'avait aidée à se défaire de son manteau et de ses chaussures, et la vieille dame savourait à présent son fauteuil, un verre de cognac à la main.

Lilou remonta le thermostat du chauffage, alluma une lampe d'ambiance et, après s'être assurée que Gladys ne manquait de rien, elle lui dit qu'elle allait rentrer.

— Je n'avais pas passé une aussi bonne journée depuis longtemps, ma fille. Si tu es partante, j'aimerais qu'on remette ça plus souvent, quand reviendra le printemps.

Lilou lui posa une bise sur la joue, enfila son blouson, son bonnet et son écharpe, et sortit de la maison.

Elle ferma le portail à clef comme elle le faisait toujours en partant, puis prit la direction du supermarché pour ses petits achats féminins.

Elle ne traîna pas dans les rayons, piochant directement ce qu'elle était venue chercher. Elle fut heureuse, elle aussi, quand elle se gara devant la caravane et rentra dans la maison.

Il n'était pas dix-sept heures et il faisait déjà nuit. L'obscurité ne laissait que quelques heures de répit à la lumière en ce mois de décembre. Dieu merci, la région profitait depuis plusieurs semaines d'un temps froid mais sec, d'un soleil franc et rude.

En arrivant, elle alla s'occuper des chats dans leur motel. Le gros roux dormait profondément dans une des boîtes, roulé en boule sur un épais chandail. Il n'ouvrit même pas les yeux quand Lilou poussa la porte de la remise.

Elle surprit en revanche une chatte tigrée grise en train de vider un bol de croquettes.

Lilou commençait à connaître la minette, qui s'enfuyait toujours sur quelques mètres avant de revenir pour se faire caresser. Cette fois encore, Lilou s'agenouilla pour lui donner ce qu'elle réclamait.

En sortant de la remise, elle regarda la caravane, dont le toit était couvert de neige. Une couche de dix bons centimètres.

À présent, lorsqu'elle voyait la caravane, elle avait du mal à croire qu'elle y avait dormi presque deux mois.

C'était hier, et pourtant comme ce monde lui semblait loin…

Cet abri miséreux, sur ses roues dégonflées avec ses rideaux aux fleurs fanées, avait été son chez-elle. Et quand elle passait devant ou la voyait depuis la fenêtre du salon, la roulotte de guingois lui rappelait ce qu'avait été sa vie quelques mois plus tôt.

Rien pour se protéger, ou si peu. Maison de paille, maison de bois, comme dans *Les Trois Petits Cochons*. Alors ce soir-là, comme tous les soirs depuis qu'elle dormait dans la chambre d'amis, elle était très reconnaissante au ciel et à Monty d'avoir dressé des murs autour d'elle et posé un toit au-dessus de la tête.

Elle était contente de sa journée. D'avoir fait plaisir à Gladys. Heureuse aussi d'avoir envoyé une carte postale à sa mère, sur laquelle elle avait écrit : *Je vais bien à présent, ne t'en fais pas. Ta fille. Lilou.*

Le poêle à bois dévorait deux belles bûches pendant qu'elle préparait une quiche pour le dîner.

*

Le lendemain, Lilou se leva en même temps que Monty et ils petit-déjeunèrent ensemble avant que ce dernier file sous la douche, enfile ses fringues et parte sur son chantier.

Lilou rangea la cuisine, vaisselle, coup de balai sur le sol, et d'éponge sur la table et la paillasse.

Lorsqu'il avait quitté la maison avec le casse-croûte qu'elle lui avait préparé, elle l'avait embrassé sur la joue comme une sœur en lui souhaitant une bonne journée.

Les jours étaient presque tous les mêmes, une routine reposante et agréable où chacun vaquait à ses occupations pour se retrouver le soir, et partager des choses à deux quand le week-end arrivait.

Bien que la journée s'annonçât grise, le soleil se montra finalement vers dix heures.

Lilou assista, amusée, au pillage des boules de graisse par une horde d'étourneaux, tandis qu'un chat noir et blanc à la queue coupée salivait au pied de l'arbre, comme hypnotisé par les volatiles.

Elle laissa les oiseaux terminer leur repas, puis se livra au rituel du remplissage des bols de croquettes et des gamelles d'eau.

Les bols étaient vides chaque matin, les truands semblant préférer la nuit pour piller la bectance.

Le chat noir et blanc la suivit et elle réussit à le caresser pour la première fois, quelques effleurements légers sur le crâne, pendant qu'il faisait craquer la bouffe sous ses dents.

Quand elle en eut fini avec les croquettes, l'eau et les chandails pleins de poils qu'elle prenait soin de secouer chaque jour au grand air, elle retourna à la maison.

Pendant qu'elle se faisait réchauffer un café, le chat roux bondit sur le rebord de la fenêtre de la cuisine. Elle lui ouvrit aussitôt, et après quelques minauderies félines il sauta dans la maison pour s'installer sur le canapé.

— À cause de toi, je vais me faire engueuler, lui dit Lilou. J'aimerais ne pas me faire choper par Monty pour hébergement de clandestin.

Le chat se contenta de s'étirer et, après quelques coups de langue sur son flanc droit, il ferma les yeux et s'endormit.

Gladys ne voulait pas que Lilou décore son intérieur pour les fêtes. Pas même une guirlande scotchée au mur ou une étoile lumineuse qu'elle aurait pu poser en hauteur sur un meuble.

Quelques jours plus tôt, Paul, lui, avait accepté que la jeune femme donne à son salon un air de fête. Même s'il n'avait pas acheté de sapin, il était monté au grenier et en était redescendu avec le carton de décos de Noël d'Angela.

Lilou avait vite trouvé son bonheur, seulement hésitante sur les choix drastiques qu'elle avait dû faire devant la surabondance de guirlandes, boules, figurines et autres babioles en toc.

« J'ai l'impression qu'on aurait été de super copines, Angela et moi, avait-elle dit à Paul.

— Ça, j'en suis sûr, ma belle ! D'ailleurs, Angela pense souvent à toi. Il ne se passe pas une journée sans qu'elle me demande de bien veiller sur toi.

— Mais je ne suis plus une gamine, je peux m'occuper de moi toute seule…

— Je sais bien, mais ça, c'est Angela. Toujours à se préoccuper des gens qu'elle aime. »

Après avoir décoré son salon, ils étaient partis en virée comme elle l'avait fait avec Gladys.

Il lui avait demandé de l'aide pour acheter ses cadeaux. Une console de jeux pour son petit-fils, une canne à pêche pour son fils, un foulard en soie pour sa belle-fille. Quant aux parents de cette dernière, chez qui se faisait le réveillon, sur les conseils de Lilou il s'était décidé pour un service à café, et tant pis s'ils devaient déjà en avoir trois ou quatre.

« C'est le problème avec les vieux, avait dit Paul, ils ont déjà tout. »

Lilou était contente de savoir Paul en famille à Noël, et de nouveau en bons termes avec son fils.

Paul avait hâte d'y être, surtout qu'il avait prévu d'y rester une dizaine de jours.

Noël était proche, et les jours allaient cavaler comme des mustangs jusqu'au réveillon.

Lilou se demandait si sa mère serait heureuse de recevoir sa carte postale. Si elle allait bien, ou mieux… Du moins, pas plus mal.

Elle savait qu'un jour elle la reverrait. Parce que c'était sa mère.

Elle avait ouvert un compte Facebook sur lequel elle n'avait pas encore d'amis. Elle trouva sans difficulté le profil de son père, qui hélas était privé, si bien qu'à part la photo d'avatar elle n'avait rien pu découvrir d'autre.

C'était encore trop tôt. Seulement, le fait de savoir qu'il était là l'avait rassurée. Et si un jour elle se sentait prête, elle tenterait le coup.

*

Lilou le questionnait parfois sur son enfance, son adolescence, et Monty ne trouvait jamais grand-chose à dire.

Il n'avait que très peu de souvenirs.

Il se demandait où ils étaient passés.

Il avait sans doute eu une enfance comme les autres gamins. Moyen à l'école, aimant jouer au foot ou faire du vélo avec les copains. Puis l'adolescence, les poils pubiens qui poussent et les filles, qu'on regarde autrement.

Rien. Rien qui ne vaille la peine d'être dit.

Il n'avait pas non plus de mauvais souvenirs de sa vie de famille. Une gentille maman et un père d'humeur constante, bien qu'un peu trop effacé. Trop dans sa bulle, avec sa collection de timbres sur laquelle il passait presque tout son temps libre. Timbres avec lesquels il voyageait sans avoir à sortir de chez lui. Des albums que Monty avait vendus pour presque rien quand son père était mort, histoire de s'en débarrasser.

Ses parents n'aimaient pas se faire remarquer. Ils étaient des gens simples, bien vus par l'entourage, les voisins. Avec très peu de rapports avec le reste de la famille. Et pas d'amis. Monty ne se rappelait pas avoir connu ses parents avec des amis. Ils semblaient se suffire à eux-mêmes. Renfermés… ou enfermés. Rien d'étonnant à ce qu'il soit aussi sauvage.

Lilou s'était d'ailleurs souvent étonnée qu'il ne connaisse pas plus de monde alors qu'il était dans la région depuis presque vingt ans.

Quand ils étaient en balade tous les deux, elle ne l'avait jamais vu saluer quelqu'un, autrement que par une poignée de main et quelques mots d'usage.

Sauf la pouffiasse du supermarché. La Jennifer H.

Mais celle-là, elle pouvait aller au diable.

*

Monty n'arrêtait pas de cogiter depuis le matin. Il ne savait pas pourquoi un tel brouhaha résonnait en lui, mais il détestait avoir une autoroute dans la tête.

Il était pourtant en train de repeindre les murs d'un salon, de croiser les bandes de peinture au rouleau, activité qui, d'ordinaire, l'apaisait.

La question lui était revenue : quand ses sentiments pour Lilou avaient-ils commencé à lui déchirer les tripes ? Devait-il espérer qu'elle finisse par l'aimer, ou effacer de son palpitant, une bonne fois pour toutes, ce qui n'arriverait pas ?

Il avait bien planqué le petit ange aux ailes déployées au fond de son armoire en espérant que Lilou n'aille pas fouiner, car dans son bordel ordonné il avait remarqué que certaines choses avaient été déplacées.

Comme ces vêtements qu'il ne portait plus depuis des lustres, tassés sur l'étagère la plus haute de sa chambre.

Il avait vu ça aux traces de poussière sur l'étagère, dont certaines avaient disparu alors que d'autres semblaient s'être étirées.

Il l'avait aussi surprise à espionner son portable tandis qu'elle le croyait encore sous la douche.

La jalousie de Lilou restait un problème. Elle ne lui avait pas fait de crises depuis presque un mois, mais il savait que quelque chose ne tournait pas rond dans sa tête. Que pour un rien son caractère tournait à l'orage, que sa voix tonitruait parfois en grossièretés, que ses yeux lançaient des éclairs comme si elle était possédée. Et malgré tous les bons moments, quand ils étaient heureux, riaient, se confiaient, s'épaulaient, il avait peur que les démons de Lilou viennent un jour saccager tout ce qu'ils étaient en train de construire. Que les diables mettent la maison à sac, et qu'ils se retrouvent, elle et lui, au milieu de ruines, ensevelis sous les décombres d'un bombardement de trop, duquel ils ne trouveraient pas la force de se dégager pour se remettre debout.

Il ne s'était pas contenté de l'angelot. Il lui avait aussi acheté un mobile, parce que c'était pratique et rassurant, pour elle comme pour lui, de pouvoir se joindre en cas de pépin. Pour une course de dernière minute comme rapporter du pain, ou simplement pour entendre quelques minutes la voix de l'autre palpiter dans les veines d'une journée.

Pour son boulot aussi. Si Gladys avait besoin de la contacter quand Lilou n'était pas à la maison, mais chez Paul ou en vadrouille. Dans la remise avec les chats, ou en balade au bord de la rivière, où elle continuait à se rendre malgré la neige.

Il ne savait pas s'il allait lui offrir le bijou ou le téléphone. Peut-être les deux…

Il craignait que le collier soit trop sentimental et le téléphone trop… impersonnel.

Impersonnel était le mot qui avait mis du temps à cheminer jusqu'à son cerveau, mais qui avait finalement poussé la porte et s'était assis au milieu de ses pensées.

Noël était dans cinq jours. Tout se passerait bien.

Il se souvint d'une phrase entendue à la radio quelques jours plus tôt, c'était de la philo, comme quoi on souffrait plus de notre imagination que de la réalité.

Il n'y avait rien de plus vrai.

Il se répéta cette phrase une fois, puis une fois encore, et se sentit bien mieux.

Il avait prévu de ne pas travailler le 24 afin de faire les courses du réveillon, d'avoir le temps avec Lilou de se préparer leur petit dîner en tête à tête. Et de ne reprendre le boulot qu'après la nouvelle année. Reprendre doucement avec l'installation du parquet de Mlle Jennifer H. Un boulot facile et agréable, surtout que sa cliente avait choisi un parquet de qualité et que la pose n'en serait que plus simple.

Comme toujours et comme tout le monde, il commençait à être crevé à cette période de l'année. Mais plus encore que d'ordinaire, avec ce chamboulement dans sa vie. Lilou, sa petite Lilou. Ces derniers mois avaient charrié tellement d'émotions qu'il avait parfois l'âme emmêlée, un sac de nœuds dont il se fatiguait à délacer les fils.

La neige s'était remise à tomber. Et en dehors du problème des routes glissantes, surtout quand le gel laquait la neige, c'était beau, propre, pur et silencieux.

Les flocons virevoltaient sans relâche dans le ciel, comme des âmes disparues revenant en villégiature chez les vivants. Les journées étaient claires. Le soleil vivant. Jaune et fiévreux.

Monty posa le rouleau et se servit du café de la Thermos.

Il avait envie d'être au soir, devant la maison, où Lilou aurait branché les guirlandes électriques extérieures avec ce gros père Noël à la con suspendu à la lucarne du grenier. Hâte de pousser la porte d'entrée pour retrouver le sapin décoré, la lumière et les bûches dans le poêle. D'entendre la voix de Lilou lui demander s'il avait passé une bonne journée.

Il avait envie de la sentir blottie contre lui comme ils le faisaient tous les soirs, installés sur le canapé avec un bouquin. Elle finissait toujours par nicher sa tête dans son cou. À quelques centimètres du premier baiser.

*

Lilou avait bataillé dur avec Gladys pour l'accompagner à la gare et la mettre dans le train.

Sa patronne avait en tête de prendre un taxi comme chaque année, mais Lilou trouvait ridicule de dépenser de l'argent pour rien, surtout qu'elle était libre et se ferait une joie de l'emmener pour lui dire au revoir. Même si la séparation ne durerait que quelques jours.

Journée grise, rafales de vent, thermomètre qui affichait moins cinq quand elle sortit avec Monty pour le déposer au boulot. Mais il ne neigeait plus. C'était toujours ça de gagné.

Elle avait mal dormi, réveils fréquents, difficultés à se rendormir, si bien qu'elle s'était levée en petite forme.

Elle arriva avec deux heures d'avance pour rassurer la vieille dame, et dès qu'elle poussa le portail de la propriété de Gladys le sourire de son amie, derrière la vitre, la réchauffa aussitôt. Elle vit que la vieille dame avait déjà son manteau sur le dos.

Dans le vestibule, alors que Gladys émergeait lentement du salon, Lilou remarqua sous la patère une petite valise à roulettes fermée, ainsi qu'un nécessaire de voyage.

— Bonjour, Gladys, vous êtes déjà prête ?

— Oui, j'ai très mal dormi, les changements d'habitudes ne sont plus de mon âge.

— Je suis sûre que vous serez heureuse, une fois là-bas.

— Si tu le dis, ma fille !

— Si, je vous assure… je ne sais pas pourquoi, mais moi aussi, j'ai pas bien dormi.

Gladys la fixa de ses yeux clairs mélancoliques.

— Peut-être une lune contrariante, ou une mauvaise configuration de planètes ? Si Angela était encore avec nous, elle serait à même de nous éclairer.

Gladys était très chic avec son manteau au col en renard et ses bottines au cuir lustré. Avec une jolie bague au doigt, un bijou de famille qui devait coûter la peau du cul, se dit Lilou.

Comme toujours, la vieille dame avait pris soin de brosser ses longs cheveux gris qui descendaient, brillants et libres, sur son dos osseux jusqu'aux reins.

— Vous ne voulez toujours pas que je vienne nourrir vos chats ?

— Non, je te l'ai dit, mon voisin passera tous les jours. On fait comme ça depuis des années, même si je ne pars pas souvent et jamais longtemps.

Lilou fit le tour de la maison pour s'assurer que tout était en ordre. Chauffage baissé, gazinière éteinte, fenêtres bien fermées.

— Tout est en ordre ? lui demanda Gladys, qui s'impatientait.

La gare n'était qu'à trois quarts d'heure, Lilou chargea la valise de Gladys dans la voiture avant de revenir chercher sa patronne, qui par étourderie s'apprêtait à partir sans sa canne.

— La limousine de Madame est avancée ! lui lança Lilou alors qu'elle ouvrait la portière du break de Monty côté passager.

Curieusement, le train était déjà à quai et Lilou installa Gladys en hissant la valise dans le filet au-dessus du siège.

Elle aurait aimé rester un peu.

— Non, je préfère que tu partes, je n'aime pas les adieux.

— Mais ce n'est pas un adieu, juste un au revoir. Vous ne partez que quelques jours.

— C'est pareil, trancha Gladys avant de se radoucir. Et surtout, ma fille, passez de belles fêtes, Monty et toi.

Lilou descendit du train après avoir embrassé sa patronne. Elle se sentait triste de quitter sa seule amie.

Elle rejoignit la voiture garée à une centaine de mètres, démarra, direction la maison, en projetant de boire un café chez Paul pour ne pas se retrouver seule tout de suite.

Gladys lui avait juste fait un petit signe de la main quand Lilou était descendue du train.

La vieille dame patienta ensuite une bonne dizaine de minutes, assise sagement, avant de demander à un monsieur de lui déposer sa valise sur le quai en le remerciant à maintes reprises.

Elle sortit de la gare, trouva rapidement un taxi pour la ramener chez elle.

Elle avait hâte de revoir ses chats.

*

Lilou passa un bon moment chez Paul. Comme Gladys, il se préparait à rejoindre sa famille, mais contrairement à la patronne de Lilou il était surexcité à la perspective des quelques jours à venir avec son petit-fils.

Son sac était prêt aussi, posé sur une chaise dans le salon. Un sac de voyage en grosse toile ventripotent. Tandis qu'au pied de la chaise des sacs plastique qui devaient renfermer des cadeaux de Noël étaient entassés.

Il était allé chez le coiffeur, et sa brosse de cheveux blancs était impeccable, avec les côtés et la nuque bien ras, comme il aimait.

Il ne fut pas surpris de voir Lilou débarquer. Il ne l'était jamais, toujours content de l'accueillir. Elle remplissait bien sa vie et Angela lui avait murmuré à l'oreille qu'elle était ravie de leur amitié. Elle était rassurée que quelqu'un veille sur son mari et lui apporte un peu de compagnie.

À son arrivée, il avait aussitôt quitté son atelier pour l'inviter dans la cuisine. Il lança le café et plaça des biscuits dans une assiette, et ils s'étaient mis à papoter.

Il commença par demander des nouvelles de Monty, comme il le faisait à chaque fois, puis il s'enquit de la forme de Lilou.

Cette dernière lui apprit qu'elle revenait de la gare et elle eut une pensée pour Gladys, confortablement installée dans la voiture en train de glisser sur les rails.

— Elle n'était vraiment pas enthousiaste, mais je suis sûre qu'elle va être contente de retrouver sa nièce et sa famille. Le problème, quand tu sors du monde, c'est que le monde s'éloigne de toi, et c'est pas évident de remettre le pied dedans. J'en sais quelque chose, tu peux me croire.

Paul la félicita d'avoir poussé Gladys à accepter cette invitation pour les fêtes de Noël.

— Elle a toujours été casanière, tu me diras. Angela le répétait tout le temps. Même quand Gladys était plus jeune, elle sortait plus par obligation que par plaisir. Enfin, Angela disait qu'elle avait sa façon à elle de sortir. Avec sa musique, son piano et ses livres.

Puis Paul orienta la conversation sur son petit-fils. Il repartit sur des histoires qu'il lui avait racontées cent fois. Mais devant le plaisir qu'il éprouvait en revivant ses souvenirs, Lilou fit comme si elle les entendait pour la première fois.

Elle resta deux heures avec lui, mais refusa de rester pour déjeuner.

— J'ai des choses à faire.

Elle se contenta d'une soupe le midi, son estomac déjà calé par les biscuits qu'ils avaient rongés avec le café. Un potage aux légumes, juste pour se réchauffer le ventre.

Les températures de la journée s'obstinaient à rester en dessous de zéro, avec ce vent du nord mordant, qui donnait une impression de froid encore plus piquant.

Elle n'avait pas encore déballé les achats de Noël effectués au supermarché, le jour où elles étaient parties en vadrouille avec Gladys.

Lilou brancha le radiateur électrique qui avait chauffé la panse de la caravane quand elle y dormait. Elle le mit à plein volume dans la salle d'eau pendant qu'elle avalait sa soupe. C'était la pièce la plus mal isolée de la maison, une vraie glacière.

Elle décida de se teindre les cheveux. Une coloration à faire soi-même pour cacher ses cheveux blancs. Gladys lui avait dit qu'elle était trop jeune pour paraître vieille, et qu'il fallait arnaquer le temps qui passe tant qu'on avait encore les bonnes cartes en main.

Lilou se livra donc à cette mise en beauté en suivant scrupuleusement la marche à suivre sur la boîte. Elle se déshabilla, ne gardant que sa culotte et un tee-shirt, et quand elle eut fini de se rincer les cheveux elle constata que c'était pas mal, même très bien, puisque c'était comme sa vraie couleur et qu'on ne remarquait rien.

Elle ne s'était jamais sentie jolie : on ne lui avait jamais dit qu'elle l'était, ou seulement pour coucher avec elle. Mais depuis qu'elle vivait avec Monty, toujours prêt à lui faire des compliments, à être gentil avec elle avec des tas de petites attentions, elle commençait à s'aimer un peu.

Sa vie lui semblait étrange. Elle n'avait pas encore eu le temps de s'y habituer, mais elle aimait son petit monde, sa nouvelle planète, son chez-elle sur terre.

Avec Paul et Gladys, qui étaient aussi différents l'un de l'autre que le sont le Soleil et la Lune. Ces deux êtres qui gravitaient autour d'elle avec une assiduité rassurante.

Avec Monty aussi, qui était…

Qui était…

Elle ne trouva pas le mot qu'elle aurait aimé voir fleurir dans sa tête, alors qu'elle se regardait fixement dans les yeux dans le miroir de la salle d'eau. Mais elle finit par se sourire, avec de l'amour pour elle-même et pour la vie.

Et aussi les chats. Les oiseaux. Et son projet d'aller vendre sur les brocantes avec Paul au retour des beaux jours. Paul, qui avait tout un bric-à-brac à refourguer. Avec de sacrées belles pièces comme la dizaine de postes de radio TSF qu'il avait remis en état.

Un projet dont ils avaient parlé pour la première fois trois semaines plus tôt, et qui les emballait.

Lilou caressa un peu le contour de ses yeux bleus. Faute d'aimer le reste, elle avait toujours aimé ses yeux, ceux de sa mère.

Elle voyait apparaître quelques pattes-d'oie autour, mais ce n'était pas grave. Elle souriait à tout ça, et ça faisait gonfler ses pommettes, en même temps que les ridules qui s'enfuyaient du coin de ses mirettes se creusaient.

Elle retira son tee-shirt, son soutien-gorge et sa culotte.

Elle était complètement nue.

Elle se détailla avec la plus grande sévérité, conclut que ç'aurait pu être pire.

Bien sûr, elle avait toujours ces seins pas très beaux qui tombaient un peu malgré leur petit gabarit. Mais elle n'avait pas de ventre, pas de cellulite, et ses fesses qui avaient toujours été plates avaient plutôt embelli avec les kilomètres de marche qu'elle s'était enfilés.

Elle monta sur la chaise sur laquelle ils posaient leurs vêtements propres avant de se doucher et, dos à la glace, elle se contorsionna pour regarder son cul. Un fessier menu avec pas de hanches, mais un joli petit cul quand même, décida-t-elle après son inspection.

Elle descendit de la chaise et sortit le tube de crème dépilatoire de son sac, ainsi qu'un paquet de rasoirs jetables pour homme. Elle avait toujours acheté des rasoirs pour homme, les mêmes que ceux pour femme avec leur manche rose, mais qui coûtaient moins cher.

Elle ne s'était pas préoccupée de ses mollets ni de ses aisselles depuis qu'elle avait pris la route. Même si elle avait le poil roux et peu fourni, ce n'était pas beau à voir.

Elle commença à appliquer la crème dépilatoire sur ses mollets et, après s'être mouillé les dessous de bras avec un gant passé sous l'eau chaude, elle entreprit de se raser.

Elle prit ensuite une douche. Une longue douche, bien chaude, pendant que le radiateur électrique continuait à faire un boucan d'enfer avec sa soufflerie. Elle prit tout son temps, amusée de voir les poils décapités de ses mollets disparaître dans le siphon.

En se rhabillant, elle pensa à Monty, à ce qu'il pouvait faire, où il en était dans l'avancée de son chantier. Elle réfléchit aussi à ce qu'elle pourrait préparer pour le dîner.

Quand elle vint le chercher, le soir après son travail, la première chose qu'il lui dit fut :

— T'as fait quelque chose à tes cheveux, c'est joli.

— Rien de spécial, elle avait répondu, juste un shampoing.

22

Les cadeaux

J'ai arrêté de me torturer l'esprit à propos des cadeaux de Noël pour Lilou. Il y a un moment où il faut lâcher les questions pour avoir les réponses. Au final, j'avais déposé les deux paquets au pied du sapin.

On avait fait les courses le 24 au matin, et mis les petits plats dans les grands en début d'après-midi, ce qui ne nous avait pas pris beaucoup de temps, car on avait acheté pas mal de choses dans un magasin de surgelés. Surtout des plats à base de poissons et de crustacés.

On avait aussi acheté un plateau de fromages au supermarché, et une bûche.

Pour la bûche, on avait eu du mal à trouver un compromis : Lilou voulait du chocolat et j'avais envie de fraîcheur. Fruits de la passion, citron, ou encore fruits rouges.

On avait finalement déniché une bûche au parfum mêlé chocolat/menthe, et après avoir calé dans le Caddie une bonne bouteille de blanc et une autre de rouge pour le fromage au milieu de nos autres achats, on avait payé et fui le centre commercial, qui grouillait de bagnoles.

J'avais aussi acheté du champagne, même si, selon Lilou, cela ferait trop de mélanges. Mais avec les amuse-bouche qui devaient nous mettre en appétit, je ne connaissais rien de mieux et de plus romantique. Dans la voiture, je n'arrivais pourtant pas à me souvenir si j'avais des coupes à la maison.

Je suis passé à la salle d'eau le premier vers seize heures. Je m'étais lavé les cheveux, rasé au rasoir à main et mis de l'after-shave, avant d'enfiler la chemise et le pull qu'elle m'avait offerts. Et alors qu'elle était allée se doucher à son tour, j'avais ciré mes chaussures, comme elle me l'avait demandé.

Quand elle est ressortie de la salle d'eau, j'en ai eu le souffle coupé. J'étais en train de remettre du bois dans le poêle et je suis resté la bûche à la main, paralysé pendant quelques secondes, la bouche à moitié ouverte.

— Qu'est-ce que t'es belle ! j'ai enfin réussi à articuler.

Elle m'a regardé avec malice en riant.

— T'es pas mal non plus.

Elle portait une petite robe noire sans manches que je ne lui avais jamais vue, des collants bordeaux et des tennis en toile grises.

C'était la première fois que je voyais ses épaules, ses bras et la naissance de ses seins. Sa peau était toute blanche, avec des taches de rousseur comme des friandises sur son corps. Je ne l'avais jamais vue aussi dénudée. Et j'ai ressenti une attirance physique comme jamais jusque-là.

J'avais le cerveau en feu. Je ne savais pas quelle chimie s'était mise en branle dans ma tête, mais je me sentais vivant, vivant comme j'avais oublié de l'être depuis bien longtemps.

Elle ne s'est pas départie de son sourire narquois, contente d'elle. Ce que j'avais compris plus tard.

Elle a éclaté de rire et m'a lancé :

— Tu es sûr de vouloir remettre une bûche, t'es déjà tout rouge !

J'ai essayé de sourire sans y parvenir, et en tremblant j'ai ouvert la porte du poêle pour y balancer la bûche.

Elle ne m'a pas quitté des yeux avec l'air de passer un bon moment.

Son visage était tout aussi magnifique, avec le mascara qui faisait ressortir ses yeux, le rouge à lèvres, et sa peau semblait toute veloutée.

Elle a quand même arrêté de se foutre de moi, comme si elle s'était lassée d'un coup, pour partir dans sa chambre et en revenir avec une de ses bottines.

Elle s'est approchée du sapin et m'a demandé en papillonnant des cils :

— Je suppose que ces beaux paquets, c'est pour moi ?

— Oui, c'est pour toi, Lilou.

Alors elle a posé sa bottine près des paquets et m'a demandé d'aller chercher une de mes chaussures à mon tour.

*

On a passé un merveilleux réveillon. Lilou m'a offert un beau pull. Ras du cou, cette fois, bleu pétrole, et un

CD d'Olafur Arnalds, *Living Room Songs*, qu'elle avait dû commander sur le Net.

Elle était contente pour le téléphone portable et a aussitôt inséré la carte SIM que l'opérateur m'avait fournie avec.

Quant à l'ange, il était collé à moi dans le lit, blotti au creux des seins nus de Lilou.

J'étais réveillé depuis plus d'une heure, mais malgré une diabolique envie de pisser je n'osais pas bouger, de peur de la réveiller.

Elle avait la bouche légèrement entrouverte, si bien qu'on apercevait un peu ses deux dents de devant. Aussi mignonne qu'un lemming avec ses pommettes. J'avais envie d'embrasser ses paupières, de ramener une mèche de cheveux qui lui tombait sur le visage. J'avais envie de caresser sa main posée sur mon torse. De laisser descendre mon autre main pour la poser sur ses fesses. Mais je n'avais rien fait.

Il faisait jour depuis longtemps. La lumière perçait le double rideau de la fenêtre de la piaule. Des rais de soleil semblaient danser dans la pièce comme des lucioles alcoolisées. J'entendais sa respiration alors que sa poitrine montait et redescendait. Je l'entendais marmonner par moments ou glousser une syllabe tandis que ses lèvres faisaient la moue.

Je ne savais pas trop où j'étais. En fait, je savais où j'étais. Par contre, je ne savais pas si tout ça était vrai.

J'ai fini par soulever sa main et la reposer aussi délicatement que possible sur sa poitrine. Avec précaution, je me suis glissé hors du lit. Elle a émis un petit grognement, maugréé quelque chose, avant de se retourner et de ramener la couette sur son épaule.

Je pissai avec soulagement, j'étais dans un état second. Les yeux dans le flou, les pensées vagues. Je flottais, jambes écartées, tandis que ma vessie vivait enfin l'heure de la libération.

Je me sentais à la fois crevé d'avoir si peu dormi et... si bien d'avoir dormi si peu.

Je souriais comme un con. La soirée me revenait par bribes et dans le désordre. Comme les rushs d'un film mal monté. Les scènes s'emmêlaient, les images sautaient, la pellicule cassait par moments, mais je m'en foutais. Passant du déballage des cadeaux au moment où on avait rejoint la chambre et où, après m'avoir embrassé encore une fois, elle m'avait demandé de me retourner pendant qu'elle se déshabillait. Puis je revenais sur le début de soirée, avec nos verres à eau remplis de champagne, en train de trinquer, les yeux pleins de bulles.

Après avoir regardé l'heure sur la pendule du salon, dix heures trente-sept, j'étais allé me passer de l'eau sur le visage et me brosser les dents. C'est en me voyant dans la glace que j'ai réalisé que j'étais à poil, que je n'avais même pas enfilé mon slip, et j'ai aussitôt été saisi par le froid. J'ai été parcouru d'un frisson qui m'a ébranlé de la tête aux pieds. Alors j'ai filé dare-dare retrouver Lilou dans le lit.

J'ai essayé de me glisser contre elle sans faire de bruit, mais elle s'est réveillée.

— Merde, fais chier, Monty, t'as les pieds glacés !

Je n'ai pas pu m'empêcher d'éclater de rire, parce que c'était tellement Lilou. Cet instant n'aurait pas pu être plus parfait.

Elle s'est redressée sur un coude pour poser un baiser sur ma joue en me murmurant :

— Je suis contente que tu sois là.

Et elle s'est de nouveau lovée contre moi, enlaçant ma poitrine de ses bras, sa tête tapie dans mon cou.

À mon tour, je lui ai embrassé les cheveux, puis un deuxième baiser sur son front, et un autre sur la tempe. Mais quand j'ai voulu poser mes lèvres sur les siennes, elle a détourné nerveusement la tête.

— Non, je dois avoir une haleine de chacal !

Elle s'est aussitôt extirpée du lit et son petit cul blanc – qui m'a fait penser à ceux des lièvres qu'on croise parfois la nuit sur les bords de route et qui déguerpissent dans les fourrés – a disparu par la porte de la chambre.

Je l'ai entendue filer dans la salle d'eau, où le robinet s'est mis à couler.

Elle a dû s'asperger le visage, enfouir sa main dans ses cheveux pour remettre un peu d'ordre dans ses mèches. Et passer plusieurs minutes à se brosser les dents, sans oublier la langue.

Elle a ensuite fait un détour par le salon pour voir l'heure, et je l'ai vue réapparaître à la porte de la piaule, son petit triangle orange en haut des cuisses.

Elle a cavalé pour revenir sous la couette. Elle s'est jetée dessous et collée contre moi en tremblant.

— Qu'est-ce que ça caille ! elle a lancé en claquant des dents.

— Tu veux que j'aille faire repartir le feu dans le poêle ?

— Non, je veux que tu restes avec moi. Je veux pas que tu partes.

Et elle a resserré son étreinte.

Son corps a eu besoin de quelques minutes pour se réchauffer alors qu'elle se collait à moi. Une chair glacée que j'ai supportée sans broncher, placide.

— C'est une belle journée, j'ai fait.

— Tu parles, il fait un temps de chien. Le ciel est tout gris.

— Il y avait un peu de soleil quand je suis allé aux toilettes…

— Ben alors, il s'est fait la belle !

L'un comme l'autre, on devait être surpris d'être dans ce lit, à deux et nus. On ne savait pas trop quoi dire, mais aucune gêne ne nous tirait par les pieds. On était bien et ce silence l'était aussi.

Je recommençais à bander et elle m'a charrié :

— J'ai cru que t'étais confortable, mais apparemment je suis allongée sur une bosse.

— C'est toi qui me fais cet effet, t'es tellement belle.

— Ça fait toujours plaisir à entendre, même si c'est pas vrai.

— Si, c'est vrai.

Elle n'a pas répondu et je n'ai pas insisté.

Dans la nuit, on avait fait l'amour deux fois. Et la première fois, je me suis excusé, car ça n'avait pas duré plus d'une minute. Mais à la deuxième, tout s'était bien passé.

On s'était donnés l'un à l'autre, tout doucement. Ça avait été très tendre, et même si je m'étais senti empoté on avait fait les choses naturellement. Même quand elle avait dû guider mon sexe pour entrer en elle parce que je n'y arrivais pas.

Pendant mes va-et-vient, elle m'avait demandé de parler, mais je n'avais pas réussi. Rien ne venait, à part des « T'es jolie » et des « Je t'aime », j'étais resté muet comme une carpe.

Elle avait tout d'abord gardé les yeux ouverts pour me regarder alors que j'étais sur elle, pour ensuite les fermer parce qu'il y avait peut-être plus de lumière à l'intérieur d'elle-même que dans la chambre.

Elle a juste voulu qu'on laisse allumer la petite lampe de chevet, qu'elle avait tamisée en habillant l'abat-jour d'un torchon de cuisine.

Elle m'avait tout de suite parlé de ses seins quand elle s'était déshabillée en se retournant, pour me dire qu'ils n'étaient pas jolis, qu'ils tombaient un peu.

Je lui avais juré le contraire pendant qu'elle se glissait dans le lit où je l'attendais, tout nu. Je lui avais dit que je les aimais beaucoup, ses seins, et c'était vrai.

Tout chez elle me plaisait, parce que le corps n'est qu'une chemise pour l'âme. Je n'aurais pas pu rêver mieux.

On a encore fait l'amour et c'était aussi bien que la veille. Juste un peu différent.

On était crevés de la nuit, de toutes ces émotions, et on s'est laissés dériver dans le corps de l'autre. Jusqu'à oublier qui on était, pour devenir un seul cœur battant.

Je suis sorti du lit le premier un peu avant midi et, après avoir enfilé mes fringues de la veille, j'ai rallumé le poêle, qui ne contenait plus que des cendres.

Lilou voulait un café et rien d'autre.

Elle n'aurait rien pu avaler de plus, moi, je m'étais contenté d'un bout de pain avec du fromage après mon café.

J'ai voulu lui apporter sa tasse au lit, mais elle a préféré se lever, car elle commençait à avoir mal au dos d'être restée allongée si longtemps.

La grisaille était bien de mise. Les quelques rayons de soleil qui avaient timidement montré le bout de leur nez le matin s'étaient carapatés, et le vent s'était dressé. Le torse gonflé, les poumons crachant de violentes bourrasques qui faisaient même trembler les fenêtres.

Mais la neige avait bien fondu. Il ne restait que quelques plaques çà et là, devant la maison et dans les champs alentour, des peaux de mouton sales abandonnées sur la terre noire.

On a voulu sortir marcher un peu dans l'après-midi. Mais on n'est pas allés loin à cause du froid.

23

Ne rien faire

Je ne sais pas pourquoi, mais le lendemain, le 26, je me suis réveillé avant l'aube. Lilou dormait sur le flanc, de son côté du lit, son bras droit sous l'oreiller. Je distinguais sa silhouette, et je devinais sa chaleur et son odeur.

C'était encore la nuit. Bien que crevé, j'étais sûr que je n'arriverais pas à me rendormir.

J'étais triste. Pas de cette petite tristesse qui fait pleurnicher les pensées, mais de celle qui donne l'impression d'avoir bouffé une enclume, qui vous cloue au matelas alors que vos poumons ne trouvent plus d'air.

Je ne comprenais pas pourquoi je m'étais réveillé dans cet état après ce Noël qui m'avait apporté ce que je n'osais plus espérer… Ce désespoir avait débarqué dans mon sommeil, après qu'on s'était endormis, repus par nos ébats.

J'avais déjà expérimenté cet état par le passé. À la mort de mes parents. Et deux autres fois, quand on m'avait laissé tomber alors que j'étais amoureux.

Je me suis toujours demandé si la mélancolie est une souillure qu'on a en soi à la naissance, ou si, en étrangère pernicieuse, elle se pointe pour déverser sa bouillasse quand elle vous sent bancal, et entre alors en vous, comme un parasite dans un fruit, pour vous évider.

J'avais peur d'être comme ça. Lilou dormait près de moi, heureuse, et je l'aimais depuis que je l'avais rencontrée. Elle était dans mon lit, elle respirait et m'avait dit la veille pendant qu'on faisait l'amour qu'elle aussi m'aimait.

La nuit en moi était encore plus sombre que celle qui peignait le ciel d'un noir mat, d'une poudre de charbon sans étoiles.

Je n'avais plus connu cet état depuis des années. La dernière fois n'était qu'un vague souvenir que je pouvais regarder depuis longtemps droit dans les yeux, parce que ce n'était plus le mien. Une femme que j'avais aimée et qui avait quitté la région depuis longtemps.

Tout était confus.

Je me sentais piégé parce que Lilou n'avait nulle part où aller si les choses ne marchaient pas entre nous. Et je me savais incapable de la mettre à la rue. En peu de temps, elle avait creusé son terrier ici, et si le fait qu'elle dépendait de moi me foutait la trouille, l'idée qu'elle quitte ma vie était encore plus flippante.

Piégé dans l'engrenage de mes pensées, ballotté dans une roue au mouvement perpétuel, je me suis décidé à me lever, en prenant soin de ne pas la réveiller. Il était un peu plus de quatre heures et demie du matin, je suis resté assis dans le fauteuil du salon une bonne heure, à regarder les bûches que j'avais enfournées dans le poêle cracher des flammes de sang.

J'ai gardé les yeux dans le vague, vers le feu, jusqu'à cet instant où j'ai senti mes poumons recommencer à vivre et qu'en même temps ma tête s'est purgée de toute cette mélasse, comme un bouchon de crasse qu'on évacue d'un siphon.

En sortant de la piaule, j'avais refermé doucement la porte pour la laisser dormir, et, l'âme enfin soulagée, je me suis levé du fauteuil pour me préparer un café.

J'ai rempli la cafetière en espérant que la tuyauterie ne commence pas à gémir quand j'ai ouvert le robinet. Il y a bien eu quelques plaintes, mais pas assez pour la réveiller.

La veille, on avait oublié de fermer les volets et de tirer les doubles rideaux, si bien qu'assis à la table de la cuisine, devant ma tasse de café fumant, je regardais par la fenêtre un grand tableau noir qui n'attendait qu'une craie pour y écrire une histoire.

Même si la crise était passée, toute cette tension brutale me restait encore dans la peau. J'avais mal aux épaules et derrière la nuque.

C'est à ce moment-là que je l'ai vu. Il a sauté sur le rebord de la fenêtre et m'a fixé de ses yeux verts. Puis il s'est mis à miauler à s'en arracher la gorge.

Je connaissais bien ce matou, le préféré de Lilou, « le rouquin », comme je l'appelais. Je savais qu'elle le laissait entrer dans la maison en mon absence. Plusieurs fois, j'avais retrouvé des poils entre les coussins du canapé. Elle avait eu beau me jurer que c'était ses cheveux à elle, quand elle s'égalisait les pointes, je n'étais pas con à ce point-là.

Malgré mon allergie, j'ai entrebâillé la fenêtre par laquelle un froid glacial s'est aussitôt faufilé, et j'ai passé les doigts pour lui caresser le dessous du museau.

Il s'est tout de suite arrêté de miauler pour ronronner et m'a donné plusieurs coups de langue sur la main, plusieurs léchouilles d'une râpe rose.

Le problème avec Lilou, c'est qu'on n'en était pas à notre première histoire d'amour, ou ce qu'on avait pris pour de l'amour. C'était une route vers le paradis qu'on avait déjà empruntée, sur laquelle on n'était pas allés bien loin, parce qu'à chaque fois on avait fini par s'écraser contre un de ces grands arbres qui bordent les routes comme une armée de sentinelles en rang d'oignons. Alors bien sûr, si la destination faisait encore rêver, j'étais mort de trouille de devoir suivre de nouveau ces panneaux indicateurs qu'un pernicieux génie tournait parfois dans le mauvais sens pour nous abuser et nous cueillir en plein vol. Une saloperie de coup du sort qui nous ramenait douloureusement les pieds sur terre.

J'étais malgré tout content que la peur soit venue me trouver sans tarder. Qu'elle n'ait pas attendu que je sois trop perché dans notre histoire pour me gangrener la tête et me faire dégringoler une fois encore.

Je savais aussi qu'à un moment la peur rendrait visite à Lilou, qui garderait pour elle, ou pas, la visite de cette emmerdeuse.

Si elle n'était pas déjà venue la titiller.

J'étais perdu dans mes pensées, le chat m'a ramené à la réalité en me mordillant la main. Rien de méchant. Un rappel à l'ordre qui m'a replongé dans le présent.

Dans un réflexe, j'ai rentré la main et fermé la fenêtre aussi sec, en coupant la route du froid, mettant fin au quémandage du rouquin.

Les aiguilles de l'horloge de la cuisine semblaient enlisées ; le jour ne se montrerait pas avant plusieurs heures.

J'ai vidé ma tasse de café, et tandis que le chat ne quittait toujours pas le rebord de la fenêtre, me fixant, obstiné, à travers la vitre, j'ai ouvert le frigo.

J'ai mis la main sur une boîte entamée, de la pâtée au saumon et poulet, et j'en ai rempli une petite assiette.

Il s'est rué sur la bouffe, se goinfrant comme un mendiant.

Même si j'ai aussitôt refermé la fenêtre et qu'il ne pouvait pas m'entendre, je lui ai chuchoté, d'un air menaçant :

— T'as intérêt à la boucler ! Si t'en parles à Lilou, je donne pas cher de ta peau !

Il n'a pas relevé la tête, léchant l'assiette pour la laisser aussi propre que si elle était passée à la vaisselle. Puis il a sauté pour se carapater dans les fourrés.

Je ne savais pas quoi faire de moi. Me glisser dans le lit pour retrouver Lilou ne me semblait pas être une idée lumineuse. Pas plus que de prendre un bouquin où j'aurais dû relire la même phrase encore et encore pour espérer capter quelque chose. Si bien que j'ai pensé faire une marche. Une idée saugrenue en pleine nuit, avec des températures négatives ressenties encore plus durement à cause du vent. Faute de mieux, j'ai enfilé les premiers vêtements que j'ai pu trouver sans devoir retourner dans la chambre, et je suis sorti.

J'ai emprunté l'allée pour rejoindre la grand-route, et commencé à marcher sur le bas-côté, le long du serpent asphalté qu'on distinguait à peine tant il faisait noir. Au milieu d'une nuit sans étoiles et sans lune, alors que le vent frappait de toutes parts et que mes yeux pleuraient de froid.

J'ai avancé un petit quart d'heure, les mains dans les poches et le dos rond, avant de faire demi-tour la tête vide, pour revenir sur mes pas.

À l'entrée de la maison, j'étais transi et j'ai apprécié d'être accueilli par la flambée dans le poêle.

Il était près de six heures, à quelques chiures de minutes près, heure à laquelle je me levais en temps normal pour aller bosser. Sauf que là, une semaine libre d'obligations s'offrait à moi.

Lilou s'était levée vers neuf heures, réveillée par la chaudière qui s'ébrouait pendant que je prenais une douche.

J'ai été surpris de voir sa tête apparaître dans l'embrasure de la porte tandis que j'étais à poil en train de m'essuyer.

Par réflexe, j'ai caché mon sexe, qu'elle avait eu tout loisir de voir pour avoir joué avec depuis la nuit de Noël. Et elle s'était mise à rire, amusée par ma pudeur.

— Je suis désolé, je t'ai réveillée, Lilou ?

— Oui, mais il était plus que temps que je me lève.

— Rien ne presse, on ne travaille pas, cette semaine.

— Alors, qu'est-ce que tu fais debout ?

— Je me suis levé avec les poules. L'habitude du boulot.

J'étais là, à rougir comme un crétin. Elle s'est glissée dans la salle d'eau pour me plaquer un baiser sur la bouche, et parce que ça l'amusait elle m'a aussi donné une claque sur le cul avant de filer boire son café.

Je l'ai retrouvée dans la cuisine en train de boire son breuvage, dans lequel elle faisait tremper une tranche de pain beurré.

Je me suis faufilé derrière elle pour l'enlacer, ai posé un baiser sur ses cheveux et lui ai dit que je l'aimais.

Puis mes mains sont descendues sur ses seins et je l'ai pelotée.

*

Les nouvelles histoires d'amour sont toujours magiques, sans réussir pourtant à rompre complètement avec le goût rance des anciennes. Parce qu'un des acteurs reste le même. Et qu'on joue encore la même partition. On ne se quitte jamais. Et ce, depuis le moment où on vient au monde jusqu'à celui où on s'en évade.

C'est la même musique, mais dans une autre version. Un nouveau duo improvisé, une ballade qu'on commence à fredonner à deux. Les mêmes notes sur lesquelles on a déjà poussé la chansonnette avec d'autres, mais qu'on a l'intention d'interpréter autrement.

Mais il m'a suffi de la voir pointer le nez dans la salle d'eau pour que toutes les ampoules dans ma tête repassent au vert. Et je me suis senti comme un gosse, avec, devant moi, un monde prodigieux qui m'attendait.

Elle était tactile. Et câline. Et ça me faisait du bien d'être dorloté.

On a passé la matinée à glandouiller dans les bras l'un de l'autre, à se caresser, s'embrasser, se dire des mots gentils.

Oui, au début, c'est toujours un peu pareil. Les choses se passent sensiblement de la même façon, mais on ne se lasse jamais d'appuyer sur *replay* pour les bons moments.

Avec Lilou, c'était quand même autre chose. Un émoi que je n'avais jamais ressenti jusque-là. Une osmose. Le truc qui répare quand l'autre vous touche. Et bien plus que ça. Comme si rien en soi n'avait jamais été cassé.

Je restais troublé. À la fois à l'aise et mal à l'aise. Parce que ce n'était pas facile de passer du bon pote des derniers mois au petit ami qui n'avait pas seulement le droit de regarder mais aussi de toucher. De caresser son corps et ses sentiments. Un rôle que j'ai dû endosser sans y être préparé, et pour lequel je n'étais pas encore sûr d'être au point. Mais elle m'attirait, point barre. Il n'y avait rien à comprendre. La chimie des corps ou des cœurs. Ou alors une vérité qui avait à voir avec nos âmes. Mais bon, ce genre de question ne menait jamais nulle part.

Ce matin-là, malgré ce mauvais réveil, ça avait été chouette. On s'était aussi beaucoup taquinés. On a toujours ri avec Lilou, mais il y avait cette ancienne peur de ne pas dire ce qu'il fallait au bon moment, ou d'en dire trop, qui s'était un peu amoindrie. Et je m'étais même surpris à quelques audaces.

Vers midi, quand elle a décidé qu'il était plus que temps pour elle de se doucher, j'ai fait le lit avant de dresser le couvert pour le déjeuner.

Lilou est allée nourrir les chats avant qu'on passe à table. Il y en avait trois qui la guettaient, gesticulant devant la porte, et qui lui ont filé le train quand elle est entrée dans la remise.

Elle est revenue dix minutes plus tard en frottant énergiquement ses paumes l'une contre l'autre pour se réchauffer.

— Je suis inquiète. Le chat roux n'est pas là aujourd'hui, alors qu'il m'attend toujours. Tu ne l'aurais pas vu, par hasard ?

— Non, désolé. Mais t'inquiète, il ne doit pas être bien loin.

*

On est restés enfermés trois jours. Jours passés sans s'en faire. Naturels et légers. Des jours rieurs. Des jours tendres. Des jours de confidences. Des jours d'aveux. Trois jours.

Mais on a commencé à manquer d'air le troisième soir. L'un comme l'autre, on a senti le besoin de ressortir, de voir des visages, de retourner taquiner le monde, même si la région gardait ses âmes éparpillées au milieu de nulle part.

J'ai proposé à Lilou d'aller renifler l'air de la ville. Celle où on était allés voir un film au ciné.

Elle était partante, mais m'a demandé de m'arrêter dans le bourg où elle s'était rendue avec Gladys. Même si l'escale occasionnait un détour, on en avait pris le chemin.

Elle voulait retourner dans l'église où elle avait fait brûler un cierge.

On s'est garés juste devant, sur la place, et pendant que je verrouillais les portières elle trottait déjà vers la baraque de Dieu.

Je l'ai rejointe à l'intérieur, où elle était déjà en train de se rincer les doigts dans le bénitier et de se signer. Elle m'a invité à l'imiter. Ce que j'aurais fait sans qu'elle me le dise.

Elle s'est vite dirigée vers l'icône en plâtre qui l'avait appelée la dernière fois. Elle n'a pas hésité un seul instant, a tracé au milieu de la rangée de bancs et devant la statue, a levé des yeux bouffis de reconnaissance vers le visage de la sainte qui reposait sur son piédestal.

Elle a fermé les yeux, joint les mains, et est entrée en elle-même, tandis que je me tenais en retrait, attendant qu'elle ait fini son monologue intérieur.

Quand elle a rouvert les yeux, elle n'a pas fait attention à moi. Elle a soulevé le rabat de sa besace, sorti son porte-monnaie et fourragé dedans pour prendre deux pièces.

Elle m'en a tendu une.

— Va voir si une tête te revient plus qu'une autre. Quand tu l'auras trouvée, mets la pièce dans le tronc et plante un cierge à ses pieds. Surtout, n'oublie pas de faire un vœu. Moi j'y croyais pas, mais je peux te dire que ça marche.

Je l'ai remerciée pour la pièce avant de m'éloigner pendant qu'elle allumait un cierge à la flamme d'un autre, et repartait en grande conversation avec la statue.

Je ne savais à quel saint me vouer. Ils avaient tous de bonnes têtes sympathiques, des petites gueules bienveillantes, et j'ai fini par me décider, fatigué de tourner en rond, pour une sainte à la peinture particulièrement écaillée, une jeune femme, seule dans une alcôve, qui devait parfois trouver le temps long.

J'ai suivi le mode d'emploi de Lilou et ressenti une certaine émotion quand la flamme de mon cierge s'est élevée. J'ai regardé danser le feu un moment, et moi aussi j'ai fermé les yeux.

Spontanément, j'ai dit merci pour avoir mis Lilou sur ma route. Et j'ai demandé à cette petite dame auréolée d'amour de garder un œil sur nous si c'était possible. De faire en sorte que tout se passe bien par la suite.

Je me suis ensuite trouvé à court de mots, mais je suis resté les yeux fermés un moment, en paix, tout simplement. À ne penser à rien, juste heureux d'être en vie.

Lilou m'avait rejoint entre-temps, et quand j'ai ouvert les yeux elle m'a pris la main.

— Ça va ?

— Oui, et toi ?

— Oui, ça va, elle a chuchoté.

C'était une petite église, mais il fallait reconnaître que c'était joli. Même si, en cette journée grise, aucun soleil ne filtrait au travers des vitraux, et qu'en dehors des flambées de cierges et de bougies blanches il n'y avait pas d'autres sources d'éclairage. Bien sûr, il faisait un peu noir à l'intérieur. Et froid et humide, avec au sol des dalles de pierre grises qui ne réchauffaient pas l'atmosphère. Des dalles qui à certains endroits se soulevaient.

C'est alors que Lilou s'est blottie dans mes bras. Un instant solennel. Juste nous deux dans l'église, et une vieille dame dans un renfoncement, égrenant un chapelet à genoux sur un prie-Dieu.

On l'a repérée au dernier moment tandis qu'on terminait notre petit tour et qu'on se dirigeait vers la sortie.

On est passés en silence dans son dos sans qu'elle ressente notre présence.

En mettant le nez dehors, on a été frappés par le froid. Il faisait moins dix.

On ne s'est pas rendu compte qu'il faisait aussi frisquet car j'avais fait tourner le moteur du break cinq minutes avant de quitter la maison, si bien qu'on avait pris la route avec un bon chauffage.

Mais en sortant de l'église on s'est regardés et, en même temps, la même phrase était sortie de nos bouches enfumées par la condensation :

— La vache, ça caille !

On a ri et elle s'est mise sur la pointe des pieds pour m'embrasser, ce qu'elle faisait toujours, et elle m'a serré dans ses bras.

— J'espère que mon vœu va se réaliser, elle m'a dit.

— C'était quoi ?

— Tu verras…

Elle avait faim et voulut déjeuner dans le même troquet que celui où elle avait mangé la dernière fois avec Gladys.

Il n'y avait pas grand monde. Plusieurs tables inoccupées, et je me suis demandé si c'était toujours comme ça, ou si l'activité tournait au ralenti en raison des vacances de Noël.

C'était la première fois qu'on sortait en couple. Pas tous les deux. Non, en couple. Et je ne m'étais pas senti aussi bien depuis longtemps.

Tout est beau quand on est amoureux. Même le temps merdique ne manque pas de charme. Les serviettes de table sont douces. Le vin en carafe devient un grand cru. Les pizzas sont les meilleures qu'on ait jamais mangées.

Je me souviens particulièrement de toute cette lumière dans les yeux de Lilou. Toutes ces flammèches dansantes, comme quand le soleil fait miroiter l'eau de la rivière. Et des nuées d'étincelles qui folâtrent sur les flots.

Et je me souviens aussi de nos mains. Nos mains qui allaient sans cesse à la rencontre l'une de l'autre. Ne supportant pas d'être séparées. Nos doigts qui s'enchevêtraient. Mes mains rugueuses et ses mains de poupée.

Sa main que je ramenais à ma bouche pour l'embrasser.

Et son rire, sa fierté d'être aimée. Et la mienne.

On est restés les derniers dans le restau, pendant que la patronne et la serveuse trépignaient derrière le bar.

Toutes les tables avaient été débarrassées et les couverts dressés pour le service du soir.

On était au chaud, le ventre plein. Dehors, le ciel gardait cette teinte de cendre et les rues étaient presque vides. Une silhouette glissait de temps en temps derrière la vitre pour disparaître aussitôt.

On était aphones. Un mutisme agréable, reposant. Un silence rassurant bouffi de certitudes.

Il suffisait que nos yeux se croisent pour qu'un sourire se dessine sur nos bouches, nos bouches qui se rencontraient parfois au-dessus de la table sur laquelle ne restaient plus que nos tasses à café et l'addition dans une coupelle.

Lilou semblait se reposer en regardant cette rue presque déserte. Quant à moi, j'étais absent à ce qui se passait dehors.

Je me demandais quelle heure il pouvait être, quand elle m'a lancé à brûle-pourpoint :

— Comment tu la trouves, la femme qui vient de passer ?

Je me suis retourné vers la vitre. Personne.

— Je ne l'ai pas vue, Lilou. Tu sais, je ne regardais pas les femmes quand j'étais seul. Ce n'est pas maintenant que je suis avec toi que je vais commencer.

— Bonne réponse, elle a conclu.

Et elle m'a donné deux petites tapes sur le dos de la main, comme elle l'aurait fait à un chien pour le féliciter.

On a fini par sortir. Le froid nous a cueillis dès qu'on a franchi la porte. Mais j'ai eu envie de marcher un peu pour digérer et on s'est dirigés vers la rue piétonne, avec son enfilade de commerces de proximité.

Elle s'arrêtait devant presque chaque vitrine. On piétinait plus qu'on n'avançait.

Elle restait plantée pendant une plombe devant les articles exposés, qu'il s'agisse de fringues, d'ustensiles de cuisine, ou de la vitrine d'une boulangerie.

Quand je lui proposais d'entrer, elle disait toujours non, mais ne bougeait pas pour autant.

À chaque fois, je me plaçais derrière elle alors qu'elle était en méditation devant tous ces articles, et j'enroulais mes bras autour de sa poitrine pour la réchauffer.

Je me foutais complètement de toutes ces sapes, breloques et autres bric-à-brac, en revanche je ne me lassais pas de contempler notre reflet dans les glaces. Et on était beaux. Même ma sale gueule, avec ses grandes oreilles, son crâne dégarni et ses cernes, était du tonnerre.

C'est l'effet magique de se sentir aimé. On ne voit plus ce qui saute aux yeux, le tape-à-l'œil. Pour ne percevoir qu'une espèce de halo magique qui nous enrobe comme de la Cellophane, avec nos âmes qui brillent crânement.

Je la trouvais vraiment belle, même si elle ne l'était pas vraiment. Pas le genre à faire baver les hommes et à provoquer des fiestas impromptues dans les braguettes. Mais je n'en aurais pas choisi une autre pour tout l'or du monde.

Quelque chose m'attendrissait dans son visage, surtout quand elle écarquillait les yeux et que le bleu me bouffait complètement. Que ses mirettes avaient l'air de boire le monde autour de nous.

Et depuis que je l'avais regardée dormir, la bouche entrouverte, avec ses deux dents de devant un peu plus longues que les autres, je n'arrivais plus à me sortir de la tête la tronche craquante de ces satanés lemmings.

Je me suis mordu l'intérieur de la bouche pour m'empêcher de rire, alors qu'elle venait de gonfler les joues et d'expulser de l'air devant le prix exorbitant d'une robe de marque.

— Qu'est-ce qu'ils vendent cher, dans cette boutique ! elle s'est indignée.

— C'est sûr que c'est pas donné. Mais si cette robe te plaît, je te l'offre avec plaisir.

— C'est gentil, mais non, merci. Ça me fait toujours marrer, les gens qui ne jurent que par les marques. Encore, là, c'est discret. Mais quand j'en vois avec des marques sur la poitrine ou sur le cul, on dirait qu'ils sont fiers d'être des encarts publicitaires.

Elle n'était pas chaude pour pousser jusqu'au ciné. Mais en se dépêchant on pouvait encore choper la séance pour *Martin Eden*, et j'avais vraiment envie de le voir.

Au final, le film lui a plu et cette fois je n'ai pas piqué du nez.

On est sortis de la salle en même temps que la nuit pleurait une bruine vicieuse. On a apprécié de retrouver la voiture, d'entendre le moteur tourner, d'allumer les phares et de prendre la route de la maison.

*

Elle a pleuré, le lendemain, et je m'en suis voulu. C'était un peu de ma faute.

Elle n'a rien voulu manger le midi, et du coup j'en ai eu aussi l'appétit coupé.

Je l'ai consolée du mieux que j'ai pu, en la protégeant de mes bras, en la calmant avec les meilleurs mots que j'ai pu trouver, mais elle a chialé pendant deux heures.

Des sanglots, puis des larmes pudiques. Et encore des crises de larmes. Et des mouchoirs en papier qu'elle balançait par terre. Un autre et encore un autre. Des fleuves dans les yeux.

Ça faisait des jours qu'elle hésitait à recontacter sa mère à l'occasion des fêtes de Noël. J'avais cru bien faire en lui disant de suivre ce que lui dictait son cœur. C'est comme ça qu'elle avait appelé, le matin vers dix heures. Elle avait pris le téléphone et composé le numéro.

« C'est moi, maman, c'est Lilou. »

Malheureusement la communication avait été coupée, et elle avait dû rappeler. Hélas, elle s'était heurtée à une ligne occupée, comme si le combiné avait été mal raccroché.

« Et merde ! » elle avait hurlé avant de raccrocher violemment.

J'étais resté près d'elle, mais elle bouillonnait de colère. J'avais tenté de me rapprocher pour lui caresser le bras. De lui dire que ce n'était pas grave et qu'elle retenterait plus tard, mais elle avait hurlé, en se dégageant farouchement :

« Me touche pas ! »

Elle avait quitté la maison en claquant la porte pour disparaître dans la remise.

J'avais préféré ne pas la suivre, lui laisser le temps de se calmer. Dix minutes plus tard, elle s'était jetée dans mes bras en éclatant en sanglots.

« C'est normal, Monty, je l'ai abandonnée…

— Tu ne l'as pas abandonnée, Lilou, tu devais sauver ta peau.

— J'aurais pu être plus forte, et essayer de l'aider à s'en sortir.

— On ne peut pas sauver les gens contre leur gré, tu as essayé pendant des années. Vraiment, ma belle, tu n'as rien à te reprocher.

— Si, Monty, j'aurais dû… J'aurais dû », psalmodiait-elle, la voix noyée de larmes.

On est allés marcher un peu dans l'après-midi. On a poussé jusqu'à la rivière, mais la tristesse nous a suivis. Et c'est en silence qu'on a traversé le bosquet. En silence aussi qu'on est restés un petit quart d'heure à regarder la rivière, jusqu'à ce que le courant la délivre un peu et qu'elle me demande de rentrer.

De retour à la maison, ses joues ont repris du rose. On s'est servi un verre de vin en grignotant des cacahuètes et des fruits secs, serrés l'un contre l'autre dans le canapé.

C'était une sale journée ; il y en avait des comme ça. Les journées pourries ne sont pas là pour endeuiller la vie, mais pour célébrer les jours où tout va bien. Pour que le goût du bonheur reste plus puissant en bouche.

J'étais malheureux de la sentir comme ça. C'était la première fois que je la voyais pleurer. Elle avait dû garder ces larmes en elle depuis bien longtemps, et d'ouvrir les vannes de la tristesse à un moment ou un autre était un mal pour un bien.

Je commençais un peu à la connaître et j'étais persuadé qu'elle serait sur pied le lendemain. Alors on a attendu que la nuit arrive pour tourner la page de cette journée ratée.

On s'est mis au lit assez tôt, elle dans mes bras, où elle a fini par s'endormir.

*

Je me suis inquiété en me réveillant, quand ma main n'a fait que caresser des draps froissés à l'endroit où aurait dû se trouver son corps.

Il me faut toujours dix bonnes minutes pour émerger, là j'ai retrouvé mes esprits illico et attrapé ma montre sur la table de chevet.

Incrédule, j'ai dû y regarder à deux fois, j'avais du mal à croire qu'il était déjà dix heures.

Je n'avais pas dormi aussi tard depuis des années, sauf quand je me faisais choper par une crève en hiver, obligé de garder le lit, amorphe.

Elle n'était pas dans le salon, mais je l'ai vite trouvée dans la chambre d'amis – la piaule dans laquelle elle dormait encore quelques jours plus tôt –, assise devant l'ordinateur.

J'ai ressenti un soulagement en la découvrant de profil, en train de pianoter, le sourire aux lèvres.

Elle m'a entendu arriver, a tourné la tête vers moi quand je suis entré dans la chambre pour l'embrasser.

Elle était encore en pyjama. Du moins, ce qui lui faisait office de pyjama. Un caleçon long et un tee-shirt sur lequel elle avait passé un pull. Les pieds dans de grosses chaussettes de laine.

Elle était sur Facebook, complètement absorbée. J'ai posé un baiser sur sa tempe.

— Tu as bien dormi ?

— Je suis en discussion avec mon père. Va prendre ton café, on parlera plus tard !

Je m'étais dit Chouette, au moins elle réagit vite.

J'ai caressé sa nuque, ce qui a semblé l'agacer. Je n'ai pas insisté.

— Tu aurais dû me réveiller, Lilou. Il est tard.

— Pour quoi faire ? Elle m'a répondu sans décoller les yeux de l'écran. T'es en vacances et t'as besoin de repos.

Alors je suis sorti prendre mon petit déjeuner.

Le soleil était revenu, ça faisait du bien de voir un peu de lumière. Les derniers îlots de neige sale avaient disparu, ne laissant que de l'herbe mal en point. C'était un temps froid mais sec, et j'espérais qu'on sortirait dans la journée.

Je me suis installé devant la fenêtre. Pas de chat dans les parages, mais quelques passereaux qui piquaient sur les boules de graisse accrochées aux branches comme des kamikazes.

De temps en temps, je jetais un coup d'œil vers la chambre, et je souriais en la voyant marteler le clavier, un petit bout de langue sortant de sa bouche, avec un sourire qui réchauffait la maison.

Après avoir fait la vaisselle je me suis douché, et quand je suis ressorti de la salle d'eau je l'ai trouvée devant une tasse de café dans la cuisine.

Elle était heureuse, lumineuse de l'intérieur. Une lumière qui était dans ses yeux et semblait même exsuder de son corps tout entier.

Elle a tapoté la chaise à côté de la sienne pour que je vienne la rejoindre.

— Raconte ! je lui ai dit.

— C'est dingue, j'ai discuté deux heures avec mon père. Ça fait drôle, si tu savais. C'est vraiment un truc de fous, on a parlé comme si on s'était vus hier.

— Je suis content pour toi, ma belle !

— Maintenant, faut que je digère tout ça. Faut que je redescende. Il m'a donné son numéro, mais j'ai pas pu lui donner mon 07 à moi… ç'aurait été trop d'un coup, trop tout de suite.

— Mais c'est que du bon !

— Oui, que du bon, tu l'as dit, Monty ! Ça change de la journée d'hier. Je suis désolée de t'avoir fait subir ça.

— Tu ne m'as rien fait subir, c'est normal d'être là l'un pour l'autre.

— D'accord, mais avec tous mes problèmes tu vas finir par te lasser. Et si ça arrive, crois-moi, je ne t'en voudrai pas.

— Je ne me lasse pas de toi. C'est tout le contraire. C'est mieux de jour en jour, je trouve.

— Ouais enfin, sauf hier.

— …

— Et puis, tu me dis ça aujourd'hui, mais un jour tu risques d'en avoir marre et de me dire de prendre mon sac et de déguerpir.

— Je ne ferai jamais ça, Lilou. Où vas-tu chercher des idées pareilles ?

— Il ne faut jamais dire jamais. *Jamais* pue des pieds.

J'ai éclaté de rire.

— « Jamais pue des pieds »… Où t'es allée chercher ça ?

Elle a rigolé à son tour.

— Je sais pas. C'est peut-être la poétesse en moi qui s'éveille.

On s'est mangé une bonne platée de pâtes le midi. Vu ce qu'on avait grignoté la veille, on crevait de faim malgré le petit déjeuner. Elle était surexcitée. Un vrai moulin à paroles. Impossible de l'arrêter. D'espérer une pause. Même la bouche pleine, elle parlait.

— Tu vois, c'est fou parce que je suis adulte, mais d'avoir retrouvé mon père et de la façon dont il m'a parlé, j'ai l'impression d'être revenue à l'époque où je n'étais qu'une gamine.

— C'est peut-être un peu normal avec les parents, me hasardai-je. Ils nous voient et nous traitent toujours comme leur gosse même quand on n'est plus un môme depuis longtemps.

— Le pire, c'est que j'aime ça. Ça me donne le sentiment d'être protégée. C'est bizarre, tu trouves pas ?

— Non, je peux comprendre.

— Et merde, je te dis tout ça, alors que toi, t'as plus les tiens.

— C'est rien, t'en fais pas. Depuis le temps, j'ai eu le temps de m'y faire.

On a profité que la bibliothèque soit ouverte l'après-midi pour y faire un tour. J'ai signé une attestation sur l'honneur qui certifiait que Lilou était domiciliée chez moi, pour qu'elle ait sa propre carte de prêt.

On a commencé par fouiner ensemble, avant de se séparer dans les rayonnages, chacun en quête de ses goûts et de ses envies.

Elle a pris trois romans, des trucs de femmes, et un livre pratique sur les chats. Quant à moi, j'ai emprunté les deux premiers romans de David Joy, *Là où les lumières se perdent* et *Le Poids du monde*.

Elle était toujours extatique, et l'espoir de la voir se calmer un peu était un fiasco. Elle a réussi à se tenir un peu dans le silence imposé de la bibliothèque, mais sitôt sortie elle a recommencé à débiter des phrases sans fin. À peine le nez dehors, elle est revenue sur Gladys, dont elle parlait pourtant tous les jours. Puis a embrayé sur Paul, dont elle parlait aussi tous les jours.

Je préférais la voir comme ça, même si je sentais monter une migraine alors qu'on était dans la bagnole en train de rentrer.

Elle se demandait encore comment les fêtes se déroulaient pour eux. Elle ne pouvait s'empêcher d'écrire des scénarios, qu'elle peaufinait parfois ou changeait carrément.

Elle s'imaginait des saynètes, des anecdotes de familles heureuses la plupart du temps.

Elle décomptait les jours, rongée par l'impatience de les revoir pour leur dire qu'on était désormais en couple.

« Ils vont en être sur le cul », s'extasiait-elle pendant qu'on se garait devant la maison et que je me demandais s'il restait de l'aspirine.

Alors que le cachet pétillait dans le verre d'eau, et que la journée se terminait, elle n'avait en revanche toujours pas dit un mot sur sa mère.

24

Une année meurt, une autre naît

On n'a rien fait au Nouvel An. Juste un dîner sympa. Rien de plus.

Les jours allaient bientôt rallonger, et si la patience était de mise on partait quand même vers la belle saison.

Elle a voulu qu'on enlève les décorations de Noël après le réveillon. On a d'abord déshabillé le sapin, dont les aiguilles commençaient à sécher et à tomber à cause de la chaleur du poêle. On a récupéré des cartons dans une supérette pour tout ranger. On a enroulé les guirlandes, emmailloté les boules et figurines dans du papier journal, rassemblé les guirlandes électriques dans un autre sac plastique, et enfin casé le père Noël – qui avait passé les fêtes accroché dehors – sur les articles entassés dans le dernier carton.

Ça nous a pris pas loin de trois heures, le temps de tout décrocher, de sortir le sapin du salon, et de faire un bon ménage dans la pièce de vie.

Curieusement, j'ai regardé la pièce principale, qui avait retrouvé son allure d'avant, avec un pincement au cœur. Regrettant que le tour de magie soit fini, que l'enchanteur qui avait fait de ce Noël une fête miraculeuse ait remballé son bazar et pris ses cliques et ses claques.

Notre semaine de vacances arrivait à son terme. Et un chapitre se fermait sur une histoire hors du temps, une histoire dense à jamais chargée de secrets qui resteraient pour toujours les nôtres.

C'était la première fois qu'on partageait tant de temps tous les deux, les plus longues périodes s'étant limitées jusque-là à des week-ends. Au fond de moi, j'avais un peu peur de lâcher tout ça. De laisser la vie reprendre ce temps qu'elle nous avait accordé.

On avait vécu des choses. Des choses en couple. Des choses à l'extérieur, mais surtout des choses à l'intérieur de nous. Et je ne pensais pas trop m'avancer en disant qu'on était pleins de vie, qu'on s'était régalés de cette douceur qui nous manquait autant à l'un qu'à l'autre depuis bien trop longtemps.

Lilou aimait parler. Elle en avait besoin. Pour moi, au début, me livrer – ou me délivrer – avait été difficile. Je n'en ai pas l'habitude. J'ai toujours gardé mes mots et mes émotions. Ce qu'elle avait d'abord pris pour de la dissimulation n'était que de la gêne et de la pudeur, comme elle l'a pigé plus tard.

J'ai eu bien du mal à lui expliquer pourquoi je n'avais pas d'amis en dehors de Paul. Des gens de mon âge, de simples potes… un semblant de vie sociale.

Elle voulait seulement comprendre. Après avoir répondu plusieurs fois que je ne le savais pas, j'ai fini par lâcher, un soir, alors qu'on était tous deux au lit dans le noir, que je n'étais peut-être pas quelqu'un de très vivant, passionné. Un type sans intérêt pour lui-même, et qui, pour cette raison, préférait se tenir à l'écart des autres.

Elle m'a dit que j'étais vraiment con de penser ça. Que j'étais le plus chouette type qu'elle ait jamais rencontré.

Elle a pris ma main et l'a guidée sur sa poitrine pour que je touche l'angelot que je lui avais offert et qu'elle ne quittait plus, sauf quand elle prenait sa douche.

— Tu vois, t'es comme lui. Vous êtes tous les deux des anges. Avec vous, je ne crains plus rien. Vous veillez sur moi, chacun à votre façon.

J'ai versé quelques larmes, des larmes invisibles dans le noir, Dieu merci. Mais j'ai senti ces gouttes glisser sur mes joues. Descendre avant de s'évaporer. Je n'ai pas pu parler tout de suite à cause d'une boule dans la gorge.

J'ai juste lâché un merci aphasique, avant de lui chuchoter encore une fois que je l'aimais.

Pendant la semaine écoulée, elle m'avait répété plusieurs fois qu'elle me serait à jamais reconnaissante de l'avoir sortie de la rue. D'avoir barré la route. Cette route qui n'allait nulle part. De ne pas avoir essayé de profiter de la situation quand elle était dans la chambre d'amis.

« Une chambre d'amis pour un type qui n'a pas d'amis », avais-je tenté de blaguer.

Ce qui ne l'avait pas fait rire.

« D'autres en auraient profité. Du moins, ils auraient tenté le coup.

— C'est pas mon genre, Lilou.

— Je sais que c'est pas ton genre, mais malheureusement, il y a beaucoup de sales types.

— Peut-être pas plus que de bons gars. Sûrement bien moins en réalité.

— …

— C'est juste qu'il faut changer ses habitudes, et là, je parle aussi pour moi. Aller vers les bonnes personnes plutôt que les mauvaises.

— Oui. Faut juste que j'apprenne à les reconnaître. J'ai pas toujours l'œil, même si…

— Oui, je crois que t'es sur la bonne voie. La chance a l'air d'être de retour. Et ça compte, la chance. Sans elle, tu perds à tous les coups. Mais regarde, on s'est trouvés, tous les deux. Puis t'as Gladys, t'as Paul, t'as les chats aussi… Et ça fait à peine quatre mois que t'es là. »

*

On s'est rendus au supermarché pour faire les courses de la semaine. Le boulot allait reprendre, pour elle comme pour moi. Autant que le frigo soit plein.

À deux reprises, elle a tenté d'appeler Gladys.

Mais le téléphone a sonné dans le vide. Lilou a regretté que Gladys n'ait pas de portable.

Elle s'inquiétait à l'idée que sa patronne doive se débrouiller seule pour descendre sa valise du train, ne trouve pas immédiatement de taxi pour rentrer chez elle, soit obligée d'attendre dans le froid…

La vieille dame lui manquait. Elle m'avait confié un jour qu'elle aurait aimé avoir une maman comme

Gladys et trouvait injuste que cette dernière n'ait pas pu avoir d'enfant, gentille comme elle était.

« La vie n'est quand même pas juste, m'avait-elle dit.

— Je ne peux pas te donner tort, hélas. Mais on doit faire du mieux qu'on peut avec ce qu'on a. »

Je me sentais reposé après cette semaine. Et heureux. Boosté par notre amour et ses vitamines du bonheur.

Elle était heureuse, aussi. Je ne reconnaissais plus la jeune femme effrayée rencontrée quelques mois plus tôt sur la place du bourg.

Elle rayonnait, irradiait de joie de vivre.

Tout ressemblait à une fête. Même le coup de balai dans la cuisine, les poussières sur les meubles, les courses au supermarché.

Un bel hiver. Bien différent des précédents. De ceux qui s'étaient empilés sur mes années de solitude. De ces hivers ombreux et glaciaux qui racornissent les espoirs.

Il y a encore eu un accident de chasse dans la région. Le troisième, et tous les deux on a été choqués et révoltés en entendant la nouvelle à la radio.

Un joggeur, dont les jours heureusement n'étaient pas en danger, s'était fait plomber à la chevrotine.

Le chasseur avait cru voir un cerf, avait-il expliqué sur les ondes. Le coureur avait été débusqué tandis qu'il cavalait à petite foulée dans une sente où des familles se baladaient aux beaux jours, à côté d'une aire de jeux pour les gosses.

— Un cerf avec un gilet fluo et des Nike aux pieds… Quel connard ! j'ai dit à Lilou.

— Encore un alcoolo !

Toujours inquiète pour ses chats, elle avait hâte que la saison de chasse se termine, même si les fusils ressortiraient des fourreaux l'année suivante.

Mais au moins, pendant un temps, elle ne sursauterait plus au son des coups de feu. Des coups de feu plus ou moins forts selon l'endroit d'où ils étaient tirés et l'orientation du vent.

— J'espère qu'il n'arrivera rien à mes bêtes.

Elle se faisait vraiment du mauvais sang.

Je l'espérais aussi, mais rien n'était moins sûr.

Je m'inquiétais plus pour elle, en réalité. Avec ses cheveux roux, quand elle allait marcher en campagne. Je lui avais dit plusieurs fois d'éviter les zones de chasse, de peur qu'on la prenne pour un renard.

25

La reprise

Le parquet à poser chez Mlle Jennifer H. avait été remis à plus tard. Elle hébergeait en ce moment une cousine et ne voulait pas que cette dernière vive en plein chantier durant son séjour. Surtout que la cliente m'avait aussi demandé de repeindre le salon et que les travaux prendraient quelques jours de plus. Un boulot facile : lessiver des murs dont les enduits étaient impeccables, avant de passer deux couches de blanc.

J'ai trouvé autre chose en attendant et ça ne me gênait pas.

J'étais soulagé que Lilou s'occupe à présent des comptes. Elle m'avait retiré une sacrée épine du pied et elle semblait heureuse de tout régenter.

Le lundi matin, elle m'a donc déposé sur mon nouveau chantier, et après m'avoir aidé à déballer mes outils et les matériaux elle a filé chez Gladys, impatiente de la revoir.

Gladys aussi était impatiente. Elle trépignait devant la grande fenêtre de son salon, s'asseyant par moments dans son fauteuil, le temps de laisser ses jambes reprendre des forces, pour se relever en s'aidant des accoudoirs, puis se replanter devant la fenêtre, dans l'espoir de voir le portail s'ouvrir.

Ces quinze jours, seule chez elle, avec pour unique compagnie ses deux chats, avaient été mortels.

Elle avait même regretté à plusieurs reprises d'être redescendue du train. Mais si c'était à refaire, elle referait exactement la même chose.

Lorsque Lilou entra dans le vestibule, les deux femmes se prirent dans les bras et s'embrassèrent.

Une manifestation d'affection de laquelle aucune d'elles n'était pourtant coutumière.

Puis elles allèrent au salon, après que Lilou eut préparé du thé.

Dans son fauteuil, Gladys avait presque les larmes aux yeux, ses longues jambes maigres serrées l'une contre l'autre, un maintien dont elle ne se départait jamais.

Lilou voulut tout de suite savoir comment s'étaient passées les réjouissances chez sa nièce, mais Gladys se montra évasive.

— Comme d'habitude, ma fille. Si tu réunis toujours les mêmes personnes pour les mêmes occasions, la même histoire se répète année après année.

— Dites quand même.

— Je préférerais que tu me parles de toi et de Monty. J'espère que tu as une belle histoire à me raconter.

Lilou rougit et sourit. Elle regarda Gladys dans les yeux.

— Patience, chère madame, vous saurez tout, mais pas avant que vous m'ayez raconté votre Noël.

Alors Gladys relata dans les grandes lignes son Noël, piochant quelques anecdotes dans le précédent et dans d'autres Noëls encore plus anciens. Jusqu'à ce que Lilou, rassasiée, se décide enfin à parler d'elle.

Gladys accueillit la nouvelle avec tant de ravissement que Lilou se sentit encore plus amoureuse quand elle lui parla de ses sentiments pour moi. Une validation enthousiaste du choix qu'elle avait fait en franchissant la ligne de l'intimité. Et elle était encore tout en joie quand elle m'a raconté le soir même le bonheur de Gladys qui s'était régalée à l'idée qu'on soit enfin en couple.

— Vous aviez raison sur toute la ligne, Gladys. Laisser le temps au temps… Merci pour vos si précieux conseils.

La vieille dame se contenta de sourire modestement.

— Il est adorable, si vous saviez. Et je peux lui faire confiance. C'est tellement difficile de trouver quelqu'un en qui on a confiance…

À part servir le thé et nettoyer les tasses et la théière, Lilou n'eut rien d'autre à faire ce matin-là. Elles parlèrent, parlèrent encore. Et rêvèrent. Deux gamines ivres d'histoires à l'eau de rose.

Gladys voulut garder Lilou à déjeuner et elle téléphona à un traiteur qui les livra.

Elles burent du rosé, une bouteille. Quand Lilou repartit, vers quatorze heures, elle ne remarqua pas les quelques flocons qui commençaient à tomber.

Elle attendit d'être dans la voiture pour ouvrir l'enveloppe que Gladys lui avait remise, avec un *Joyeux Noël* marqué au stylo-plume, d'une écriture délicate légèrement penchée vers la droite.

Plus d'un mois de salaire en billets de banque.

Lilou, troublée, faillit sortir de la voiture pour lui rapporter l'enveloppe.

Elle regrettait de ne pas avoir offert à Gladys un plus beau cadeau, quelque chose de plus cher, même si la vieille dame était restée sans voix en déballant le recueil de haïkus.

*

Paul ne rentra que trois jours plus tard et Lilou respecta le deal. Elle n'alla pas le voir de la journée pour que je puisse lui annoncer la nouvelle le soir venu.

Elle passa me prendre sur mon chantier et me déposa chez lui avant de filer à la maison malgré ma proposition de lui rendre visite ensemble.

Paul me scotcha en m'accueillant avec un « Alors, mon gars, ça y est, vous êtes ensemble ? ».

J'en suis resté comme deux ronds de flan alors qu'il m'assénait une accolade virile.

— Je ne comprends pas… Tu as vu Lilou aujourd'hui ? Pourtant, elle m'avait juré de garder le secret…

Il s'est marré, avant de me dire que non, Lilou n'avait pas pointé le bout de son nez. C'est par Angela qu'il l'avait su.

Même si j'aurais dû être habitué à la présence fantomatique d'Angela, il m'a pourtant fallu quelques secondes pour piger.

— Tu veux dire…

— Oui, c'est ce que je veux dire. Le matin de Noël, alors que j'étais réveillé pendant que toute la maison dormait, je l'ai vue comme je te vois, debout au pied du lit. À me regarder de haut, même de très haut, comme si ses pieds que je ne voyais pas ne touchaient pas le sol. Je devrais y être habitué à présent, pourtant je t'avoue que j'ai eu le cœur qui s'est emballé, une vraie turbine. D'habitude, je sens sa présence, je l'entends dans ma tête, mais là, elle était physiquement dans la chambre, avec son beau sourire et ses yeux pleins d'amour. Et là, ses lèvres ont bougé. « Ils sont ensemble, elle m'a dit. Ça s'est passé hier soir. » Et je peux te jurer que c'était pas dans ma tête que je l'entendais. Sa voix a résonné dans la pièce. Comme ma voix que t'entends pendant que je te parle.

J'ai eu un sourire béat et il a ajouté :

— Elle m'a dit de te dire de ne pas t'en faire. Que tout irait comme sur des roulettes dorénavant. Si tu savais comme j'attendais ça ! Je suis content pour vous, il a ajouté en me donnant une claque sur l'épaule.

Il avait bonne mine. Ses cheveux avaient poussé ; il avait grossi.

Il était rentré le matin même. Son sac de voyage bouffi de fringues sales était encore sur une chaise du salon, la fermeture Éclair ouverte.

— Je n'ai pas grand-chose à t'offrir, Monty, il faut que j'aille faire les courses…

— T'en fais pas, je passais en coup de vent pour te dire que j'étais heureux. J'avais besoin que tu le saches.

— Merci, t'es un vrai ami.

Et après qu'il m'eut raconté ses fêtes dans les grandes lignes, la joie de son petit-fils au pied du sapin, ce qu'ils avaient mangé, souvent trop… Les balades qu'ils avaient faites, les tranches de rigolade jusqu'au moment du retour… J'ai fini par le quitter ; il continuait à parler pendant que je m'éloignais de la maison. Pressé de retrouver Lilou.

Je me sentais bien alors que je parcourais la centaine de mètres qui me séparaient de la maison.

Il faisait toujours aussi froid, mais c'était bon de marcher après avoir bouffé de la poussière toute la journée.

Comme chaque année, j'allais apprécier les travaux en extérieur avec le retour du printemps. En marchant dans la nuit, je pensais au soleil.

*

Lilou alla voir Paul le lendemain après-midi. Elle arriva à quatorze heures pour ne repartir qu'à dix-sept heures trente, se hâtant soudain pour venir me récupérer sur mon chantier.

Il fut encore plus loquace avec elle, parce qu'elle savait écouter, était plus curieuse et gourmande de détails. En plus, elle ne se faisait pas prier pour en redemander.

Bien sûr, elle lui raconta aussi notre semaine en amoureux, pas les choses intimes, mais les bonheurs qui lui sortaient du cœur. Toutes les saveurs qu'elle avait en bouche et qu'elle espérait garder le plus longtemps possible. Elle ne lésina pas sur les détails, se perdant un peu parfois, et en l'écoutant broder Paul ne pouvait s'empêcher de repenser à Angela, qui prenait toujours la route la plus longue pour aller du point A au point B.

Ils restèrent dans la chaleur de la cuisine désuète tout l'après-midi. Buvant café sur café. Comme père et fille.

— T'es en train de me transformer en commère, Lilou, j'ai jamais autant parlé de ma vie.

Il se moquait de lui-même.

Il fut touché par le cadeau de Lilou, une mésange qui chantait quand on passait devant après qu'il eut mis des piles dans le boîtier.

Ensuite, il ouvrit la boîte de chocolats apportée aussi par Lilou et la posa au centre de la table.

Lilou fut surprise et confuse quand il lui tendit à son tour un paquet cadeau. Une eau de toilette.

— Ma belle-fille m'a conseillé.

Aussitôt Lilou en vaporisa son avant-bras.

— J'adore !

Elle se leva et se jeta à son cou pour l'embrasser.

Paul s'était raidi pour réussir à dire d'un ton qu'il aurait voulu moins bourru :

— Content que tu aimes.

26

Pas à pas sur les jours

Je me sentais protégé depuis que j'étais avec Lilou. C'est aussi ce qu'elle devait ressentir.

La vie restait la même, et en même temps ce n'était plus tout à fait pareil.

Désormais quelqu'un pensait à moi comme à un être cher, l'être le plus précieux qui soit.

Je n'étais plus seul dans ce vaste monde. Et dans les moments où j'étais paumé, quand la peur débarquait à l'improviste – ce qui m'arrivait encore –, je savais que quelqu'un était là pour moi, en moi, pour me tendre la main, m'aider à enjamber les emmerdes, à me relever si par malheur je venais à perdre l'équilibre.

Lilou était gentille ; c'est ce que j'aimais le plus chez elle. Je n'allais pas jusqu'à me mentir. Si elle avait été laide, ou pas à mon goût, il ne se serait rien passé entre nous. Je ne l'aurais pas accueillie chez moi. Je me serais contenté de lui donner la ferraille que j'avais au fond des poches quand je l'avais rencontrée en sortant de la bibliothèque. Je serais reparti en lui souhaitant bonne chance.

Je pensais à ça tandis que je peignais des plinthes.

Il faisait gris, ce jour-là. Une couverture étalée sur le ciel. Pas de ces linceuls qui enterrent, mais de ceux qui, au contraire, ont la délicatesse de nous cocooner, nous bercer dans un clair-obscur, avec suffisamment d'ombre pour pouvoir plonger en nous-mêmes, et assez de lumière pour surprendre toute la beauté de la vie.

Lilou m'avait acheté de nouveaux slips et un lot de paires de chaussettes.

Ce n'était pas la première fois qu'une femme renouvelait mes sous-vêtements.

Apparemment, les slips et les chaussettes qu'on porte revêtent de l'importance pour elles.

Toujours en quête de chiffons pour mon boulot, j'ai voulu garder les slips, mais elle les a balancés dans la poubelle, au milieu des épluchures de patates et des restes de ragoût de la veille.

Lilou s'est décidée à téléphoner à son père et j'étais content pour elle.

Depuis une semaine, ils s'appelaient tous les jours, « juste un petit coucou », comme ils disaient l'un et l'autre.

Seulement, le temps à rattraper les faisait toujours dériver sur des minutes qui se transformaient en demi-heures, et des demi-heures qui se bouleversaient en heures.

Je ne savais pas s'ils avaient parlé de la mère de Lilou. Sûrement. Elle ne disait plus rien sur elle, comme si elle n'avait jamais existé ou n'existait plus. Et je ne me voyais pas la questionner. Je n'en avais pas le droit. Tant qu'elle allait bien, c'était le principal.

En revanche, elle avait parlé de moi à son père. Il était heureux et rassuré de savoir sa fille avec « un homme honnête et travailleur », pour reprendre ses termes.

Je ne savais pas non plus si elle lui avait confié son errance de plusieurs mois sur les routes. Quand elle était partie avec sa vie sur le dos et seulement ses deux jambes pour la porter.

La connaissant un peu, elle avait surtout dû s'étendre sur les choses qui la rendaient fière, du moins, celles qui ne lui faisaient pas honte. Moi. Ses amis Gladys et Paul. Son action pour les chats sauvages. Ses projets de brocante avec Paul au printemps.

Elle avait déjà réservé dans cinq trocs et puces, dont le premier était mi-avril, dans un village touristique classé pour son abbaye et réputé pour ses trophées lors des concours annuels des plus beaux villages fleuris.

Chez Paul, après le café du samedi précédent, ils m'avaient montré le tas de bric-à-brac qu'ils avaient sélectionné et isolé du reste. Un sacré monticule dans un coin de l'atelier. Avec des objets visibles comme les postes TSF, et d'autres déjà empaquetés.

Visiblement, ça leur tenait à cœur. Pour l'argent bien sûr, dont tout le monde a besoin, mais plus encore, me semblait-il, pour le plaisir d'être ensemble, d'avoir un projet en commun. Et des dates, qui leur permettaient de se projeter dans une aventure.

Ils ne se contentaient plus d'avancer pas à pas sur les jours, mais en rêvant rompaient la ritournelle lancinante du temps avec son air de déjà-vu. Et même si j'étais un peu dubitatif sur les gains que m'annonçait

Lilou, des gains pour le moins mirobolants, c'était une bonne chose.

De son côté, elle ne chômait pas non plus. Elle récupérait tout ce qu'elle pouvait pour apporter sa pierre à l'édifice. Elle avait fait le tri dans la maison et la remise, et décidé de ce qui était utile ou en trop.

J'ai bien émis quelques objections. En vain.

Et elle rapportait aussi des choses de chez Gladys, objets, fripes, vaisselle dépareillée, qui s'empilaient un peu plus chaque jour dans la maison.

*

Alors que tout allait pour le mieux, les choses dérapèrent brusquement. Son humeur se gangrena la troisième semaine de janvier. Elle fut odieuse tout le week-end.

J'eus la boule au ventre pendant ces deux jours durant lesquels j'étais censé ne penser à rien, me reposer.

Hélas, l'ambiance fut cataclysmique. Quoi que je fasse ou dise, elle était dans la contradiction et la provocation systématiques.

J'ai essayé de calmer le jeu, préféré ne pas relever ses bravades incessantes, tentant au contraire de désamorcer la crise. Mais, la mèche à peine éteinte, je me prenais chaque fois un retour de flamme.

Il n'y avait pas grand-chose à faire… et je savais pourquoi.

C'est donc les nerfs en pelote que je me rendis chez ma cliente le lundi matin, Jennifer H., « la pouffiasse », comme Lilou l'avait baptisée.

J'avais récupéré un double des clefs en fin de semaine. Alors qu'on roulait vers le chantier, Lilou, la mâchoire serrée, injuriait chaque bagnole qu'on croisait. J'étais complètement flippé.

On n'avait pas échangé trois mots depuis qu'on s'était levés, et j'avais la trouille que ça parte en sucette une fois là-bas.

Par chance, en débouchant devant la maison, j'ai vu que la voiture de la cliente n'était pas là. J'ai pu souffler un peu pendant qu'elle se garait dans la ruelle en percutant le trottoir.

— Voilà, t'y es ! Tu dois être content ! elle m'a dit, le menton relevé.

J'ai préféré ne pas répondre. Je suis sorti de la bagnole pour sonner à la porte.

Trois fois. Sans réponse.

Alors j'ai désactivé l'alarme et ouvert la maison.

Les lames de parquet étaient dans le salon et, tandis que je retournais à la voiture pour sortir mes outils, elle a déboulé. A jeté un œil à droite à gauche, déçue, peut-être, qu'il n'y ait personne, et s'est écriée :

— J'ai envie de faire pipi ! Je tiens plus !

J'ai voulu lui indiquer où étaient les toilettes, mais elle a filé comme une comète, dépassant sans hésiter les trois portes fermées, pour entrer et s'enfermer directement dans les chiottes, tout au bout du couloir.

Je ne sais plus très bien ce qui s'est passé dans ma tête. Je crois que j'ai eu peur. Oui, une certitude venait de s'imposer à moi et j'ai eu peur. Malgré mes soupçons, j'avais tout fait pour me raisonner, quand ma cliente m'avait appelé pour m'annoncer que sa maison avait été vandalisée. À présent, je savais.

Je savais la dernière chose que j'aurais voulu savoir. Lilou était dingue. Je l'aimais, mais elle était dingue.

Je me serais attendu à ce qu'elle regarde un peu partout en sortant des toilettes, mais elle si curieuse en temps normal ne le fit pas.

Elle est revenue directement vers moi en me regardant dans les yeux, et m'a dit, comme si de rien n'était :

— Je vais te filer un coup de main pour transporter ton matériel.

J'étais blême, et tout ce qui aurait voulu sortir de ma bouche à ce moment-là y est resté bloqué.

On a tout transbahuté dans la maison – ce qui m'a semblé durer une éternité – et, enfin, elle s'est barrée.

*

J'ai passé une sale journée, m'y reprenant à deux fois pour les mesures avant de couper les lattes, enchaînant connerie sur connerie.

Épuisé, vidé moralement. Consumé de l'intérieur parce que j'avais fermé ma gueule au lieu de lâcher ce que j'avais sur le cœur.

Force était de constater que la vie ne me laissait jamais beaucoup de temps pour récupérer. J'avais trouvé le courage de replonger dans l'arène, trouvé la force d'y croire de nouveau, et je m'étais encore ramassé. Un crochet du droit dans la mâchoire. Et j'étais à la fois en colère et abattu.

Elle est venue me rechercher le soir, tandis qu'au fil des heures j'espérais ne pas la voir, qu'elle m'oublie, disparaisse. Qu'elle n'ait jamais existé.

Mais elle s'est pointée, l'air de rien. Dans mon malheur, j'étais soulagé que ma cliente ne soit pas encore rentrée du boulot.

Elle était de nouveau de bonne humeur, comme si rien ne s'était passé.

Comme si elle n'avait rien fait. Comme s'il allait de soi que je lui pardonne son agressivité des derniers jours, les saloperies qu'elle m'avait balancées. Sans parler de l'effraction et du saccage de la baraque de ma cliente.

Bien sûr, je me doutais bien qu'elle trichait. Que tout ça n'était qu'un rôle. Elle semblait si légère, bavardant dans la bagnole pendant qu'elle conduisait, blaguant et rigolant de ses propres blagues.

De nouveau gentille avec moi comme elle savait l'être.

Mais j'avais la gueule clouée. Pas moyen de sortir une phrase.

— T'es fatigué, mon amour. T'en fais pas, je t'ai préparé un bon repas, ce soir. Ça va te requinquer.

Je lui ai demandé de me déposer chez Paul, prétextant un conseil pour l'électricité.

— D'accord, mais tarde pas trop. Tu m'as manqué encore plus que d'habitude, aujourd'hui.

Je sortais de la voiture quand elle m'a lancé :

— Et tu sais quoi ? Mon père nous invite pour des vacances dans le Sud cet été !

— On verra, j'ai maugréé sans qu'elle m'entende.

Paul a été surpris de me voir. Surtout avec cette tête de dix pieds de long.

— T'es malade, Monty ?

— Non, je suis dans la merde, et c'est pas mieux.

— Des problèmes de fric ?

— Non, j'aurais préféré, crois-moi.

Je lui ai raconté toute l'histoire et je l'ai senti ennuyé, parce qu'il m'aimait beaucoup, et Lilou aussi.

— Tu sais, elle était complètement paumée quand elle a débarqué ici. Qui ne l'aurait pas été, avec ce qu'elle avait dû vivre. Quand on est mal dans sa tête, on fait des choses qu'on aurait même pas idée de faire dans son état normal.

— …

— Je pense qu'elle a déjà beaucoup changé. Avec le temps, elle ira de mieux en mieux. Il faut que t'arrives à lui pardonner. Ce serait con de tout foutre en l'air. Vous êtes heureux tous les deux, et même si c'est dur, je te comprends mais donne-lui une chance. Il faudra du temps, ça ne peut pas passer du jour au lendemain. Mais sois confiant. Angela m'a assuré que tout irait bien. Et moi aussi, je le pense.

Quand je suis reparti de chez lui une demi-heure plus tard, je ne me sentais pas mieux, et j'étais en colère après lui, le trouvant complètement con, avec son Angela morte depuis sept ans. Et ses messages de l'au-delà à deux balles.

On a tous besoin de se raccrocher à quelque chose. On fait ce qu'on peut pour survivre, mais, ce soir-là, mieux valait ne pas me demander de croire en quoi que ce soit.

27

Continuer coûte que coûte

Le chantier chez Jennifer H. s'est terminé sans heurts. Lilou s'est comportée normalement par la suite. Plus de provocations, ni d'insultes. Et la cliente était satisfaite du boulot, même si j'avais dû prendre deux jours de plus pour réparer mes conneries.

Les jours qui suivirent, Lilou fit tout pour se faire pardonner, mais je n'arrivais plus à lui faire confiance. Quoi qu'elle fasse, je ne me sortais pas de la tête que c'était de la comédie.

On ne parla plus de cette histoire de toilettes. Elle savait que je savais. Aujourd'hui, avec le recul, j'imagine qu'elle a dû passer vraiment de sales journées, se ronger les sangs à se dire qu'elle avait tout faire foirer. Que le château de cartes s'était écroulé. Et qu'elle serait de nouveau emportée par le vent, jetée sur les routes.

Je ne doutais pas de son amour pour moi. Là-dessus elle était sincère. Seulement, par moments, elle était dingue. Et même si ce n'était pas de sa faute, c'était encore moins de la mienne. Je ne méritais pas ça. Je valais plus que ça.

J'avais peur de la voir devenir foldingue, qu'elle bascule un jour pour de bon, et que je ne puisse pas la ramener. Ce n'était plus la même quand la jalousie la violait. J'avais vu ce dont elle était capable quand elle était en crise.

Je l'ai imaginée des dizaines de fois chez la cliente, casser la vitre, se glisser par la fenêtre, fouiller partout, retourner les tiroirs, lacérer la lingerie à coups de lame.

Quand je repensais à cette scène, je la voyais, elle, mais possédée, habitée par une vacherie d'entité démoniaque. Une femme qui n'était pas celle que je connaissais. Deux personnes en une, et je n'étais sûrement pas assez balèze pour gérer ça.

J'ignorais quoi faire quand ces images passaient dans ma tête. Ces images qui revenaient sans cesse.

Est-ce qu'elle me faisait peur ?

Elle me faisait surtout de la peine.

Oui, sans aucun doute, la peine l'emportait. Je me sentais triste pour elle, de la voir souffrir, et je n'avais plus envie de lui dire de partir, que c'était fini.

Je l'aimais. J'aimais des tas de choses en elle. Simplement qui elle était. J'avais vite appris à respirer par ses poumons, à voir autrement par ses yeux. Alors, lui demander de décamper, je ne pouvais pas. Ça aurait été comme de me tirer une balle. Une balle à blanc peut-être, car j'aurais continué à vivre. À vivre comme avant. Avant qu'elle foute son charmant petit bordel dans mon existence. Une vie en noir et blanc. Sans relief. Des semaines, des mois, des années.

À manger, boire, dormir, déféquer, bosser, à laisser le temps me dépouiller jour après jour, jusqu'à oublier de me réveiller un matin…

Le mois de janvier avait suinté en demi-teinte. Elle s'échinait à me faire plaisir. Elle avait peur que je la quitte. Au-delà de sa bonne humeur de façade, son cœur devait saigner en permanence.

Je me souvenais de cette discussion qu'on avait eue. De ce pressentiment ancré en elle, cette certitude qu'un jour ou l'autre je ne voudrais plus d'elle.

Je le lui avais juré :

« Je ne ferai jamais ça, Lilou.

— Il ne faut jamais dire jamais, Monty. *Jamais* pue des pieds. »

Oui, je me rappelais, sauf que là, sa réplique ne me faisait plus rire. Elle me pesait. Écrasante.

Ce *jamais* s'était échappé et il était loin. Il pouvait être n'importe où à présent, et je n'étais pas sûr de le retrouver un jour.

Je laissais les journées défiler comme des majorettes maladroites qui ne marchaient plus droit, titubaient, tombaient, pour se relever péniblement et se remettre à marcher en claudiquant.

Évidemment, la vie continuait. On se blottissait encore dans les bras l'un de l'autre. On s'embrassait. On faisait parfois l'amour. On allait faire les courses ensemble. On se racontait nos journées. Parfois, on pouvait même rire.

Mais tous ces pas à enchaîner étaient lourds. Ils avaient perdu la légèreté que donne la foi, exsangues de l'insouciance dont ils avaient été gorgés.

Je n'arrivais plus à me lâcher. Je n'y arrivais pas.

Il a fallu ce long mois pour que le croque-mort emporte une partie de mes doutes, les parties mortes de moi-même. Du temps. Et il en faudrait encore pour que les choses s'oublient. Jour après jour. Petit à petit. Et un matin, elle arrêterait de pleurer en cachette, car elle avait beaucoup pleuré. Elle pleurait tous les jours. Plusieurs fois par jour.

Elle a failli repartir. Elle a commencé à charger son sac à dos, à trois reprises. Mais, à chaque fois, elle n'est pas allée au bout. Parce qu'elle avait trop de choses à mettre dedans à présent. Pas les vêtements et les babioles qu'elle avait achetés depuis qu'elle était là. Non, ça, elle s'en foutait. Ce qu'elle n'avait pas réussi à faire entrer dans son sac, c'était l'amour qu'elle avait pour moi. Trop lourd à emporter. L'amour qu'elle avait pour Gladys et pour Paul. Trop lourd à emporter. Et abandonner ses chats. Un remords aussi trop lourd.

Alors, ces fois-là, elle n'a pas franchi la porte avec son sac sur les épaules et marché le pouce tendu.

Elle est restée, même si ça faisait mal.

Elle n'a jamais réussi à me parler des raisons qui l'avaient poussée à entrer chez Jennifer H. et à lacérer ses dessous.

C'était stupide, tellement surréaliste à présent.

Comment avait-elle pu faire ça ? Ce n'était pas elle. Jamais elle n'avait été méchante ni mauvaise avec quiconque. Elle n'a jamais voulu faire de mal aux gens, leur causer du tort, jamais, jamais.

Ça lui aurait peut-être fait du bien de se confier, mais malgré plusieurs tentatives elle n'a pas pu.

Et qu'aurait-elle pu me dire, puisqu'elle-même ne comprenait pas son geste ?

Elle n'a pas pu en parler davantage à Gladys ou à Paul. Encore moins à son père, à qui elle racontait sa vie parfaite.

Et si elle était folle, comme sa mère ? Ça venait de ses gènes, elle allait devenir comme sa mère. Une folle. Ou une morte. Sauf que sa mère avait un appartement pour se cacher du monde.

Elle, elle n'avait rien.

Mais elle a tenu le coup. Elle s'est accrochée. Et elle a trouvé une oreille attentive. Un sourire pour l'écouter et lui pardonner. Cette petite sainte en plâtre dans cette église. Elle y était allée presque tous les jours. Sauf le week-end, puisque j'étais là. Et tous les jours, elle a offert un cierge et elle a demandé pardon. Elle a vidé son cœur, en priant, en priant, en priant…

28

Février

Février est un avorton. Vingt-neuf jours, cette année-là. Un mois que peu apprécient, mais que j'ai toujours chéri. Le bolide qui fonce vers le printemps et commence à repousser l'obscurité. L'éclaireur qui ouvre la voie de la résurrection à la nature.

Nous étions las des journées sombres, du froid et de la pluie.

À la cambrousse, l'hiver peut être pesant, même si les journées de travail nous occupent et qu'il y a toujours quelque chose à faire le week-end. Mais contrairement aux citadins, et à leurs self-services de distractions, on doit se contenter de peu. Ce qui ne me gêne pas outre mesure, mais peut se révéler sclérosant pour d'autres, surtout pour les plus jeunes, qui dès l'adolescence rêvent de s'enfuir. Ce qu'ils feront obligatoirement pour suivre leurs études. Avant de revenir ou pas.

La belle saison allait réapparaître mais il allait encore falloir être patient pour sortir de l'ombre. Les journées ne gagnaient que quelques minutes de soleil par vingt-quatre heures.

Après avoir fait le yo-yo, passant parfois par des écarts de dix degrés d'un jour à l'autre, les températures étaient agréables depuis quelques jours. Nous avions un redoux exceptionnel dans la région, presque inquiétant.

Le thermomètre extérieur grimpa jusqu'à seize degrés en cette journée du jeudi, ce qui était appréciable et la marque accablante d'une planète asphyxiée.

Nous étions de nouveau heureux, elle et moi. Plus amoureux que jamais. Les nuages avaient fini par se disperser, les larmes de pluie par se tarir, les tonnerres de peur et de colère par se taire.

Cette épreuve nous avait sans doute renforcés, renseignés sur l'amour de l'autre, la solidité de notre couple, et notre capacité à survivre à la tourmente.

Je tenais à elle comme elle tenait à moi.

Alors que j'avais banni depuis longtemps ce mythe de l'âme sœur, c'était pourtant bel et bien ce que j'avais dégoté.

La partie de moi-même que j'avais perdue ou jamais trouvée. Et cette pièce manquante habitait ma vie à présent, comme j'habitais la sienne.

Ma rouquine me faisait me sentir heureux. J'aimais tout chez elle, même ce qui m'agaçait. Ses sautes d'humeur, sa mauvaise foi de temps en temps, son entêtement. Autant de défauts qui donnaient souffle à ses qualités.

Je devais l'agacer tout autant.

Je la voyais souffler de temps à autre, quand quelque chose chez moi frictionnait ses nerfs, et la plupart du temps, elle préférait changer de pièce ou aller faire un tour dehors ou dans la remise.

Je lui étais peut-être devenu aussi indispensable qu'elle l'était pour moi.

Nos rapports avaient gagné en douceur. Encore plus tendres, même si la tendresse avait toujours été au cœur de notre relation.

On ne perdait jamais une occasion de se coller l'un à l'autre. Deux bourgeons d'une même branche qui ne cherchaient pas autre chose que s'ouvrir pour fleurir en même temps.

Le week-end précédent, on s'est fait livrer plusieurs stères de bois, une sacrée montagne lâchée par le camion à l'entrée du terrain. Du bois qu'on a ensuite transbahuté à la brouette. Des bûches pour le prochain hiver, qu'on a empilées en trois endroits.

Ça nous a pris la matinée du dimanche, et même si, ce jour-là, une bruine picorait le ciel, on a passé un chouette moment.

À moitié trempés malgré nos capes de pluie et nos bonnets. À suer en soulevant les bûches pour les coller dans la brouette. À pousser la brouette pleine jusqu'à la gueule en essayant d'éviter les ornières dans la terre meuble. À se marrer comme des gosses.

Lilou s'est ramassée deux fois, déséquilibrée par le poids du chargement, et bien qu'elle se soit retrouvée le cul trempé dans la boue, qu'il a fallu ramasser les bûches crottées pour les recoller dans la brouette, elle n'a pas voulu lâcher l'affaire, malgré ma proposition de m'occuper du transport.

Les deux fois, elle s'est relevée vaillamment et m'a conseillé de me mêler de mes affaires.

Je ne pouvais pas comprendre ce qu'elle ressentait, parce que je n'avais pas vécu ce qu'elle avait vécu. Comme elle ne pouvait pas comprendre ce que je ressentais pour d'autres choses. Les déserts qu'on avait traversés n'étaient pas les mêmes. Mais nos souffrances avaient fait naître en nous cette empathie qui nous avait rendus meilleurs.

Ses contacts avec son père étaient toujours aussi réguliers, quotidiens, et elle avait hâte de le retrouver, de rouler vers son Sud, cet été.

Bien sûr, elle l'avait en photo sur Facebook, mais elle était inquiète de le voir en vrai, après toutes ces années. Peut-être à cause du contact physique, quand ils s'embrasseraient pour la première fois. Ou quand il la prendrait dans ses bras, parce qu'elle était toujours sa petite fille.

En revanche, toujours pas un mot sur sa mère. Ou pour sa mère.

Je me doutais bien qu'elle n'avait pas dû la recontacter après s'être fait raccrocher au nez. Je la comprenais, même si un jour cette absence reviendrait inévitablement la faire souffrir.

Oui, elle était heureuse. Pleine de vie. Toujours comme cul et chemise avec Gladys et Paul, et avec de nouveaux amis qu'elle s'était faits au refuge.

J'ai eu l'occasion d'en rencontrer certains. Deux femmes tout d'abord, un soir en rentrant du boulot.

Deux dames d'une cinquantaine d'années venues rapporter deux chats capturés quelques jours plus tôt, dont le gros roux, qui était de retour… sans ses noisettes.

Elles trouvèrent le moyen de capturer les matous en les attrapant au moment de la distribution de croquettes.

Une fois les minets dans la remise, elles bloquaient la chatière et les chopaient, non sans peine, les mains gantées, pour les enfermer dans des boîtes de transport. Direction le service vétérinaire.

Il y avait déjà eu six stérilisations, mais hélas les chats de Lilou étaient des chats sauvages, donc impossibles à placer à l'adoption.

Quelques-uns, au refuge, jouissaient d'une totale liberté. Ils se baladaient toute la journée à leur guise et rappliquaient comme ceux de Lilou à l'heure du repas.

Elle avait découvert le refuge avant moi, mais un samedi on y est allés ensemble. Elle m'a fait visiter le centre avec la directrice.

La structure, assez imposante, comptait sept salariés à temps plein, plus une vingtaine de bénévoles pour les épauler.

Entre les gamelles, le nettoyage des box, les soins divers et les chiens à promener, ça ne chômait pas.

J'ai été peiné lorsqu'on s'était garés sur le parking extérieur, accueillis par un brouhaha d'aboiements larmoyants, mon chagrin accru devant l'enfilade de cages où les animaux étaient parqués.

Lilou en a fait le tour, parlant à chaque clébard d'une voix douce, caressant certains à travers les grillages, recevant en retour quelques coups de langue amicaux.

Une bonne vingtaine de minutes à tenter d'apporter un peu d'attention à ces délaissés qui caressaient l'espoir d'être adoptés, de quitter cet endroit pour un foyer.

J'ai tenté de ne rien montrer, pourtant j'ai eu le cœur plombé en lisant les affichettes placardées devant chaque box, pièces d'identité des occupants.

Et j'ai été soulagé quand enfin on s'est dirigés vers l'accueil.

Lilou connaissait déjà tout le monde et a reçu un accueil chaleureux. À chaque fois, elle me présentait comme son compagnon, et j'étais heureux d'être ce type, celui qu'elle avait choisi.

J'ai été impressionné par le sacerdoce de tous ces gens, la gentillesse qui transparaissait dans leurs regards et leurs sourires. L'amour incommensurable qu'ils donnaient aux animaux. Leur fragilité, qu'ils transmutaient en force pour une cause louable.

J'étais un peu gêné de ne pas pouvoir proposer mon aide. Avec plus de temps, moi aussi, je me serais investi. Mais avec le boulot, ça restait compliqué.

Lilou était comme une gamine. Si elle avait pu, elle aurait adopté toutes les bestioles. Pas seulement les chats et les chiens, qui constituaient la majorité des hébergés, mais aussi les NAC[1], hamsters, lapins, furets… Sans parler des volailles, poules, coqs, canards, paons…

Une vraie arche de Noé.

J'étais fier d'elle. J'aimais sa générosité, sa sensibilité à fleur de peau, et même si je l'ai parfois un peu chambrée, j'ai pris conscience que je devais aussi

1. Pour « nouveaux animaux de compagnie ».

l'encourager plus souvent, et lui répéter que ce qu'elle faisait était important.

J'ai souvent pensé à prendre un chien, je ne suis pas allergique aux poils de chien en théorie. Mais je n'ai jamais franchi le pas. Étant absent toute la journée, laisser un animal seul des journées entières m'avait paru égoïste.

J'avoue ne pas m'être senti très bien devant ces orphelins, surtout devant les clébards, dont certains restaient prostrés au fond de leur box. Dont les yeux imploraient, ou, pire, s'étaient éteints. Ne laissant qu'une nuit profonde dans leurs pupilles.

Dans la voiture, sur le chemin du retour, je l'ai félicitée pour tout ce qu'elle faisait, et je l'ai devinée gênée, parce qu'elle n'avait pas beaucoup eu droit à ce genre de compliments. Gênée que je lui dise qu'elle était une femme exceptionnelle.

Elle était aussi grande gueule qu'elle était pudique.

Ses coups de gueule n'étant que l'armure d'un oiseau blessé. Et son visage devint blême.

— Je ne fais pas grand-chose en fait, elle a murmuré.

— Si, je t'assure. C'est formidable ce que tu fais. Et je vais essayer de t'aider davantage.

Le chat roux ne semblait pas traumatisé depuis son retour parmi nous. Dès qu'il me voyait, il me faisait du rentre-dedans.

Quand Lilou était dans les parages, je l'ignorais royalement. Mais quand je me savais seul, je me laissais baratiner et lui donnais quelques caresses du bout des doigts. Parfois aussi une ou deux friandises, que j'allais piocher dans le placard de la cuisine.

Le boulot marchait bien. Les contrats en extérieur pour l'entretien des jardins commençaient à s'empiler sur mon agenda, et si un bon génie m'avait proposé de faire un vœu, j'aurais été en peine de trouver ce qui me manquait.

Les vacanciers allaient bientôt réapparaître à l'occasion des vacances de Pâques, les citadins avec femme et enfants. Les retraités qui allaient rejoindre leur résidence secondaire pour profiter de la nature et de leurs petits-enfants pendant les vacances scolaires.

Puis, un peu plus tard, on verrait les premiers pèlerins marcher le long des routes, sac au dos, dans leur quête spirituelle.

29

L'accident

À la mi-mars, Lilou enfourcha de nouveau la mobylette. Elle redémarra sans problème car on l'avait fait tourner pendant l'hiver. Et Paul s'était livré à une petite révision avant qu'elle regrimpe dessus.

C'était précipité, car, si le temps s'était radouci, les orages s'effondraient sans préambule, sans parler des fameuses giboulées, légion en cette saison.

Mais ça faisait partie des sujets sur lesquels on n'était pas d'accord. Alors je taisais mes inquiétudes, ma peur qu'il lui arrive quelque chose sur les routes défoncées du coin, sur l'asphalte qui se transformait régulièrement en patinoire suite aux ondées.

Inquiétudes qu'elle balayait à chaque fois par un « Tu vois, il ne m'est rien arrivé. Je suis encore vivante ».

Je répondais invariablement : « C'est pour ton bien, Lilou. »

Ce qui n'avait pour effet que de la faire rire.

On a retrouvé la liberté de nos longues balades. Avec elle, j'ai découvert des endroits où je ne m'étais jamais aventuré jusque-là.

On vivait dans une belle région. Du moins, on y dénichait le nécessaire pour être heureux. Principalement l'évasion qu'offrait la nature.

Elle a arrêté d'accrocher des boules de graisse aux branches après avoir entendu à la radio qu'à présent les oiseaux pouvaient se nourrir seuls.

Hélas, avec les pesticides, bon nombre d'espèces avaient disparu, et les opéras que j'écoutais encore quelques années plus tôt s'étaient réduits à quelques récitals de solistes au chant monotone.

J'en ai parlé à Lilou, qui aussitôt est allée sur la Toile en quête d'infos, lesquelles, malheureusement, confirmèrent mon sentiment.

— C'est triste ce qu'on fait de notre monde, a-t-elle philosophé.

— Oui, je suis d'accord aussi. Mais je n'arrive pas à être complètement pessimiste. La nature sera toujours la plus forte, et elle sera toujours là quand on aura disparu.

Elle a tourné la tête vers moi et a ouvert de grands yeux. De l'admiration passa dans son regard, et j'ai ressenti de la fierté.

Je me suis souvent demandé si la vie était bienfaisante ou malfaisante.

Il n'y a sans doute pas de réponse. La vie est capricieuse, voilà tout. Il faut faire avec ses humeurs. Ses coups bas et ses élans de générosité.

Je ne sais pas s'il y a un Dieu, mais s'Il existe, Il a sûrement ses têtes. Ceux qu'Il a dans le collimateur, de leur naissance à leur mort. Ses préférés, pour qui le temps passé sur terre est un voyage d'agrément. Et les autres, dont Lilou et moi faisons partie. Ceux qui ne sont pas forcément dans ses bonnes grâces, mais à qui Il accorde parfois de bons moments après les mauvais.

Je ne réalisais pas que notre relation ne remontait qu'à quelques mois. Nous en parlions souvent. Et pour chacun de nous, notre vie d'avant semblait avoir appartenu à quelqu'un d'autre.

Dans ces instants, on était envahis par un sentiment de paix et de reconnaissance. Généralement, on se taisait. On plongeait tous les deux dans notre silence, parce qu'on ne pouvait qu'être seuls pour se remémorer nos chemins de pénitence.

On restait un moment silencieux avant de revenir au présent et d'ouvrir les yeux l'un sur l'autre, pour avoir la certitude que tout était bien réel.

J'avais un peu grossi parce que Lilou aimait cuisiner et qu'elle avait toujours peur que je meure de faim. Si bien que j'avais pris du bide et des poignées d'amour.

Un jour, on a décidé de s'acheter des vélos pour faire du sport, et alors qu'on n'était pas encore allés au magasin – investissement prévu en avril – elle avait déjà imprimé des balades, des itinéraires conseillés aux touristes pour visiter la région.

Elle aussi était lumineuse. Une vraie luciole gesticulant d'envies. Plus jolie chaque jour parce que la peur l'avait enfin quittée. Et qu'elle devait se sentir bénie.

*

J'ai reçu un coup de fil d'un numéro inconnu alors que je ficelais des fagots dans une propriété.

C'était en fin de journée et j'ai eu peur quand j'ai entendu la voix de Lilou me dire qu'elle m'appelait du standard de la clinique parce que son portable n'avait plus de batterie.

— Qu'est-ce qui se passe, Lilou ? m'écriai-je, affolé.

— Commence pas à flipper. Paul a eu un accident. Il s'est blessé avec une lame de tondeuse. Il s'est bien entaillé la main, mais plus de peur que de mal. Ils lui ont fait un rappel pour le tétanos et ils sont en train de lui faire des points de suture. Il va être gêné pendant quelque temps, mais pas de tendons ou de nerfs endommagés, d'après le médecin. Une jolie petite blonde, elle a ajouté, sournoise. Elle t'aurait plu.

Paul n'avait plus toute sa tête depuis quelques jours, car Angela s'était de nouveau fait la malle. Elle lui avait fait le même coup qu'avant Noël. Presque une semaine sans sentir sa présence, sans le moindre signe. Il a commencé à s'angoisser, à ne plus dormir. C'est alors que, les idées embrouillées, il a voulu affûter une lame de tondeuse et s'est tranché la paume.

Le sang s'est mis à gicler et il a eu le réflexe de s'enrouler la main dans un torchon propre, fermement maintenu par du chatterton, avant d'appeler Lilou pour qu'elle le conduise aux urgences.

Elle a tout de suite sauté sur sa mobylette pour lui venir en aide.

Arrivée devant chez lui, elle n'a pu s'empêcher de penser qu'avec toute cette ferraille rouillée sur son terrain – un vrai dépotoir –, ça tenait du miracle qu'il ne lui soit rien arrivé avant.

Mais une fois qu'il est sorti sur le pas de la porte, la main enrubannée dans un torchon imbibé de sang, elle a failli tourner de l'œil.

Elle s'est vite reprise et ils n'ont pas traîné. Paul lui a donné les clefs de sa bagnole et ils ont pris la route pour la clinique, à quarante bornes de là.

Elle n'arrêtait pas de lui jeter des regards inquiets pendant tout le trajet, le trouvant de plus en plus livide et craignant qu'il ne s'évanouisse.

Elle ne cessait de lui parler pour qu'il reste avec elle, mais Paul ne semblait pas du tout inquiet. Il en avait vu d'autres, et ils finirent par débarquer aux urgences.

— Je ne sais pas à quelle heure je vais rentrer, m'a-t-elle dit. Je t'appelais juste pour que tu ne t'inquiètes pas. Ne m'attends pas pour manger, si tu vois que je tarde.

Pendant une semaine, elle est passée chez Paul matin, midi, et parfois même le soir, pour s'assurer qu'il allait bien et l'aider aux tâches ménagères qui nécessitaient deux mains.

Il suivait les recommandations du docteur et se tint tranquille les premiers jours, mais, un matin, Lilou le trouva dans son atelier en train de bricoler, avec sa main bandée qu'il avait gantée.

— C'est vraiment pas raisonnable !

— T'inquiète pas, ma belle, je suis prudent et je force pas. Mais je pouvais pas rester plus longtemps sans rien faire. Je devenais dingue, et j'avais mal au cul à force d'être assis devant la télé.

Quoi qu'elle dise, Lilou savait qu'il n'en ferait qu'à sa tête. Il faisait partie des gens têtus.

Cette mésaventure lui donna l'idée de vérifier mon carnet de vaccination. Elle ne me l'avait pas demandé alors qu'il était enfoui au fond d'un tiroir. Quand je suis rentré, le soir, il était bien en évidence sur la table basse près du canapé, et elle m'a annoncé que j'avais rendez-vous le samedi suivant à onze heures chez le médecin.

En dehors de ce petit accident, on n'avait pas à se plaindre.

Je commençais aussi à rêver de plus en plus souvent aux vacances en août dans le sud du pays.

Je devais faire réviser la bagnole et lui faire passer le contrôle technique, mais cette vieille guimbarde, aussi moche soit-elle, semblait increvable. Alors je n'étais pas inquiet.

Je trouvais que Lilou en faisait beaucoup, pour ne pas dire trop.

En dehors de moi, elle s'occupait de Gladys bien au-delà des horaires tarifés, de Paul, et l'asso d'aide aux animaux l'accaparait le reste du temps.

Dès qu'elle avait un moment de libre, elle enfourchait la mobylette et se coltinait les vingt bornes pour aller donner un coup de main au refuge. Et pas moyen de lui faire entendre raison pour la voiture.

« Qu'est-ce que tu es têtue, parfois, il m'arrivait de lui dire.

— Non, je suis déterminée, ça n'a rien à voir. Et si tu ne vois pas la différence entre têtu et déterminé, regarde dans le dictionnaire. »

Et puis, rebelote, et cette fois en matinée. Le numéro de la clinique, que j'avais pris soin d'enregistrer, s'afficha de nouveau sur mon portable. En décrochant, je m'étais dit : Merde, Paul, tu peux pas faire attention !

Une voix de femme résonna dans le combiné. Une voix douce et prudente.

Et je n'ai pu que baragouiner des « Oui… oui… oui… j'arrive tout de suite… ».

J'ai tout laissé en plan sur le terrain. La tondeuse, l'élagueuse, la cisaille électrique et le reste tandis que la pluie commençait à tomber dru.

Je n'en avais rien à foutre.

Je n'ai pas pris le temps de me changer, j'ai sauté dans le break, enfoncé la clef et écrasé les pédales avec mes godillots crottés.

Pied au plancher sur la nationale, j'ai foncé comme un damné, sans égard pour les limitations de vitesse, grillant deux feux rouges, manquant d'écraser un clébard.

Il fallait que j'arrive le plus vite possible, que je sache, parce que la femme au bout du fil n'avait rien pu m'apprendre.

J'avais pourtant insisté, elle n'avait fait que répéter qu'un médecin m'expliquerait tout. Qu'elle n'était pas habilitée à le faire.

Devant la clinique, quarante minutes plus tard, j'ai débarqué, le cœur battant, à l'accueil. On m'a dit de me calmer. Que tout allait bien à présent.

J'ai seulement pu retrouver mon souffle et mes esprits après que l'interne m'eut pris à part.

— Elle n'a rien de grave. Pas de commotion cérébrale, maintenant on en est sûrs. Des ecchymoses, son visage est tuméfié, je préfère vous avertir, mais elle s'en remettra très vite. Physiquement et moralement, car elle a eu peur. Vraiment peur. Elle a cru sa dernière heure arrivée, m'a-t-elle confié. Elle va se remettre. Elle a eu beaucoup de chance, avec la chute qu'elle a faite. Elle ne se rappelait plus bien avec le choc, mais il semblerait qu'elle ait voulu éviter une voiture qui débouchait d'un sentier et qu'elle ait perdu le contrôle de sa mobylette. La voiture a pris la fuite, mais la police est sur le coup.

Je l'ai écoutée religieusement, je crois que je tremblais.

— Ça va aller, monsieur, m'assura une fois de plus le médecin. Elle est hors de danger.

J'ai demandé si je pouvais la voir et un infirmier m'a conduit jusqu'à l'étage où elle était alitée.

Il tentait d'échanger quelques paroles pour me détendre, mais j'avoue que je n'étais pas loquace, inquiet quant à l'état dans lequel j'allais trouver Lilou.

L'infirmier a cogné à la porte et, en me précédant dans la chambre, a lancé :

— Vous avez de la visite, mademoiselle !

Et alors que j'entrais timidement à mon tour il nous a laissés.

Elle a tourné la tête vers moi, un sourire illuminant son visage esquinté.

Et tout en m'approchant, avec une boule dans la gorge, moi aussi, j'essayais de sourire.

Elle semblait toute petite dans ce grand lit, avec toutes ces machines autour. Et ce goutte-à-goutte relié à son bras.

— Tu ne m'embrasses pas ? murmura-t-elle.

Je restais planté devant elle, devant son visage tout abîmé et ses bras déchirés sur lesquels on avait passé un produit aseptisant jaunâtre.

Tout son profil gauche était éraflé, sa tête avait heurté l'asphalte pendant l'accident. Et des graviers étaient entrés dans sa peau. Des graviers qu'il avait fallu retirer un à un, mais qui ne laisseraient pas de cicatrices, d'après le médecin.

On avait beau me dire que c'était superficiel, ça n'en restait pas moins impressionnant.

— Je ne suis pas belle à voir.

— Ne dis pas de bêtises.

Et j'ai caressé ses cheveux, puis je me suis penché vers elle avec douceur pour l'enlacer délicatement, comme si ses os étaient devenus friables.

Je lui avais dit que j'avais parlé au docteur, et qu'elle ne devait pas s'inquiéter, qu'elle allait vite être sur pied, sans séquelles.

— Je sais tout ça, sourit-elle. Mais toi, tu sais pas tout.

Je me suis de nouveau décomposé et remis à trembler.

Après un silence, j'ai réussi à lui demander :

— Quelque chose de… grave ?

— Oui et non, ils m'ont fait une prise de sang.

— Et ??? fis-je, affolé. Tu as une maladie, c'est ça ?

— Ben, pas vraiment !

Elle réussit à rire malgré la douleur que provoquait cette petite hilarité.

— Alors c'est quoi ???

— J'espère seulement que t'aimes les grosses !

— Pas spécialement, mais je comprends toujours pas ce que tu veux dire.

— Ben, en fait, c'est pas vraiment une maladie. Mais je risque de pas mal grossir. Comme une crise d'aérophagie qui dure neuf mois, si tu vois mieux ce que je veux dire…

Il m'a fallu un temps pour percuter et enfin j'ai pigé :

— Tu es en train de me dire…

— Oui, Monty, on va être parents.

Cette fois, j'ai vraiment chialé, alors elle a attiré ma tête sur sa poitrine et m'a caressé les cheveux. Je n'arrêtais pas de bredouiller que je l'aimais. Et je n'arrêtais pas non plus de lui dire merci.

Je ne voyais pas son visage, je savais pourtant qu'elle souriait. J'entendais battre son cœur, et c'était doux et chaud.

J'ai fini par me relever et la regarder dans les yeux. Il y avait quelque chose de très maternel dans son regard. Quelque chose que je n'avais pas vraiment remarqué avant, mais qui avait dû toujours être là.

Je suis peut-être resté une heure avec elle. Je serais incapable de me rappeler, aujourd'hui, ce qu'on a pu dire.

Puis une aide-soignante est entrée avec un plateau-repas.

Lilou m'a demandé de la laisser un peu seule. De repasser dans la soirée. Elle avait besoin de repos.

Elle m'a aussi demandé de me renseigner sur sa date de sortie de la clinique. Mais ça, le médecin m'avait déjà prévenu ; il préférait la garder une nuit en observation.

Je suis donc sorti de la chambre, après avoir réussi, après bien des difficultés, à ce que nos mains se séparent l'une de l'autre.

Je refermais à peine la porte et la laissais avec son plateau-repas peu ragoûtant qu'elle a trouvé le moyen de me crier :

— Et n'oublie pas de nourrir les chats !

J'ai commencé à marcher dans les longs couloirs froids, à suivre les flèches qui indiquaient la sortie. Marquant mon passage sur le lino de mottes de terre qui se détachaient de mes godillots. J'avais pourtant l'impression de ne pas toucher le sol. Comme si je flottais.

Je suis passé devant l'accueil sans la moindre attention pour la standardiste et les quelques personnes assises en attente d'une consultation. Je suis sorti de la clinique pour rejoindre la bagnole, dont j'avais oublié de verrouiller les portières.

Mais je ne me suis pas installé au volant. J'ai quitté le parking à pied pour rejoindre un petit parc mal entretenu à la disposition des convalescents et de leurs familles.

Il n'y avait personne, la pluie tombait à verse.

Mais je m'en foutais, de la pluie. De cette pluie et de toutes les pluies du monde.

Je suis resté dans ce parc sous l'ondée, à marcher dans les allées.

Remerciements

Un grand merci à mes parents pour leur soutien indéfectible tout au long de ces années, et en particulier à mon père pour avoir lu mes manuscrits sur des décennies et m'avoir encouragé à poursuivre.

À celles et ceux qui ont lu *Rouquine* alors qu'il n'était qu'un tapuscrit et qui, par leur réaction enthousiaste, m'ont permis d'y croire. Donc merci à Myriam Smolis, Jérôme Latil, Sabine Delacherie, présente depuis des années, Cécile, Linda Rczki. Merci également à Yann Bichot, bibliothécaire passionné qui m'a fait découvrir de si beaux auteurs et autrices, sans oublier l'équipe de la médiathèque de Chelles.

Je tiens à remercier particulièrement Clarisse Énaudeau, directrice littéraire du domaine français des Presses de la Cité, qui, par son intelligence, sa sincérité et sa bienveillance, agit à chaque fois sur moi comme un shoot de vitamine D… donc, Clarisse, ne change rien.

Merci également à Carole Collin pour son travail d'orfèvre sur ce roman et ses précieux conseils.

Une pensée particulière pour Mohammed Aïssaoui, président du prix Jean Anglade, et tous les membres du jury pour avoir tant donné d'eux-mêmes.

Composition et mise en pages
Nord Compo à Villeneuve-d'Ascq

Imprimé en Espagne par
Liberdúplex
à Sant Llorenç d'Hortons (Barcelone)
en septembre 2022

POCKET - 92, avenue de France - 75013 Paris

S32334/01